緋の天空

葉室　麟

集英社文庫

緋の天空

目次

緋の天空

緑陰の章

一

新緑がまぶしい。

皇太后光明子《こうみようし》は白い衣に緋色《ひいろ》の背子《からぎぬ》を重ねて繧繝地《うんげんじ》の紕帯《そえおび》を薫風になびかせて金光明寺《こんこうみようじ》(後の東大寺)の境内を歩いていた。高髻《こうけい》を双輪に高々と結った髪に飾られた螺鈿《らでん》の釵子《さいし》が煌《きら》めき、錦舄《にしきくつ》を履いた足を軽やかに進める。

生い茂る松の緑濃い葉の端々に陽射《ひざ》しを受けて光を溜《た》める枝に目を遣《や》りつつ、団扇《うちわ》の形をした翳《さしば》を手に大仏殿へと近づいていく。

光明子は、この年、五十二歳になるが、仏像に似て丸みをおびた面差しと、しなやかな体つきは若いころとさして変わりない。

光明子の傍らで、聖武太上《しようむだいじよう》天皇と娘の孝謙《こうけん》天皇がともに歩を進めている。三人が大仏殿に近づいた時、居並んだ百官が威儀を正し、低頭した。

光明子は聖武太上天皇、孝謙天皇とそろって布を敷いた板殿に座した。五位以上の朝《あ》臣《そん》は礼服を着て背後に居並んだ。

天平勝宝四年（七五二）四月――

奈良の東大寺で大仏開眼供養が盛大に行われた。

大仏殿の内部は新しい木の香が漂い、堂上には造花が散らされ、八方に五色の灌頂《かんじよう》幡《ばん》が二十六流立てられ、清々《すがすが》しい。

大仏は、華厳経が説く〈蓮華蔵世界《れんげぞうせかい》〉の中心的存在であり、世界そのものを象徴する盧舎那仏《るしやなぶつ》である。

聖武太上天皇は黄金色に輝く、高さが五十二尺（約十六メートル）、御顔の長さは十六尺（約五メートル）の大仏を見上げて、

「ようやくできたな」

と感慨深げに言った。

傍らにはひじをかけるために、紫檀材《したんざい》に金銀の泥絵で草花模様を描き、象牙の飾りが施された挟軾《きようしよく》が置かれている。

光明子が聖武太上天皇の手にそっとふれながら訊《たず》ねた。

「お身はいかがでございましょうか」

「気遣いない」

頰がこけて青白い顔をわずかにかしげた聖武太上天皇は少し笑みを浮かべて答えた。

ここ数年、病を得て、

——不予《ふよ》が続き、時に重篤に陥った自らの命を危ぶんでいた聖武太上天皇は、生きながらえて大仏開眼の日を迎えることができた喜びに浸っているようだ。しかし光明子は衰えの甚だしい聖武太上天皇の身が案じられてならなかった。孝謙天皇が父の顔をうかがい見ながら、

「それはようございました」

と、娘らしくほっと安堵《あんど》する声音で応じた。

三十五歳になる孝謙天皇は切れ長の目をして顎が細く、ほっそりとした体つきをしていて肌が白い。聖武太上天皇に似たからだろうか。

光明子は、大仏に真っ直《ます》ぐに目を向けて口を開いた。

「これよりのちは、仏様の守護がございます。御心を煩わし参らすことも、よき方へと改まるでありましょう」

光明子の言葉を聖武太上天皇はしみじみとした面持ちで聞いた。光明子は聖武太上天皇に寄り添い、

「この国は仏法に守られ、美《うるわ》しき国となるのです」

と力強い口調で言った。

聖武太上天皇の声がやや弱々しげであるのに比べ、光明子の言葉は揺るぎがなく、よく通った。

盧舎那仏の建立は聖武天皇により天平十五年（七四三）に発願された。大仏建造のために、

――国の銅《あかがね》を尽して象《かたち》を鎔《い》、大山を削りて以《もつ》て堂を構へ

との詔《みことのり》が発せられた。国中の銅を集めて大仏を造り、山を削って大仏殿を建てるというのだ。

〈金光明最勝王経《こんこうみょうさいしょうおうきょう》〉を信仰した聖武天皇は、仏法による国家の鎮護を願った。〈金光明最勝王経〉を信じる君主の下には護法善神である四天王が現れ、国を護《まも》るという。

聖武天皇は国の行く末に不安を抱いていた。

旱魃《かんばつ》、飢饉《ききん》が続き、天平六年に大地震が起きて人心が荒廃したところに、藤原不比等《ふじわらのふひと》の子の武智麻呂《むちまろ》と房前《ふささき》や宇合《うまかい》、麻呂《まろ》ら絶大な権力を握っていた藤原家四兄弟が、天平九年に猛威をふるった天然痘で相次いでこの世を去った。さらに天平十二年に、九州で

宇合の子である藤原広嗣《ひろつぐ》の乱が発生した。

このおり、聖武天皇は九州へ鎮圧の兵を送りながら、自らは、

「思うところあって、東国へ行く」

と言い残して、伊勢へ赴いた。

乱が鎮圧されたと報《しら》せが入っても平城京には戻らないまま北上し関ヶ原から琵琶湖をめぐり、山背《やましろ》の恭仁《くに》という地に至ると、ここを都とすると詔した。

さらに紫香楽宮《しがらきのみや》、難波宮《なにわのみや》と聖武天皇は遷都《せんと》を繰り返した。まるで何者かに追われて彷徨《さまよ》うかのようだった。

大仏建立は、定まらぬ心を抱いてさすらう聖武天皇が自らの心を鎮めようとして発願したのではないかとまわりの者には思えた。

大仏は、当初、奈良ではなく紫香楽宮の近くの甲賀寺に造られる予定だった。しかし、紫香楽宮の周辺で山火事が頻発するなど不穏な出来事があった。

膨大な費用と人手がかかる大仏建立に不満を抱く者の仕業ではないかと見られて甲賀寺での建立は中止され、都が平城京へ戻るとともに東大寺に造られることになった。

天平二十一年二月、陸奥国《むつのくに》小田郡より金が産出し、朝廷へ献上された。

大仏を彩る金が不足していることに悩んでいた聖武天皇はこれを喜んだ。そして五月後の七月、皇太子阿倍内親王《あべないしんのう》に譲位した。

孝謙天皇の即位にともない、改元が行われ、天平勝宝元年とした。それから三年近くが過ぎ、ようやく大仏開眼供養が行われることになった。

供養の開眼導師はインド人の菩提僊那《ぼだいせんな》が務め、一万人の僧侶が参加した。インドに生まれ、唐に渡ったが、遣唐使の要請に応えて、日本に渡ってきた菩提は大安寺の住職となり僧正《そうじょう》に任ぜられ、

——婆羅門《バラモン》僧正

とも呼ばれる。しばし待つほどに、東門から白い蓋《きぬがさ》を差しかけられて輿《こし》に乗った菩提が大仏正面の高座に導かれた。

参列のひとびとが緊張して静まり返る中、菩提が持つ開眼の筆から延びた〈開眼縷《かいげんる》〉という名の長い五色の紐《ひも》が童子たちによって聖武太上天皇や光明子、孝謙天皇始め百官にもたらされた。

菩提が手にした筆でおもむろに金色燦然《こんじきさんぜん》と輝く大仏の切れ長の目に眼睛《がんせい》を点じると、参列者は紐を握って結縁《けちえん》した。華厳の講義が行われた後、南門から数百人の楽人が入ってきて舞台に上がった。

最初に雅楽寮の大歌が歌女と舞人によって披露され、次に古来からの〈久米歌《くめうた》〉、続いて、甲をつけ、刀と盾を手に〈楯伏舞《たてふしのまい》〉が舞われた。唐や高麗の楽舞が続いた。

長安や洛陽で正月に少女たちが舞う春の踊りの〈女踏歌《おんなとうか》〉や唐の宮室に伝わる古楽や散楽、また朝鮮の高麗楽《こまがく》も舞人たちによって舞われた。

やがてベトナムの音楽である〈林邑楽《りんゆうがく》〉を、菩提とともに来日した林邑僧仏哲《ぶってつ》が舞った。供養に参列したひとびとは、はなやかな舞や楽曲の演奏に酔いしれた。

この日の夕刻、開眼供養を終えた聖武太上天皇は平城宮に戻ったが、孝謙天皇は光明子とともに藤原仲麻呂《なかまろ》の私宅である田村第《たむらのてい》に還御《かんぎょ》した。

大仏建立に功があった仲麻呂を労《ねぎら》うためだった。仲麻呂は十五年前に天然痘で亡くなった武智麻呂の次男で、光明子の甥《おい》にあたる。

光明子は孝謙天皇が即位したおり、皇后を支える官職の皇后宮職《しき》を大きくして紫微《しび》中台《ちゅうだい》という官庁を設けた。

紫微とは、古代中国で天の北極の正中に位置する天帝の居所とされた星座のことをいう。

唐の玄宗《げんそう》皇帝の時代、宮中の庶務を司る中書《ちゅうしょ》省を紫微省と称した。

また唐の高宗《こうそう》の皇后である則天武后《そくてんぶこう》が最高官庁の尚書《しょうしょ》省を中台という名に改めたことから、これらの故事にちなみ命名された。紫微中台の職務は、

――勅《みことのり》をうけて諸 司《もろもろのつかさ》に頒《わか》ち行ふ

だった。本来は天皇の命を関連する官庁に伝える役目を担うが、皇后宮職の名称を変えて大きく改変された官庁となったいま、勅は光明子の命であった。

紫微中台とは光明子がすべての官庁を従えて国政を行うための役所に他ならなかった。頼りとする四兄弟が相次いで亡くなるという非運に見舞われた藤原家は不比等から継承した権勢を失い、政界の主導権は左大臣 橘 諸兄《たちばなのもろえ》の手に帰していた。

藤原家が以前と同様の力を持つことを望んでいる光明子は、仲麻呂を紫微中台の長官としていた。

仲麻呂は光明子より五歳下で、この年、四十七歳になる。幼いころから、俊才を顕《あら》わし、長じては、性格が朗らかで容貌も優れ、男としての美質をあふれるほどに持っていた。

夫を持たぬ身の孝謙天皇は、魅力に富む仲麻呂の私邸を訪れた際、昂《たかぶ》る心情があったのか歌を一首、詠んでいる。

この里は継ぎて霜や置く夏の野にわが見し草は黄葉《もみじ》たりけり

この田村の里はもうすぐ霜が降るのだろうか、夏の野辺で見た草はもう黄葉している、という歌だ。

時の移ろいとともに何事かが起きるのではというひそかな期待を感じさせる。

孝謙天皇はまことに麗しき女人だった。

この時代、唐では女性は豊満であることが好まれ、衣服も開放的であり、ときに男装して乗馬する貴婦人もいた。

後に玄宗皇帝の寵愛《ちょうあい》を受けた楊貴妃の姉、虢国《かくこく》夫人は妹同様の美女だったが、妹の縁で玄宗皇帝に引き立てられた。そして玄宗皇帝に拝謁する際、馬に乗って宮殿の門を入り、白粉《おしろい》で顔を汚すのを嫌い、

――淡く蛾眉《がび》を掃きて

薄く眉を引いただけだったという。それでも宮中の着飾った女たちより、美しさが抜きんでていたという。

素肌こそ化粧に増して美しいことを虢国夫人は知っていたのだ。

孝謙天皇もまた虢国夫人のような美しさを持っていた。

それだけに孝謙天皇が仲麻呂の私邸に赴くことは、かつて取り沙汰された話を知る朝臣たちには胸騒ぎを覚えることだった。

田村第は平城京の南を流れる佐保川と田村川の中間あたりに建つ、広大な敷地を有す

る邸宅だった。

　東西に楼を構え、南面の門には櫓《やぐら》が設けられている。その豪壮さに臣下として不遜ではないかと謗《そし》る声もあった。

　光明子と孝謙天皇を迎えた仲麻呂はにこやかに笑みを浮かべ、屛風《びょうぶ》をめぐらした御座《おまし》所《どころ》で贅《ぜい》を尽くした饗応《きょうおう》に心を砕いた。

　酒宴も果てて夜が更けたころ、光明子は中天を過ぎた月を見遣り、

「このように美しい月を愛《め》でるのはひさしぶりです。これも仏恩でありましょうか」

とつぶやくように言った。すぐさま仲麻呂が如才ない口調で、

「いえ、いえ、皇太后様の恩徳の賜《たまもの》でございましょう」

と応じると、光明子はわずかに眉をひそめた。

　近頃の仲麻呂には狎《な》れた風が見受けられる。

　光明子に諂《へつら》うあまり仏を軽んじているのが気にかかった。しかし、仲麻呂は光明子の胸の内を察するでもなく、孝謙天皇の気を惹《ひ》くような面白おかしい世間話を次々と披露している。

　孝謙天皇は目の縁をほんのりと染めて仲麻呂の話に耳を傾け、時おり小さく声を立てて笑った。言葉をかわしては、目を見交わすふたりの眼差《まなざ》しはしだいに熱を帯びてきていた。

月が山の端にさしかかるころ光明子と孝謙天皇はそれぞれに設《しつら》えられた寝所に入った。

仲麻呂は月をながめつつ、侍女も下がらせて、なおもひとり酒を飲んでいたが、皆が寝静まり、邸の中がしんとするのを待ってふと立ち上がった。

斜めに射し込む月の明かりを頼りに暗い邸宅の中を忍び足で進み、奥まった寝所へ足を向けた。

仲麻呂は孝謙天皇に充てた寝所の板戸をほとほとと静かに叩《たた》いたが、中から応えはない。しかし、寝入っている様子もない。

（――起きておられる）

仲麻呂は板戸をそっと開けてするりと中に身を入れた。御簾《みす》がかすかに揺れている。

開けた板戸の間から淡い月の光が奥まで射し込んだ。

檜《ひのき》材《ざい》で作られた四脚の御床（寝台）が薄闇の中でぼんやりと浮かんで見える。台の上に端を錦の縁で包まれた二枚の畳が敷かれ、その上に褐色錦地の褥《しとね》が延べられている。

仲麻呂は、横たわる女人の香りを嗅ぎながら、そばに寄り、添い寝した。手を伸ばして、そろりと薄衣に手をかけた時、女人がゆっくりと身を起こし、はらりと衣がすべり落ちた。

仲麻呂は息が詰まりそうになった。

月光に女人の白い裸身がほのかに浮かび、顔は陰になって見えないが、なめらかな肌が身の内から発する光に白く包まれているように見える。

──白い炎

という言葉が仲麻呂の脳裏を過《よぎ》った。ひややかでいて熱を帯びたかのように見える裸身に思わず見惚《みと》れた仲麻呂が、ごくりと生唾を飲み込んだとき、

「これは何事ぞ」

女人が声を発した。その声が耳に雷鳴のように響いて、仲麻呂は、

──皇太后様

と言いかけた言葉をあわてて呑《の》みこんだ。

光明子の寝所に忍び入ったうえに、その裸体を見たなどとひとに知られるならば、失脚はもとより死罪にもなりかねない。

仲麻呂は、かつて自分と光明子の仲を噂《うわさ》する者がいたのを知っているが、一笑に付してきた。光明子の清雅な佇《たたず》まいはそんな淫蕩《いんとう》な気持ちの付け入る隙を与えなかった。

いま目にしている光明子の裸身もまた厳かで、仲麻呂はその威に身がすくむ思いがした。

「お許しを」

あえぎつつ口にして、仲麻呂は寝所を這《は》って素早く去ろうとした。その背に向かって、

光明子は声をかけた。

「二度と帝《みかど》に近づいてはならぬ。そなたには、まだ、してもらわねばならぬことがありますから」

その言葉を聞いて、自分が寝所を間違えたのではなく、いつの間にか光明子が入れ替わっていたのだ、と仲麻呂は悟った。

光明子には孝謙を守るためのみならず、仲麻呂の失態をとらえて、今後も意のままに使っていく腹づもりがあるかにさえ思える。

(恐ろしや)

仲麻呂は戸口から這い出ながら、光明子の目から一刻も早く逃れたいと焦った。

二

大仏開眼供養が行われてから二年後の天平勝宝六年一月、光明子に喜ばしいことが起きた。

かねてより来日を請い願っていた鑑真《がんじん》和上《わじょう》が唐から無事に到着したという報せが届いたのだ。

揚州の大明寺住職である律宗の僧侶鑑真は、授戒を伝えるよう日本から請われていた。

仏教では僧尼になる者は、戒律を遵守することを誓わねばならない。戒律は仏教の中で重要な事項であったにも拘《かか》わらず、これまで日本にはあまり伝わっていなかった。

要請に応じて鑑真は数度にわたって渡航を試みた。だが、高徳の僧が日本に渡ることを快しとしない唐の役人の妨害や、乗船した船が嵐に遭って流されるなどして、渡航は容易ではなかった。

だが、鑑真は決死の覚悟で海を渡ってきた。この際、鑑真は苦難のため失明するにいたっていた。

いたく感激した光明子は、平城京で病床にある聖武に、

「この度の吉事は日本国が御仏《みほとけ》のありがたきお導きにより、仏国土になるためでございましょう」

と喜色を浮かべて告げた。

四月にはさっそく大仏殿の前に戒壇を築き、病をおして聖武太上天皇は光明子や孝謙とともに受戒した。

聖武太上天皇は大仏開眼供養のころより、さらに痩せて、顔色も黒ずんでいたが、受戒により心のはりが出たのか、少しの間、体調を持ち直して光明子をほっとさせた。

寄る辺のない思いを抱いて生きてきた聖武太上天皇は、妻と娘に守られる温もりの中

でようやく息がつける心地がしていた。

快方に向かったと見えたのも束の間で、聖武太上天皇の病状は再び重くなった。

翌七年十月には病床から起き上がることさえできなくなり、聖武太上天皇の重篤はもはや誰の目にもあきらかだった。朝廷では大赦を行い、殺生を禁じるなどして平癒を祈ったが、いっこうに効かなかった。

このころ、諸兄の子の奈良麻呂《ならまろ》が謀反をたくらんでいるという噂がしきりに流れた。諸兄は謀反の噂をたてられ、辞職していた。

奈良麻呂は参議のひとりで、父親が失脚したことを仲麻呂の謀《はかりごと》によるものとして仲麻呂を憎んでいた。

だが、紫微中台に拠《よ》り、光明子の威を笠に着て権勢を振るう仲麻呂に打つ手がなく苛《いら》立《だ》ちを深めていた。

ついに謀反を決意した奈良麻呂は、

「このままでは我らは滅亡する」

として与党を募り、武力によって後嗣《こうし》を立てようと図った。不穏な動きが伝わった平城京は、異様な空気に包まれていった。

死に直面した聖武太上天皇は、自らの亡き後を慮《おもんぱか》って、道祖王《ふなどのおおきみ》を孝謙の皇太子に立てるように遺詔《いしょう》する決断をした。

道祖王は天武天皇の孫にあたり、このころ中務　卿《なかつかさきょう》に任ぜられていたが、仲麻呂と奈良麻呂のどちらの派閥にも属しておらず、言わば中立の立場だった。聖武太上天皇は死後に孝謙の後嗣問題が起きるのを恐れて、遺詔を残すことにしたのだ。

天平勝宝八年五月二日、聖武太上天皇は崩御した。

光明子が涕泣《ていきゅう》し、悲しみにくれる間、仲麻呂は動いた。

五月十日、奈良麻呂の与党とみられていた大伴古慈斐《おおとものこしび》と淡海三船《おうみのみふね》を、朝廷を誹謗《ひぼう》したかどで捕らえて禁固に処した。

翌年正月に諸兄が失意のうちに七十四歳で亡くなると、仲麻呂の動きはさらに活発となった。


「道祖王に不敬があると仰せられますか」

大極殿《だいごくでん》で道祖王にまつわる不祥事を孝謙天皇から聞かされた光明子は眉をひそめた。

「道祖王は太上天皇の喪中であるにも拘わらず、侍　童《さぶらいわらわ》を集めて酒宴を開き、あろうことか寝所にまで入れているのです。そのうえ、女孺《にょじゅ》と通じ、朝廷のことを漏らしているとのことです」

孝謙天皇は、汚らわしいと言わんばかりに眉間にしわを寄せた。

（仲麻呂が吹き込んだに違いない）

光明子は憤りを見せる孝謙天皇の傍らで冷静に考えをめぐらせた。

清らかで潔く生きるひとを好む孝謙天皇に、道祖王が侍童を相手に享楽にふけってい
るとささやけば怒りを引き出すのは容易だ。仲麻呂は何をしようとしているのだろうか。

「どうされるおつもりですか」

光明子は孝謙天皇のととのった容貌に目を向けながら訊《き》いた。

孝謙天皇は何度もうなずいてから、

「いろいろ考えてみたのですが、道祖王を廃して大炊王《おおいのおおきみ》を皇太子にしようと思います」

と言った。

「大炊王を皇太子にするのですか。それでは先帝の遺詔はどうなるのでしょうか」

大炊王は道祖王と同じく天武天皇の孫にあたるが、仲麻呂の亡くなった息子の遺され
た妻が再婚した相手で、いまは田村第に住んでおり、仲麻呂にとって身内同然だった。

聖武太上天皇の喪が明けもしないうちから、早くも遺詔を覆そうとするのかという思
いがした。

「遺詔にも不行跡があった場合には廃するようにとありました。先帝の御心に背くこと
にはならないと思います」

孝謙天皇はひたと光明子を見据え、迷いなく言った。

母に対し娘がこれほどはっきりと物を言ったのは初めてだった。光明子への説明を仲麻呂と念入りに打ち合わせたことがうかがえた。

孝謙天皇は皇太子に推されて名が挙がっている他の者たちの欠点をあげつらい、大炊王に決めた経緯を話したが、光明子は聞き流すにとどめた。

天皇の言葉は重い。陰で仲麻呂が糸を引いているのは明らかだとわかっていても反論は許されない。しかし、このまま孝謙天皇が仲麻呂に操られるのは好ましくない。

(その糸を断ち切るにはどうすればよいか)

光明子は考えをめぐらした。思いに沈んでいるおりの光明子は、何事かに驚いたときの少女のような表情をしばしば見せる。

話し終えた孝謙天皇は、ふと光明子の顔に目を留めた。

自らの考えに母が賛同してくれているのか、その表情から見て取れず、孝謙天皇は幼いころのように不安にかられた。

光明子が御座所に戻った後、孝謙天皇は田村第に還御した。

奥まった部屋で向かい合った仲麻呂は、気がかりそうな様子で、

「皇太后様はいかが仰せでありましたでしょうか」

と訊いた。

「何も言われなかった。大炊王を皇太子とすることに反対はされぬようじゃ」

「さようでございますか」

仲麻呂はほっとした表情になった。しかし、孝謙天皇は首をかしげて言った。

「しかし朕には、皇太后の胸の内はわからぬ。何かを考えておられるような気がするが」

「何をお考えだと言われるのですか」

仲麻呂は孝謙天皇の顔をうかがい見た。

「だから、わからぬと申した。しかし、そなたにとってよいことではないのは明らかであろう」

「さようでしょうか」

仲麻呂は不安げにつぶやいた。

思いがけず目にした光明子の裸身が目の前に浮かんでいた。仲麻呂には光明子が神のごとき女人に思えていた。しかし、仲麻呂は膝を叩いて声を強めた。

「皇太后様が何を思われようともいまの世は帝が治めておられるのです。これからは余計な口出しは慎んでいただかねばなりません」

孝謙天皇は微笑した。

「朕の世であり、そなたの世でもあると思っているのであろう」

「そのようなことは滅相もありません」

仲麻呂はあわてて頭《かぶり》を振ったが顔には満足げな笑みがじわりと浮かんでいた。孝謙天皇はそんな仲麻呂をいとおしげに見つめる。

道祖王が廃され、新たに大炊王が皇太子となった。この際、孝謙天皇は詔の中で自らの治世を、

——皇太后朝
と称した。

聖武太上天皇の遺詔を覆す後ろめたさから、あえて母親を前面に押し立てたのだろう。光明子はそれについて何も言わず黙って微笑しただけだった。

仲麻呂は新たに置かれた紫微内相に任じられた。紫微内相とは、

——内外諸兵事を掌《つかさど》る
職務とされた。仲麻呂は朝廷を守護する近衛軍だけでなく、諸国の兵から辺境の防人《さきもり》にいたるすべての軍事力を掌握できる地位についたことになる。

仲麻呂は橘奈良麻呂の反乱に備えて、着々と手を打っていた。六月九日には平城京における一族の集会や武器の携行を禁じるという法令を発した。

これに対して奈良麻呂は安宿王《あすかべのおおきみ》や黄文王《きぶみのおおきみ》ら与党の貴族たちと邸《やしき》などで度々、会合を行い、七月二日に決起することを決めた。

夜更けに兵を発して田村第を囲み、仲麻呂を捕らえて殺した後、皇太子殿を包囲して大炊王を追放するとともに皇太后宮を襲って〈鈴璽《れいじ》〉を奪おうという謀だった。

〈鈴璽〉とは駅鈴《えきれい》と御璽《ぎょじ》のことで、国家の大権を持つ証《あかし》である。駅鈴は駅使を諸国に発する際に朝廷から支給する鈴で、諸国への命令伝達、兵の動員に欠かせない。御璽とともに天皇の身近に置かれている。

皇太后宮に〈鈴璽〉があると広く知れ渡っているのは、光明子が政《まつりごと》を行っていることを示していた。

これを奪うのは、奈良麻呂たちが〈皇太后朝〉への叛逆《はんぎゃく》を企てることを意味する。

奈良麻呂は〈鈴璽〉を手に入れしだい、ただちに右大臣を召し出して孝謙天皇を廃し、新たな天皇を決めようと考えていた。しかし、巨勢堺麻呂《こせのさかいまろ》や山背王《やましろのおおきみ》が奈良麻呂の企てを仲麻呂に密告した。

奈良麻呂の動きを察知すると孝謙天皇は二日朝、百官に対して忠節を求める戒告を行った。

光明子は御座所に群臣を召し入れて、

「太后によく仕え奉り、助け奉れとの先帝の詔を忘れてはなりませぬぞ」

と引き締めの言葉を発した。

二日夕刻、中衛舎人《ちゆうえのとねり》、上道斐太都《かみつみちのひたつ》が皇太后宮に駆け込んで、

「橘奈良麻呂様が兵をあげようとしておられます」

と訴えた。これを受けて仲麻呂はすぐに奈良麻呂の邸に近衛兵を向かわせた。

このころ、まだ準備がととのっていなかった奈良麻呂は近衛兵に急襲されるとあえなく捕まり、それに与《くみ》した者たちも、たちまち捕縛されて奈良麻呂の企ては潰《つい》えた。

光明子は、奈良麻呂始め、塩焼王《しおやきのおおきみ》や安宿王、黄文王、大伴古麻呂ら企ての中心人物五人を田村第の御座所に召し出した。

縄をかけられ前庭に引き据えられた五人を前にして、光明子は日頃と変わらない落ち着いた口調で訊いた。

「そなたらは、わたくしの近しい者です。恨まれるようなことをした覚えはありませんが、なぜ、このようなことをしようとしたのですか」

奈良麻呂は恨めしげに光明子を見上げて、

「皇太后様が仲麻呂の専横をお許しになられたからです。わが父は仲麻呂を憎く思い、恨みました。それは皇太后様をお恨みすることと同じになりましょう」

と答えた。光明子はわずかに首をかしげた。

「はて、思いも寄らぬことを言いますね。わたくしは仲麻呂の専横を許した覚えはあり

「いや——」

奈良麻呂がなおも言い募ろうと言葉を続けようとしたとき、光明子はきっと睨《にら》んだ。

「わたくしを信じておれば、わたくしのなそうとするところはわかったはずです。信じる心がなければ、迷妄に落ちるほかありません。とはいえ、そなたらはわたくしの身寄りの者たちです。官職も与えているのですから、此度《こたび》のことは何かの間違いでしょう。罪には問いません。二度とこのようなことをせぬように」

光明子の温かい言葉に奈良麻呂始め五人は首をうなだれた。

やがて御座所から解き放たれて門から出されたとき、五人は一様に振り向き、涙して頭を下げた。

ところが、その翌日、孝謙天皇は解き放った者たちを再び捕まえ、厳しく取り調べて拷問を行うよう命じた。仲麻呂が孝謙天皇に拝謁し、

「皇太后様の温情のままにしてはなりません。この世を治めるのは帝であるとお示しにならなければ、ふたたび謀反が起きます」

と声高に言上《ごんじょう》したからだった。

黄文王、古麻呂、多治比犢養《たじひのこうしかい》、小野東人《おののあずまひと》、賀茂角足《かものつのたり》たちは笞《むち》で打ち据えられて殺され、奈良麻呂も刑死した。

この峻烈《しゅんれつ》な処分を聞いた光明子は、目を閉じて黙したまま何も言わなかった。

三

翌天平宝字二年（七五八）八月、孝謙天皇は皇太子に譲位した。大炊王は、

——淳仁《じゅんにん》天皇
となった。

淳仁の即位に伴い、仲麻呂は朝廷第一の権力を握った。

奈良麻呂の乱を鎮圧した功で、功封三千戸、功田一百町が与えられ、銭を鋳造する〈鋳銭《ちゅうせん》〉と稲を貸して利息をとる〈出挙《すいこ》〉を行うことが許された。

さらに宮中のひとびとを驚かせたのは、仲麻呂が、

——恵美押勝《えみのおしかつ》
という名を賜ったことだ。

恵美は藤原氏が一族の祖の鎌足《かまたり》以来、忠節を尽くした家であり、

——汎《ひろ》く恵むの美、これより美なるはなし
と忠臣である美を表し、押勝は乱を制した武功によるというが、紛れもなく唐風の名前だった。改名した仲麻呂は宮中でも上機嫌で、

「これよりは、わしの世ぞ」

と親しい者にもらした。

側近や与党の者を自邸に呼び集めて、連日のように酒宴を張った。

さらに仲麻呂は官職を唐風の呼び方に改称した。これは名前だけのことだったが、この際に紫微中台を、

——坤宮官《こんぐうかん》
と改め、これまで政権中枢を担ってきた組織を大幅に縮小した。光明子の政への介入を警戒したのだ。

光明子はその噂を素知らぬ顔で聞いた。しばらくたったころ、

「大安寺へ参る」

と言葉少なに告げた。

侍女たちはあわてて皇太后宮の役人たちに行啓を告げに走り、支度がととのえられた。

光明子が不意に言い出すことに慣れている役人たちが抜かりなく用意した輿に乗り、大安寺へ向かった。

平城京は碁盤の目のように道路が仕切られ、一条、二条などの呼び名がある。大安寺の正門である南大門は六条大路に面していた。

光明子が寺内で輿から降りると、すでに皇太后が訪れるとの報せを受けていた菩提が

僧侶たちを従えて出迎えた。

「訊ねたいことがありまして参りました」

光明子が親しく声をかけると、菩提は微笑を浮かべてうなずいた。そのまま本堂に通された光明子は椅子に座って菩提と向かい合った。

菩提は日本人の目には異形とも映るほどに肌の色が黒く、彫りの深い顔立ちをしている。目だけが夜空の星のように輝いていた。

その目を見つめながら、光明子は声をひそめた。

「僧正におかれては呪術をなさるとうかがいましたが、まことでしょうか」

日本語がわかる菩提は用心深い眼差しで光明子を見返し、わずかに顎を引いた。

「有り体に訊ねます。悪臣を誅《ちゅう》する呪術はありましょうか」

悪臣という言葉に、菩提は少し首をかしげて考えた後、

「恵美押勝様――」

とあっさり名を告げた。

「そうです。押勝は専横を極め、この国を我が物にしようとしています。さようなことは許されません。呪法で彼《か》の者を懲らしめたいと思います」

光明子の意図するところを聞いて、菩提はゆっくりと頭を振った。

「仏法はひとを生かすもの、殺すものではありません」

「やはり、さようですか」

失望した表情を浮かべる光明子をうかがい見た菩提は声を落として言葉を継いだ。

「しかし、ひとを生かす仏法により、悪臣を誅伐することはできるかもしれません」

静かに告げてから、手を叩いて弟子を呼び寄せ、菩提は何事か小声で言いつけた。

光明子がさりげなく待つほどに、本堂にひとりの壮年の僧が入ってきた。僧の顔をそれとなく見た光明子は訝《いぶか》しげな面持ちになった。

背が高くたくましい体つきをした僧は、細面でととのった顔立ちをしている。眼光鋭い僧の顔をまじまじと見つめる光明子に菩提が声をかけた。

「いかがなさいましたか」

「この僧の顔に見覚えがある気がするのです」

「ほう、やはりそうですか。仏縁ですな」

仏縁という言葉を耳にした光明子は目を瞠《みは》り、僧に向かって、

「そなたは、弓削清人《ゆげのきよと》ですか」

と言うと僧侶は跪《ひざまず》いて頭を深々と下げた。

「いまは道鏡《どうきよう》と申します」

「そなたに初めて会ったのは幼いころであった」

「皇太后様は安宿媛《あすかべひめ》という名でございました」

道鏡は落ち着いた物腰で答えた。

十六歳で聖武のもとに入内《じゅだい》した光明子だが、それ以前には度々、商人が集まる市に出るなどして物見を楽しんだ。

幼くして聡敏《そうびん》と讃《たた》えられた光明子は唐から伝わった尺の用い方を教えて商人に感謝されたこともある。

光明子が貧しい者や虐げられた者がいることを知ったのも、このころ市になじんだ賜だったが、そんなおりに道鏡と出会ったのだ。

「あのころのあなたはまことに不可思議な童《わらわ》でした。黒牛に乗って龍笛《りゅうてき》を吹き、目が清らかに澄んでいたのを覚えています」

そのころを思い起こして光明子はしみじみとした口調で言った。

「その後、葛城山《かずらきさん》に籠り修行をしておりました。おかげにて如意輪法《にょいりんぽう》の験力《げんりき》を得てございます」

「それはよかったですね」

如意輪法は如意輪観音菩薩を信仰し、如意輪陀羅尼《だらに》を誦《じゅ》して念じる古密教のひとつである。菩提も如意輪菩薩像を作って信仰していると聞いたことがあるのを思い出した光明子は、

「如意輪法を伝えるために、道鏡は僧正のところに参っているのでしょうか」

と菩提に問うた。菩提が厳かな顔つきで、

「ともに伝えあうために集うておると申せましょう。しかしながら道鏡殿は皇太后様にお会いするために当寺に参ったそうでございます」

と答えると、光明子は怪訝《けげん》な表情を道鏡に向けた。

「なぜ、わたくしに会おうと思い立ったのですか」

「光に翳《かげ》りが見えたからでございます」

「翳りですと――」

光明子は眉をひそめた。

「さようでございます。橘奈良麻呂に連なる者たちに対する処罰は酷に過ぎはせぬかと案じられますし、いましがた外にて耳にしました恵美押勝を誅されたいとの仰せは、皇太后様のお言葉とも思えませぬ。昔の皇太后様はさように荒々しいお方ではございませんでした。まことに光のごとく世を照らし、ひとびとを慈しんでおられましたのに、帝の崩御をみられてより、皇太后様のお心に悲しみゆえの翳りが生じてございます」

諄々《じゅんじゅん》と説く道鏡から目をそらして、光明子はつぶやくように言った。

「異なことを申します。わたくしは昔と少しも変わってはおらぬと思います」

光明子の言葉を聞いて、道鏡はゆるやかに手を差し出した。

つられて光明子も衣に被《おお》われた手を差し伸べた。

道鏡はおもむろに光明子の衣手に自らの手を添えた。その瞬間、光明子の体がびくりと震えた。

平城京の町をさまよっていたころを思い出した。

父の不比等と母の三千代《みちよ》の顔が脳裏に浮かぶ。はなやかな入内の様子が昨日のことのように思い起こされる。

そうだった、聖武の妃《きさき》となったのは自分だけではなく、

――県犬養広刀自《あがたのいぬかいのひろとじ》

もいた。広刀自の美しい横顔はいまも光明子の頭の中から消えない。

光明子は、〈長屋王《ながやのおおきみ》の変〉で政の暗さを、臣下の娘として初めて皇后となったおりにひとびとの嫉視と反発を知った。長屋王の子、

――膳夫《かしわで》

はいまも忘れられぬひとだ。そして唐から戻った留学生《るがくしょう》の、

玄昉《げんぼう》

吉備真備《きびのまきび》

もたいせつな人たちだ。僧侶である玄昉が唐から持ち帰った『開元釈教録』一部五千四十八巻の膨大な『一切経』の書写を始めた。

(あのおりに仏ははっきりと見えたはずなのに)

五色の光に包まれてさわやかな風を感じながら、光明子は胸の内で思った。

この世を仏国土に変える。それが光明子の悲願となった。

その願いをかなえようと紫微中台をつくったのだが、聖武太上天皇が亡くなったとたんに、ひとびとは背き始めた。

初めてひとを憎いと思うようになっていた。

(いつの間にかわたくしは光を失っていたのだろうか)

光明子が胸の中でつぶやいたとき、五色の光が消え、風が止《や》んだ。光明子は夢から覚めたようにあたりを見回した。

大安寺の本堂で道鏡と向き合い、椅子に座っていた。道鏡はすでに手を引いている。だが、光明子はたったいま湯につけたような温もりを掌に感じた。

「いまのが如意輪法ですか」

光明子が訊くと道鏡は頭を横に振った。

「皇太后様は、わたしという鏡によって、ご自分のまことの姿をご覧になられただけでございます」

「そなたはわたくしの来し方や行く末の道を映しだす鏡でありましたか」

光明子は道鏡の目をまじまじと見つめた。道鏡は深沈として黙って頭を下げ、傍らで菩提が重々しく告げた。

「光を映すものは鏡です。皇太后様が発せられる光は道鏡殿を通じて世を照らすでありましょう。ご案じなさることは何もございません。光が悪を亡《ほろ》ぼしましょうほどに」

菩提の言葉を得心がいった表情で聞いた光明子は、うなずいて立ち上がると侍人に導かれて輿へと向かった。

菩提と道鏡が読経する声を背に、光明子が本堂を出たとき、あたりは眩《まばゆ》い光が満ちあふれていた。

若草の章

一

——光があふれている

下げ角髪《みずら》にしてやや長めにたらした髪をふわりとさせた少女が立っている。色白でととのった顔立ちだが目が澄んで口もとが引き締まり、何事か思い詰めた懸命さを感じさせる顔だ。

十歳の安宿媛《あすかべひめ》は、平城京の朱雀大路《すざくおおじ》にいた。風がさわやかだった。朱雀大路は風の路でもあった。街路樹として植えられた柳や槐《えんじゅ》の葉が風に揺れている。

和銅三年（七一〇）四月——

安宿媛は茜色《あかねいろ》の裳裾《もすそ》を風に揺らしながら歩いていく。

侍女たちがいまごろ邸で右往左往しながら安宿媛を捜しているだろう。しかし、そんなことにかまってはいられない。

きょうはどうしてもひと月前の三月十日に遷都が行われたばかりの新しい都を歩き回りたい。いや、できることなら走ってまわりたい、と体の中の何かが告げている。御霊《みたま》がわたくしを呼んでいる。安宿媛はそう感じるとともに足を速めた。誰かに、いや何者かに出会わねばならない。

安宿媛は裳に風をはらんで駆け出した。

後に奈良の都は、

青丹《あをに》よし奈良の都は咲く花の薫《にほ》ふがごとくいま盛りなり

と『万葉集』に詠《うた》われたように色彩豊かで美しい。青丹よし、とは、青色、丹（朱）色の色彩が鮮やかなことも表しているのだろう。

黄土や緑青《ろくしよう》、丹土、白土を膠《にかわ》で溶いて建物の垂木《たるき》や桁、梁《はり》などに使った。柱や梁は丹塗りで朱色だった。壁には白土が用いられ、白く輝いていた。

遷都の計画は文武《もんむ》天皇のときからあったが、平城京は女帝である元明《げんめい》天皇が造った都だ。それだけにすべてが、けざやかであり、はなやぎがあった。

遷都するまで十六年間、都であった藤原京も女帝の持統《じとう》天皇が即位後に造営に着手し、四年後に完成した。

平城京と藤原京はいずれも唐の長安に倣って造られた。遷都の詔によれば平城京は、

――四禽図《しきんと》に叶《かな》ひ、三山鎮を作《な》し、亀筮《きぜい》並びに従ふ

であるという。四禽図に叶うとは、東に青龍（川）、南に朱雀（沢畔《たくはん》）、西に白虎《びやつこ》（広い道）、北に玄武（高い山）があることだ。

さらに、三山鎮を作しとは、春日山、平城山、生駒山地が控えていることを指す。

亀筮並びに従うとは、陰陽道における、「天子は南面し、後ろに山、左右に丘陵があり、前に平地が開ける」と合致するのだ。すなわち、

――四神相応

の都である。神に守られた宮城であるとも言えた。

平城宮の朱雀門から都の南端の羅城門まで朱雀大路が延びて、左京と右京を分かち、さらに東側に外京と呼ぶ張り出し部分があり、寺院が建てられている。

南北に九条の大路があって、碁盤の目のように交差している街路によって仕切られた区画を坊と呼び、朱雀大路の東西にそれぞれ四坊ある。

都の中で北寄りに位置するのが天皇の住む平城宮で、東と西、南に門があってその内に大極殿と朝堂院がある。

平城京の人口は貴族や地方から出てきている豪族、庶民を合わせて四万人から十万人までにのぼった。

平城宮に近い五条以北に貴族たちの広大な邸が並び、宮から離れた八条や九条あたりに下級官人が住んだ。

五位以上の貴族は百人ぐらいで、その家族などを含めれば千人ぐらいだろう。

そのほかおよそ一万人と言われる官人と賦役《ふえき》として働く雇夫《こふ》や仕丁《しちょう》などの庶民が暮らしている。大路は官人や僧、庶民が行き交い、むせ返るようだ。

貴族の広大な邸が立ち並ぶのを目にしながら足を速めていた安宿媛は、

——おーい
と呼ぶ声を聞いた。

男の子の甲高い声だ。子供同士が呼び合う声であろうと思い、気にしなかったが、さらに呼びかける声が続いた。

「媛よ、どこへ駆けられるのか」

自分を呼んでいるのだ、と思った安宿媛は足を止めて振り向いた。見ると安宿媛と同じ年ぐらいの身分ありげな男の子が立っていた。

髪を真ん中で分けて両脇にたらした角髪だ。若草色の袍《ほう》を着て白袴《しろばかま》を穿《は》いている。

眉があがり、目がすずやかで鼻が高く貴族的な顔つきだった。

（――誰だろう）

男の子の顔に見覚えがあると思いつつ、安宿媛は声を高くして訊いた。

「何か用事ですか」

権高《けんだか》な言い方に男の子は微笑を浮かべた。

「わたしのことを覚えていないのですか」

「そんなことは――」

やはり知っている相手なのだと思いつつ安宿媛はうろたえた。そしてある名前が頭に浮かぶと同時に口にしていた。

――膳夫《かしわで》様
男の子はにこりとした。

「覚えていてくれたんですね」

安宿媛は少し恥ずかしくなったが、平気な顔をして答えた。

「覚えていますとも。長屋王様のご長男でいらっしゃいます。遷都の儀式のとき、気分が悪くなられて、わたくしの邸でお休みになられました」

膳夫は、ははっと笑った。

「気分が悪くなったのは首皇子《おびとのみこ》様です。わたしは首皇子様に付き添ってあなたの邸におうかがいしたのです」

そうだったろうか、と安宿媛は首をかしげた。

言われてみるとそんな気もするが、当日は大勢のひとでごった返して、しかも首皇子が倒れたので、皆、あわてていた。首皇子と一緒に休んでいた膳夫も同じように気分が悪くなったのだ、と思い込んでいた。

しかし、謝るほどのことではない、と安宿媛は思った。

「わかりました。わたくしの思い違いだったのでしょう。では、わたくしに何のご用なのでしょうか」

「あなたが邸からいなくなっていると、皆が騒いで捜していました。わたしは、あなたを見かけなかったかとあなたの侍女たちに訊ねられたのです」

「そうですか」

安宿媛はちょっと空を見上げて表情を隠した。そしてさりげなく言い添えた。

「いまから帰ろうと思っていたのですが、そんなに捜していたのですか」

安宿媛の父は元明天皇に仕えて政事を動かしている朝廷第一の実力者である、

——藤原不比等

だった。

不比等は、中大兄皇子《なかのおおえのおうじ》（後の天智《てんじ》天皇）とともに当時、権勢を極め、天皇をさえしのぐ勢いがあった蘇我入鹿《そがのいるか》を討ち、天智天皇の代を開いた藤原鎌足の次男だった。

不比等は〈壬申《じんしん》の乱〉で天下を掌握した天武《てんむ》天皇のもとでは、鳴かず飛ばずに過ごしたが、天武天皇没後、政治の舞台に姿を現し、大宝律令の成立に力を尽くした。

大宝元年（七〇一）には正三位に昇り、大納言となっていた。

さらに娘の宮子《みやこ》を持統天皇から譲位された文武天皇に入内させ、権勢の増大を図った。

宮子は首皇子を産み、不比等は天皇家の外戚への道をたどろうとしていた。

「そんなことを言って、あなたは邸とは違う方角へ走っていたではありませんか。まるで逃げるみたいに」

膳夫に言われて、安宿媛はむっとした。たしかに不比等の邸は左京二条二坊から一条二坊までの広大な一画を占めている。

「わたくしは逃げたりはいたしません。向かっていたのです」

「どこへですか」

興味深そうに膳夫は安宿媛を見つめた。

行きたかったのは、右京八条二坊と左京八条三坊に設けられた東西の市だった。このころの市は、後世の商業や手工業のためのものではない。地方から都に納められる調《ちょう》庸《よう》物が集められる場所だ。

安宿媛は諸国から送られてくる珍しい貢納物を見たいと思っていた。しかし、そういうわけにもいかず、左京の方角を指さした。それを見て、

「そうか、わたしの邸を見たかったのですか」

と膳夫は明るい声をあげた。そんなことはない、と安宿媛は言おうとしたが、それでは邸に帰されると思って、不承不承うなずいた。

「ならば、行きましょう」

膳夫は少し離れたところから見守っていた従者たちに、笑顔を向けると左京に向かってすたすたと歩き始めた。安宿媛もしかたなくついていく。

木々の緑が匂う風が吹いていた。


長屋王の邸は左京三条二坊の広大な敷地にあった。

安宿媛は邸に入って、その広さと建物の多さ、大きさに目を瞠った。

中央に正殿があり、さらに脇殿がある。瓦葺《かわらぶき》屋根の邸が続くのは長屋王の夫人たちの住む場所なのだろう。

長屋王は天武天皇の長子高市皇子《たけちのみこ》の子で、母は天智天皇の娘御名部皇女《みなべのひめみこ》である。

高市皇子は、母親が皇族ではなかったため天皇にはなれなかったが、〈壬申の乱〉で

は天武天皇方として奮戦し、持統天皇の代には太政大臣となって朝廷で重きをなした。長屋王は母親が皇族であり、正妻は元明天皇の娘である吉備内親王だった。血筋の高貴さでは、やがて皇位につくであろう首皇子にも劣らず、本来、皇位継承者としての資格を持つだけに、邸は平城宮を模した壮大さだった。このためなのか、ひとびとは長屋王の邸を、

——北宮

と呼んでいた。なぜ、北宮と呼ばれるかと言えば、長屋王の父高市皇子の邸宅が香久山の北麓にあったからだという。

膳夫は安宿媛に邸内を見せてまわった。

長屋王の封戸《ふこ》は諸国に広がっており、貢納される食べ物だけでも、摂津国の塩漬け鰺《あじ》、伊豆国の鰹《かつお》、武蔵国の菱《ひし》の実、周防国の塩、阿波国の猪、讃岐国の鯛《たい》などが、この日も馬や人足によって次々に膳所へ運び込まれていた。

安宿媛はその様子を見て長屋王の富強を目の当たりにする思いだった。その後、膳夫は安宿媛を脇殿に連れていくと、

「少し、待っていてください」

と言い残して、どこかへいった。遠くで侍女に何事か言いつけている声が聞こえた。

安宿媛は板敷きに座ったままなんとなく大きな梁を見上げていた。やがて膳夫は黒漆塗

りの椀《わん》を捧《ささ》げ持ってきた。膳夫は椀を置くと、

「おいしいですよ」

とにこりと笑った。椀には薄茶がかったものが入っている。食べ物のようだが、安宿媛はいままで見たことがなかった。

「なんでしょうか」

安宿媛が首をかしげて訊くと、膳夫は嬉《うれ》しげに答えた。

「蘇《そ》です」

初めて聞く名だった。安宿媛は箸《はし》で蘇をつまむと、恐る恐る口に入れてみた。

——甘い
滋味あふれる甘い味わいだった。思わず三口ほどで食べてしまい、

「ありがとうございます。おいしかったです」

と礼を言った。膳夫はうなずいて、

「これは牛の乳を煮て作るのだそうです」

と声をひそめて告げた。

「牛の乳——」

安宿媛は思わず後悔してしまった。牛の乳を飲めば牛になってしまうのではないか。そんな考えが頭に湧いた。しかし、膳夫は牛にはなっていない。だから、大丈夫だ、と

自分に言い聞かせた安宿媛は、

「邸の者が心配していると思いますから、帰ります」

と頭を下げた。

「もう、帰るのですか」

膳夫が残念そうに言ったとき、

「そちらの媛はどなただ」

と男の声がした。膳夫と安宿媛が驚いて振り向くと、壮年の立派な身なりの男が立っている。

「父上様――」

膳夫も立ち上がった。男は膳夫の父の長屋王らしい。

長屋王はこの年、三十五歳。昨年十一月に従三位に叙せられ、宮内卿に任じられ、近頃では式部卿になっていた。

落ち着いた物腰でふたりに近づいた長屋王は、微笑を浮かべて安宿媛を見つめた。安宿媛は頭を下げて挨拶した。

「わたくしは大納言藤原不比等の娘でございます」

「ほう、不比等殿の媛ですか」

長屋王は穏やかな表情でうなずきながら、言葉を継いだ。

「では、母上はどなたですか」

「首皇子様の乳母を務めている県犬養三千代《あがたのいぬかいのみちよ》です」

三千代の名を聞いて、長屋王の目が一瞬、光ったように安宿媛には見えた。しかし、長屋王はさりげなく膳夫に顔を向けた。

「媛とはどこで知り合ったのだね」

「先ほど朱雀大路で会いました」

長屋王は興味を持ったような眼差しを安宿媛に向けた。

「なぜ朱雀大路におられたのですか」

「誰かに、いえ、何かに呼ばれたような気がしたのです」

「ほう、呼ばれたのですか」

「はい、御霊がわたくしを呼んでいる。そんな気がしました」

安宿媛は澄んだ眼差しで長屋王を見返した。すると、長屋王の表情が見る見る険しくなった。

「呼んだのは、わしかもしれない」

長屋王の低い声が安宿媛を驚かせた。

「なぜでございますか」

長屋王は答えずに深いため息をついた。

「ああ、いま、わしがこの媛を亡き者にできたら、将来《さき》でわが家はどんなに助かることだろうか」

安宿媛がどきりとして見つめているのに気づいた長屋王は微笑を浮かべた。

「戯言《ざれごと》を言ったのだよ。気にすることはない」

だが、微笑《ほほえ》む長屋王の目が笑っていないことに安宿媛は気づいていた。安宿媛は、ともかく辞去しようと、立ち上がった。すると、長屋王が、

「お待ちなさい。朱雀大路をひとりで帰られては危ないゆえ、送る者をつけましょう」

と言った。

安宿媛は黙ってうなずいた。

長屋王は、従僕を呼び寄せ、ひとの名をつげて召し連れさせた。

間もなくやってきた男を見て安宿媛は眉をひそめた。

骨に皮がはりついているだけではないかと思えるほど、ひどく痩せて青白い顔をした三十過ぎの男で、唐人の服をだらりとした様子で着ている。

顔は細長く、顎がとがっている。目はぎょろりとした三白眼で鋭く光っていた。頰から顎にかけて髭《ひげ》を生やしている。

「この男は唐人でね。名を唐鬼《からおに》という。唐船が嵐で沈没して九州に流れ着いた。そこをたまたま九州に赴いていたわしに仕える者が助けたのだ。それ以来、わしに仕えるよう

になった男だ。わしを命の恩人だと思って決して裏切らぬ」

唐の鬼と書くのだと言われて、安宿媛は、ぞくりと背筋がつめたくなった。

唐鬼は拱手《きょうしゅ》の礼をとりながら、じっと安宿媛に視線を注いでいる。

二

「長屋王様は、あなたのことを亡き者にできたら、とおっしゃったのですね」

三千代の静かな声が響いた。

長屋王家の従者である唐鬼に付き添われて、不比等の邸に戻った安宿媛は、母親である三千代の前で肩をすぼめていた。

長屋王の邸で蘇を食べたことだけを話そうと思っていたのに、三千代に問われているうちにすべてを口にしていた。

三千代は知らず知らずの間に相手に心のうちを話させてしまうのが上手なのだ。

ほっそりとした体つきで仏像を思わせる穏やかな物腰の三千代だが、十五歳のときから宮人として朝廷に仕え、芯のしっかりした女人であることを知らぬ者はいない。

それだけに安宿媛はいつも三千代の前に出ると嘘《うそ》偽りが言えない心持ちになって、思っていることはすべて話してしまう。

三千代は十八歳のころ、最初の夫である美努王《みぬのおおきみ》と結婚していた。

美努王は敏達《びだつ》天皇系の皇親だが、いまの天皇家との血筋は遠い。

三千代は美努王との間に三人の子を生《な》した。

夫婦仲は円満だったが、美努王が筑紫に赴任した後、三千代は不比等の妻となった。

何があったのか、周囲の者にはわからないまま、三千代は不比等との間にも三人の子を産んでいた。

しっとりとした美しさを備えた三千代に、そのころ三十八歳の不比等が惹かれて、道ならぬ恋に走ったのではないかと噂された。

しかし、それよりも、朝廷で頭角を現してきた不比等が宮中の女官として天皇の信頼が厚い三千代を手に入れることで、さらに権勢の階《きざはし》を上ろうという打算があって結びついたのだ、と謗る声の方が大きかった。

いずれにしても、父と母の結びつきに、どことなくひと目を憚《はばか》る曇りがあることを、侍女たちの言葉の端から安宿媛は察していた。

だが今、安宿媛には、三千代は自らの務めを果たしつつ、不比等が目指しているものを同じように見つめているのではないか、と思えた。

(わたくしには、まだわからないけれど、きっとそうだ)

この日も三千代の美しい顔を見つつ、安宿媛は胸のうちでつぶやいた。すると、三千代は微笑んでから口を開いた。

「あなたが都を見物してまわろうとしたことは叱りません。ひょっとしたらよいことかもしれないからです」

「よろしいのですか」

「ええ、あなたにはなさねばならないことがあると思いますから」

三千代は考えながら言った。

「わたくしがなさねばならないこととは何でしょうか」

「さあ、それは、まだわかりませんが、ただひとつ言えるのは首皇子様をお助けすることでしょうね」

「首皇子様を？」

首皇子は安宿媛と同じ年に生まれた。首皇子の邸は不比等の邸と隣接しており、三千代はふたつの邸を行き来しながら首皇子と安宿媛を育てた。首皇子の母宮子は出産後、気鬱の病となり、わが子との面会もかなわぬようになった。

このため首皇子にとっては三千代こそ母であり、安宿媛とは兄弟姉妹のように育った。それだけに安宿媛には首皇子に親しむ思いは強い。

ひょろりと痩せて、青白い顔をして、いつも自信なげに物思いにふけっている首皇子を励ましてやりたい気持ちは安宿媛の中に根強かった。

あるいは、それは三千代が幼いころから言い聞かせてきたことが安宿媛の心に根付いたからかもしれない。

（わたくしは首皇子様を守りたい）

それが自分の生まれながらの使命だ、と安宿媛は思っていた。しかし、そう思う中でふと、きょう、話をしたばかりの膳夫の顔が思い浮かんだ。

明るく、快活でしかもやさしかった膳夫は、それだけではない男児としての強さも備えていた気がする。

長屋王という身分が高いひとの長子だからというだけではない、身に備わった威厳も感じられた。

安宿媛がなんとなく物思いにふけっていると、三千代がやさしく声をかけた。

「きょうはあなたに話しておきたいことがあります」

三千代は立ち上がると、庭へ安宿媛を誘った。何事だろうと思いつつ、ついていった。

三千代は庭に造られた大きな池の縁に立った。

晴れた空を白い雲がゆっくりと流れている。

侍女たちも遠慮してついてこず、話を盗み聞きされる心配がないのを見定めてから口を開いた。

「わたくしは十五歳のとき天武の帝の宮中に宮人としてあがり、それから持統の帝、文武の帝とお仕えいたし、いまは今上《きんじょう》帝の御意により、首皇子様の乳母を務めています。その中で苦しみ、悩んで参ったことがひとつだけあるのです」

三千代の表情は真剣だった。安宿媛は常にない三千代の顔つきに驚いて、問い返した。

「母上様がお苦しみなのは何でございましょうか」

「首皇子様のことです」

「首皇子様がいかがされたのでしょう。また、ご病気なのでしょうか」

「それもあると言っていいでしょうね。首皇子様の父君、文武の帝は二十五歳でお亡くなりになられました。また、文武の帝の父上草壁皇子《くさかべのおうじ》も二十代の若さで亡くなられているのです。〈壬申の乱〉で兵を率いて世を鎮められた神のごとき天武の帝のご子孫の男子の方々が、病弱であり、早世されるとはおかしなことだとは思いませんか」

「はい、なぜでございましょうか」

「わたくしは大津皇子《おおつのおうじ》始め皇位を争った皇族方の呪詛《じゆそ》によるのではないか、と思っています。それは、持統の帝のなさったことに端を発しているかもしれません」

安宿媛は三千代の口から洩《も》れた恐ろしい言葉に息を呑んだ。

持統天皇は天智天皇を父とし、蘇我倉山田石川麻呂《そがのくらやまだのいしかわのまろ》の娘、遠智娘《おちのいらつめ》との間に生まれた。鸕野讃良皇女《うののさららのおうじょ》と呼ばれ、十三歳のときに叔父である大海人皇子《おおあまのおうじ》（後の天武天皇）の妃

となった。『日本書紀』によれば、持統天皇は、

――深沈《しめやか》にして大度有《おおきなるのりま》します
という人柄だった。

しかし、朱鳥元年（六八六）、九月九日、天武天皇が逝去するや政治の実権を握った鸕野皇后は、ひと月もたたない十月二日には、わが子である草壁皇子の皇位継承の競争相手だった大津皇子に謀反の疑いをかけて誅殺した。

大津皇子は優れた容貌で声も朗らかで、武勇もあり、漢詩の才に長《た》けており、

――詩賦《しふ》の興《おこ》り、大津より始まれり
と讃えられたほどだった。

それだけに持統天皇にとって大津皇子はわが子草壁皇子の皇位継承をおびやかす存在に思えたのだろう。

天武天皇は、甥である大友皇子《おおとものおうじ》と争い近江朝廷を亡ぼして、天武朝を開いた。どこか血腥《ちなまぐさ》さが朝廷に残っていたのかもしれない。

漢詩集の『懐風藻《かいふうそう》』には、大津皇子の哀切極まりない辞世の詩が残された。

金烏西舎に臨《て》らひ
鼓声短命を催《うなが》す

泉路賓主無し
この夕べ家を離《さか》りて向かふ

太陽は西の家屋を照らし、夕刻を告げる鼓の音が聞こえる。まるで自分の命の終わりを告げているかのようだ。家を離れ、家族と別れて、今宵、自分はただひとり、誰も迎えてくれることのない黄泉路《よみじ》へと向かうのだ。

これほどの詩才を持つ優れた皇子だからこそ、わが子への愛に目が眩《くら》んだ持統天皇は殺さずにはいられなかったのだ。しかし、大津皇子が斬刑にあってから二年半後には草壁皇子が二十八歳の若さで亡くなった。

持統天皇は女帝として世を統治し、草壁皇子の子である軽皇子《かるのおうじ》が十五歳になるのを待って譲位し、自らは太上天皇として若い文武天皇を支えて政務を見た。

不比等を用いて大宝律令を制定した後、持統天皇は大宝二年に五十八歳で崩御した。しかし、その五年後、持統天皇が願いを託した文武天皇は二十五歳で亡くなるのだ。

「母上様は草壁皇子様や文武の帝が若くして亡くなられたのは、大津皇子様の呪いだと思われているのですか」

安宿媛が怜悧《れいり》な目を向けて訊くと三千代はゆっくりと頭を振った。

「わかりませぬ。あるいは近江朝の大友皇子様のお恨みのせいかもしれません。しかし、いずれにしても戦によって血が流れ、ひとが殺され、さらに謀反の疑いを受けた尊き身分の方が亡くなられたのです。ひとの呪詛が帝にかかっても不思議ではないでしょう」

三千代の言葉をうつむいて噛《か》みしめるように聞いていた安宿媛はあることに気づき、はっとして顔をあげた。

「それで、文武の帝が亡くなられた後、阿閇皇女《あへのひめみこ》様が皇位につかれたのでしょうか」

阿閇皇女は天智天皇の第四皇女であり、母は蘇我倉山田石川麻呂の娘、姪娘《めいのいらつめ》だった。草壁皇子の妃となり、軽皇子を産んだ。すなわち、文武天皇の母である。

文武天皇の皇子、首皇子がまだ七歳と幼かったためだとされたが、すでに成人である息子の没後、母親が皇位につくという、極めて異例の事態だった。

天武天皇の皇子がほかにいる中で、阿閇が皇位についたのには、大津皇子の祟《たた》りを恐れる気持ちがあったのかもしれない。

三千代は池の水面《みなも》に目を遣った。

「わたくしは十五歳で宮人になったおりから、阿閇様にお仕えしてきました。それだけにわかるのです。夫である草壁皇子様が若くして亡くなられ、さらに文武の帝にも先立たれた阿閇様のお嘆きの深さが――」

「それはわたくしにもわかるような気がいたします」

安宿媛は涙ぐみながら言った。現在の元明天皇がどのような思いで皇位につかれたのかと思うと、その悲壮な決意に胸を打たれた。

「阿閇様は慶雲四年（七〇七）七月に文武の帝の遺詔であるとして即位されましたが、そのおり、次のような歌を詠まれました」

三千代が詠ずる声が池の水面に響いた。


ますらをの鞆《とも》の音すなりもののふの大臣《おほまへつぎみ》　楯立つらしも

即位の儀にあたっては、宮門に盾がたてかけられ、もののしく兵が武具の音を響かせ、佇立《ちよりつ》する。

緊迫した空気の中で、まるで戦に臨むかのように皇位についた元明天皇の心持ちが表れた歌だと言える。

「阿閇様は幼い首皇子様を無理に皇位につければ、〈壬申の乱〉のごとき争いが起き、さらにほかの皇子を選ぼうとしても、皇族の諍《いさか》いの火種になるだけだと思われたのです」

「それで自ら即位を決意されたのですね」

「血の争いを鎮めなければ、世に平穏は訪れないのです。そして大津皇子の、さらには多くの犠牲となったひとびとの憤りをなだめ、鎮めることは、ひたすらひとびとの安寧を祈る女帝にしかできないことだとわたくしは思います」

三千代は静かな目を安宿媛に向けた。

そのとき、安宿媛は自分の母が世間で噂されるように愛欲に溺れて父と結ばれたわけでも、あるいは権勢を欲して父のもとに走ったのでもない、とわかった。

「この世を鎮め、穏やかならしめるのは女人の力です。わたくしはあなたにも、その務めを果たしてもらいたいと思っているのですよ」

三千代の言葉に安宿媛は大きくうなずいて、はっきりと答えた。

「わたくしは必ずや、さようにいたします」

三千代は微笑して言葉を添えた。

「ですが、世の中には乱と権勢を好むひとが絶えません。そのようなひとは女人の帝が治める世を崩そうといたすでしょう。あなたの身の周りにも、すでにそのような者の手が伸びている気がします」

「わたくしの身の周りにでございますか」

安宿媛は驚いて目を丸くした。

「きょう、あなたを長屋王様の邸から送ってきた者の中に唐人がいましたね」

唐鬼のことだ、と安宿媛にもわかった。

唐鬼は安宿媛の供をしながら、ひと言も言葉を発しなかった。しかし、唐鬼のまわりには、言い知れぬ冷気のようなものが漂い、その姿を目にするだけで、心がひやりとするのだった。

そう言えば、安宿媛を送った唐鬼は邸の中をゆっくりと見まわしてから帰っていった。そのおりなぜか、屋根の上を見上げ、さらに空へ目を遣ってからにやりと笑った。

あのとき、おぞましい者を邸の中に入れてしまったのではないだろうか、という悔いが胸に湧いたことを安宿媛は思い出した。

「母上様、わたくしは、とんでもないしくじりをしたのかもしれません」

安宿媛が涙ぐんで言うと、三千代は笑みを浮かべた。

「大丈夫ですよ。あなたに限ってしくじるということはありません。あなたのすることはすべて道を開いていくことになるでしょう」

母親のやさしい言葉が安宿媛の胸に沁《し》みた。

三

長屋王は安宿媛を送り届けて戻った唐鬼から報告を受けていた。

「やはり、あの邸からは恐ろしき邪気が迸《ほとばし》っております」

唐鬼は平然として告げた。

「邪気とはどのようなものなのだ」

長屋王は端整な顔を曇らせて訊いた。

「されば、女人の邪気でございます。たとえて申すなら、唐の則天武后の如《ごと》き邪気かと」

「なに、則天武后だと。粟田真人《あわたのまひと》の申していたことがまことになるかもしれぬ」

長屋王は思わず恐れを口にした。

「さようです。わたしもこの目で見てきたことですから」

唐鬼は目を光らせて言った。

粟田真人は、民部卿だったが、大宝二年に遣唐使として派遣された。遣唐使の派遣はこのころ途絶えており、三十二年ぶりの派遣だった。

二年後の慶雲元年に帰国した。この際、唐の文物などについて、いつもの遣唐使同様の報告を行ったが、その中に異様なことが含まれていた。

すなわち、真人が長安に入ったとき、唐はなく、

——周
という国になっていたというのである。このことは朝臣たちを驚かせたが、中でも長屋王は興味を持って、真人を邸に呼び、詳しい話を聞いた。真人が長安の宮廷で拝謁し

たのは女帝の、

——則天武后
だった。則天武后は唐朝第三代皇帝である高宗の皇后だった。

もともとは山西省の材木商の娘で美貌をもって知られ、十四歳のときに二代皇帝太宗《たいそう》の後宮に入ったが、太宗の没後、いったんは尼になったものの高宗に見出《みいだ》されて寵愛されたという。

則天武后は、美しいだけでなく、才知にも優れており、官僚を巧みに操り、高宗が健康を害すると政務を執り、独裁権力を得るにいたった。

高宗が病没すると、自らの子を次々に帝位につけたが、反抗する貴族を弾圧し、政権を強化すると、国号を周と改め、新たな王朝を建てたのである。

唐という国が周に変わり、しかも女帝が統治していたことは真人を仰天させたが、帰国しても、朝廷にはそのことをさりげなく報告するに止《とど》めた。

なぜならば、真人が唐に向かって出発したのは、すでに文武天皇の代であり、持統太上天皇は遣唐使が出発して半年後に崩御していたからだ。

真人が帰国報告をしたのは文武天皇であり、ことさらに女帝の話をしなくともよかった。しかし、長屋王の邸に招かれた真人は則天武后が人材を登用して善政を行う一方で怪しげな寵臣を近づけ、政治の混乱を招いていることを告げた。

「持統の帝とは大違いでございますが、わが国にも則天武后のごとき女帝が現れれば世は乱れるのではありますまいか」

真人はため息まじりに話した。

長屋王は真人の話を記憶にとどめていた。それだけに三年前に文武天皇が病没し、元明天皇が即位すると、胸中にふと不吉なものを感じた。

長屋王は元明天皇の娘吉備内親王を正妻としている。

元明天皇の人柄も心得ており、よもや則天武后のような専横な振る舞いをするとは思わなかった。

しかも昨年、長屋王のもとに仕えるようになった唐鬼は、

「則天武后は四年前にすでに亡くなり、周にかわって再び唐となりました」

と言ったのである。則天武后は重病になり、宰相から退位を迫られて応じ、中宗《ちゅうそう》が復位すると国号を唐に戻した。

「そうか、唐の国は昔に復したのだな」

長屋王が言うと唐鬼はうっすらと笑いながらうなずいた。

唐鬼はかつて長安の下級役人で、諸国を探索する任務についていたが、則天武后の巡察のおりに粗相をしでかして、死罪にされようとしたため国外に逃げ、日本へたどりついたのだという。

唐鬼は、則天武后のことを、

「則天武后は皇帝の寵愛を争った前皇后や寵姫《ちょうき》を百叩きしたうえで、四肢を切断して酒《さけ》甕《がめ》に投げ込むなどの残虐な行いをしました。前皇后と寵姫は数日間、泣き喚《わめ》いて苦しんだあげくに死んだそうです」

とひややかに話した。

「恐ろしい話だ」

長屋王がつぶやくと、唐鬼はさりげなく言い添えた。

「この国にも、そのような女帝が出てこないとは限らないでしょう」

「まさか、いまの帝はそのような方ではない」

「いずれ首皇子様が皇位につかれるのでございましょう。そのとき、后《きさき》になるのはどなたでございますか」

唐鬼に囁《ささや》くように言われて、長屋王の額に汗が浮かんだ。

(――藤原不比等の娘か)

持統天皇が重く用い、朝廷で台頭した不比等に対して、皇族の間では警戒する者も出ていた。中には、

「持統の帝はなぜ藤原鎌足の子を重用されたのであろう。本意ではなかったのではあるまいか」

という者もいた。

なぜならば、持統天皇と元明天皇はそれぞれ蘇我倉山田石川麻呂の血を引いている。倉山田石川麻呂は中大兄皇子（天智天皇）と藤原鎌足が蘇我入鹿を討ったとき、中大兄皇子の側についた。

蘇我一族の内紛のためだったが、入鹿を討滅してから数年後、倉山田石川麻呂は謀反の疑いをかけられた。

危険を察知した倉山田石川麻呂は当時、都が置かれていた難波から飛鳥へと逃げ帰ったが、追討軍が押し寄せると、一族もろとも自害して果てた。

（あれは、すべての蘇我氏を亡ぼそうという藤原鎌足の策略から起きたことに違いない）

蘇我入鹿を倒すために、蘇我一族を分裂させ、その後、残った倉山田石川麻呂も始末したのだ。いかにも策謀家の鎌足の考えそうなことだった。

そんな鎌足の子を持統天皇はなぜ用いたのか。

「背に腹は代えられなかったということだろう」

草壁皇子を皇位につけようと必死だった持統天皇にとっては有能な不比等を使うしかなかったのだ。

さらに草壁皇子が早世し、遺児の軽皇子を天皇にしようと思えば、精一杯、不比等を働かせなければならなかった。そのため、不比等の娘宮子を軽皇子の夫人にまでしたのだ。

(しかし、これ以上、藤原氏が大きくなることを持統の帝が望まれただろうか)

よく考えてみなければならない、と長屋王は思った。

藤原氏の血筋でもある首皇子が皇位につくのはやむを得ないにしても、さらに不比等の娘を首皇子の妃にすることまでは持統天皇も望んでいなかった気がするのだ。皇位を継ぐのは自分か息子の膳夫でもかまわないはずだ。

まして、もし、その娘が則天武后のような恐ろしい女帝になったとしたら、と思っただけで長屋王は体がぶるっと震えた。

唐鬼がつめたい目を向けて嘯《うそぶ》いた。

「もし、ご心配なら、わたしにお命じください。いつでも、あの娘をあの世へ旅立たせて見せましょう」

長屋王は唐鬼を気味悪そうに見た。

「なぜ、そのように、あの媛を憎むのだ」

唐鬼は少し考えてから笑った。

「わたしは、若いころ一度、宮中の戸の隙間から則天武后の顔を見たことがあるのです。とても美しい女でした。それで、もう一度、顔を見たいと思っていたため、則天武后が長安の街を巡察した際に輿の簾の中をのぞき見ようとしてしくじったのです」

「そんなことをしたのか」

「あの藤原家の娘はまだ幼いですが、おとなになれば、則天武后そっくりの美しい女になることがわたしにはわかるのでございます」

唐鬼の目には憎悪が浮かんでいた。


ひと月がたった。

安宿媛はこの間、様々なことを考えた。

父と母のことや、世を鎮めようとする女帝のこと、さらに首皇子のことまで。しかし、考えつつも、なぜかひとりの顔が浮かんでくる。

——なぜだろう
考えまいとしても膳夫の朗らかな顔が思い出される。膳夫といたときが、楽しかった、と思えるのだ。

もう一度、長屋王の邸を訪ねて、膳夫から蘇を馳走《ちそう》してもらってはいけないのだろうか。母の話を思い出せば、もはや勝手に過ごすことは許されないことのような気がする。

（だけど、それはおとなになってからでもいいかもしれない）

そんな気がしてきた。

たしかに自分には果たさなければならない役割があるかもしれないが、いまはまだ気の赴くままにしてもいいような気がする。そう考えたとき、三千代が、

――大丈夫ですよ。あなたに限ってしくじるということはありません。あなたのすることはすべて道を開いていくことになるでしょう

と言ってくれたことを思い出した。母上もああ言ってくださったのだから、と思うと安宿媛は自然に体が動き出していた。

侍女の目をかいくぐってひと目につかない北門へと向かった。北門からこっそり外へ出ると、この日もよく晴れていた。

風が強いようだったが、却《かえ》って心がはずんだ。沓《くつ》が、行こうと思えばどこまでも行けますよ、と囁いているような気がした。

――よし、行こう

安宿媛は走り出した。足はいつの間にか長屋王の邸の方角に向かっている。その様子を物陰から見ていた男がいる。

唐鬼だった。

唐鬼はゆっくりと安宿媛の跡をつけた。向かっているのが、長屋王邸の方角だとわか

ると、にやりと笑った。

　安宿媛は唐鬼に気づかずに走っていたが、ふと、足を止めた。前方から大きな黒牛がゆっくりと大路を進んでくる。

　黒牛の背には六歳ぐらいの陽に焼けた男の子が乗っていた。黒牛が近づいてきたとき、安宿媛と男の子の目があった。

　つむじ風が大路の砂埃《すなぼこり》を巻き上げた。

四

　黒牛の背に乗った男の子はじっと安宿媛を見つめていたが、白い歯を見せて、にこりと笑うと、

「このまま、帰ったほうがいいよ。怪しい奴がつけているから」

　男の子に言われて安宿媛が振り向くと、僧や役人、庶民らの雑踏が相変わらずつづいているだけで、特に変わったひとの姿はない。

「そんなひとは見えません」

　安宿媛が訝しげに言うと、男の子は頭を振った。

「隠形したんだ」

「おんぎょう？」

「葛城山の行者様が、時々、やってみせてくださる術だよ。ひとに会いたくないときに姿を消して雲に乗るんだって」

男の子は空を見上げて、白い雲を指差した。

男の子が指差すと、恐ろしい形相の者が空へ飛翔し、雲に隠れる様が見えた気がした。

安宿媛は自分をつけてきた怪しい奴が、あの雲に乗っているのだろうか、と思った。

雲の上から見下ろしている者がいるとしたら鬼だろう、と考えをめぐらした安宿媛は長屋王の邸にいた唐鬼を思い出した。つけていたのは唐鬼なのではないか、と思って安宿媛はあらためて大路を見回した。

男の子が言うように、自分によからぬことを思う者がどこかに潜んでいるような気がした。安宿媛は振り向いて、

「教えてくれて、ありがとう。きょうは邸に戻りましょう」

と男の子に言った。男の子は満足げな笑みを浮かべた。

「おれの言うことを信じてくれるんだね。おれは夜、星を見ていたら、いろんなことがわかるので言うんだけど、河内の里の者たちは気味悪がるばかりで、信じたりしないのに」

男の子は不思議なことを言う。

しかし、安宿媛には男の子が嘘を言っているとは思えなかった。なぜかしら、男の子の言う夜空の星が安宿媛の脳裏に浮かんだ。自分も同じように星を見ている気持ちになった。

「星を見ていたらわかるとはどういうことなの」

「じっと見つめていたら、星が集まって何かの形になるんだ。それが凶兆なのか吉兆なのかは空の方角でわかる。もっともこんなことを言っても信じないだろうけど」

「いいえ、わたくしには、あなたが言っていることが正しいとわかります。わたくしは藤原不比等の娘安宿です。あなたの名は何と言いますか」

男の子は驚いたように目を丸くした。安宿媛が高貴な身分であることを知ったのだ。それでも男の子は胸を張って答えた。

「わたしは河内の弓削連《ゆげのむらじ》櫛麻呂《くしまろ》の子、清人《きよと》――」

庶民の子だと思っていたら、清人は河内の豪族の子らしい。

それにしては埃に汚れた貧しげな身なりをしている。清人は何気ない様子で懐から笛を取り出した。唐からわたってきた、

――龍笛

だった。清人が口にあてると、きれいな音色が出た。清人の心持ちを表した音色だと思った安宿媛は微笑した。

「わかりました。また、会うことになると思います」

清人は龍笛を吹くのをやめて、じっと安宿媛を見返した。そんなふたりを唐鬼は街路樹の槐に身を隠して見つめていたが、

「長屋王様にとって凶兆じゃな、不比等の娘が星を見る男と出会ったようじゃ」

とひややかにつぶやいた。

安宿媛が踵《きびす》を返して邸に向かったのを見て、清人はかかとで黒牛の腹を蹴った。黒牛は一声、もう、と鳴いてからゆっくりと動き出した。

清人は黒牛の背で笛を構えて吹き始めた。甲高い、どこまでも天に立ち上っていくような音色だ。

大路を行くひとびとは思わず、足を止めて笛の音色に耳を傾けた。

ゆったりと進んでいく黒牛が槐のそばを通りかかったとき、清人は槐の枝を見て、くすりと笑い、息を大きく吸い、ひときわ高い音色を出した。

すると、槐の幹につかまり、あたかも枝のように見えていた唐鬼の姿が現れた。

大路のひとびとはそれまで槐の木にひとが登っていることに気づかなかっただけに、驚きの目を向けた。

唐鬼は苦い顔をして槐から飛び降りた。清人が素知らぬ顔で過ぎていくのを見つめながら、唐鬼は、

――小僧め、わしの隠形を破りおった

と口惜《くや》しげにつぶやいた。

またしても、つむじ風が土埃を巻き上げた。

邸に戻った安宿媛は母の三千代を捜して、奥へ向かった。すると、奥から首皇子が出てくるのと行き会った。

「首皇子様――」

安宿媛はあわてて脇によけると、頭を下げた。首皇子は何か急ぐことでもあるのか、せかせかと歩いてきたが、安宿媛に気づいて足を止めた。

開け放たれた扉から射し込む光に色白のほっそりとした体つきが浮かび上がった。

首皇子はととのった顔立ちだが、顎が細く、どこか頼りなげに見えた。

侍女が追ってこないか、確かめるように振り向いた後、首皇子は安宿媛に顔を向けた。

「安宿媛、頼みたいことがあるのだが」

突然言われて安宿媛は戸惑った。

だが、首皇子は幼いころからともに暮らす安宿媛を頼りにする癖がついたようで、いままでも頼み事をされたことはあった。

もっとも、好みの食べ物を食事に出すよう三千代に伝えてくれ、とか、勉学を怠けるため仮病を使うとき、安宿媛に首の具合が悪いのは本当だ、と言わせるとか、小さなことばかりだった。しかし、このとき、首皇子の眼差しはひどく真剣で思い詰めている様子が感じられた。

「なんでしょうか」

安宿媛が用心深く訊くと、首皇子は声をひそめて言った。

「母君に会いたいのだ」

「母君様に――」

安宿媛は息を呑んだ。

首皇子の母親である宮子夫人が、首皇子を産むと間もなく心を病んで、首皇子と顔を合わせないまま、もう十年近くもの長い間、過ごしていることは安宿媛も知っていた。病の宮子夫人は宮中を出て広大な不比等邸の敷地の一角を占める邸宅の奥深くで過ごしているが、安宿媛も顔を見たことがない。

「近頃、よく母君様の夢を見るのだ。母君様は夢の中でわたしにやさしくしてくださる。しかし、わたしには母君様のお顔が見えぬ。お会いしたことがないゆえ、思い浮かばないのだ」

首皇子は悲痛な声で言った。

「それはおかわいそうです」

安宿媛は同情せずにはいられなかった。

「母君様に会わせてくれと三千代に頼んでも聞いてくれない。不比等が許さないだろうというばかりなのだ」

首皇子はため息をついてうらめしげに言った。首皇子は将来、帝となる身分のはずだが、思うにまかせないことが多い。

ひとつには、この時代、天皇位の継承は父から長子へと定まっているわけではない。天智天皇の弟であった天武天皇が〈壬申の乱〉を経て皇位についたように兄から弟への継承もあった。

これに従えば長屋王始め、天武天皇の血を引く成年男子は多いのだ。首皇子は自らの不安定な地位をなんとなく感じ取っているようだ。

首皇子は安宿媛に顔を向け、肩を落として、

「生まれてから一度も母君にお会いしたことがないなどというのは、おかしいではないか。母君はわたしを嫌っておいでなのだろうか」

とうめくように言った。安宿媛はあわてて頭を振った。

「さようなことはありません。母君様は心のご病気なのだと母上が申していました」

「心の病気、本当にそんなものがあるのだろうか。もし、そうだとすると、母君は鬼に

でも呪われているんじゃないだろうか。わたしはお助けしたいのだ」

首皇子はかすかに涙が滲《にじ》んだ目を安宿媛に向けた。安宿媛は首皇子の瞳に美しい星を見たような気がした。

そのとき、大路で安宿媛に邸へ戻るよう勧めた弓削連の息子清人が、星を見てわかることがあると言ったことを思い出した。

（夜空だけでなく、ひとの瞳にも星がある。見つめればわかることがあるのかもしれない）

安宿媛は首皇子の願いをかなえてやりたい、と思った。そう告げようと安宿媛が口を開きかけたとき、

「首皇子様、こちらにいらしたのですか」

三千代が声をかけて近づいてきた。

首皇子ははっとして、目で安宿媛に何も言わないよう合図した。安宿媛がうなずくのをちらりと見ながら三千代は首皇子に顔を向けた。

「勉学の刻限でございます。経学の師が先ほどから待っております。いかがなさるおつもりでございましょうか」

三千代は首皇子にうかがいをたてた。首皇子は、うなずいてから、

「きょうは、先ほどから気持ちが悪くて困っている。安宿媛に話し相手になってもらい、

気晴らしがしたい。経学講義は明日でも聞けるだろう」

と恐る恐る言った。三千代は首をかしげてしばらく考えたが、

「では、さように師には申し伝えます」

と言った。さらに安宿媛を振り向いて訊ねた。

「長屋王様のご子息膳夫様が、あなたを訪ねてこられています。何かお約束でもしましたか」

安宿媛はとっさに、笑顔で答えた。

「はい、首皇子様は膳夫様とお話がされたいそうです。首皇子様も気晴らしをなさりたいとのことですから、ちょうどよかったのです」

「膳夫様とお話を――」

三千代は眉をかすかにひそめたが、思いを決したように、うなずいた。

「よろしいでしょう。膳夫様とお親しくなられることも首皇子様の将来の役に立つかもしれませんから」

三千代は何事か深く考える様子で首皇子を見つめた。首皇子はほっとした顔になり、安宿媛を振り向いて、

「それなら、膳夫に会おう」

と元気のよい声を出した。それから三千代が止める暇《いとま》もなく、首皇子は安宿媛の手を

引っ張り、表の膳夫のところへと向かった。

門のところで従者たちをしたがえ、心待ちに佇んでいた膳夫は、走り出てきた安宿媛と首皇子を見てにこりとした。はしゃいだ様子で首皇子は声をかけた。

「膳夫、よく来た。わたしは行きたいところがあるのだ。ついてきてくれ」

膳夫は微笑して頭を下げた。

「首皇子様の思《おぼ》し召《め》しならば、どこへでも参ります」

「そうか。嬉しいぞ、膳夫はわたしにとって大切な友だ」

首皇子は満足そうに笑った。膳夫はにこやかに言葉を継いだ。

「ですが、その前に安宿媛に訊いておきたいことがあるのですが」

訝しげに、首皇子は安宿媛に顔を向けた。

「そういえば膳夫と安宿媛が仲が良いとは知らなかった」

安宿媛は平然と答える。

「ひと月前に話しただけですから、よく知りません」

膳夫はにこやかに応じた。

「せっかく蘇を食べさせてあげたのに」

つんとすまして安宿媛は答えた。

「それほどおいしくはありませんでした。なにしろ牛の乳から作るのですから」

安宿媛が言うと、首皇子は目を丸くした。

「牛の乳じゃと、そんな変なものを安宿媛は口にしたのか」

大変なことのように言われて、却って安宿媛はあわてた。

「蘇は貢物ですから、変なものではありません。それにまずかったわけではありませんから」

言い繕う安宿媛を膳夫は面白そうに見つめて、

「ほらごらんなさい。やっぱりおいしかったんだ」

と笑いながら言った。安宿媛が頬をふくらませて、何か言おうとするのを膳夫は手で制した。

「そんなことより、きょう安宿媛はわたしの邸に来る途中で引き返したそうですね。どうしたのですか」

膳夫は安宿媛を見つめて言った。

「どうして、お邸に行こうとして、引き返したことがわかったのですか」

安宿媛は首をかしげた。長屋王の邸に向かったことは誰も知らないはずだ。自分でも気まぐれに足を向けただけで、実際に膳夫を訪ねたかどうかもわからなかった。

「父上と唐鬼が話をしていたのです。安宿媛が邸に来ようとしていたが、ある者に邪魔された。牛の背に乗った童子の姿をしていたが、まことは鬼だろう、と唐鬼は話していました。それで、安宿媛が鬼にさらわれてはいけないと思ったものですから」

膳夫は真剣な表情になった。安宿媛は首をかしげた。

（唐鬼はなぜ、わたくしが長屋王の邸に向かいながら引き返したのを知っているのだろう）

怪しい奴がつけている、と清人が言ったのは、本当なのだと思い当たった。

唐鬼が自分をつけて何をしようとしたのかは、わからないが、やはり清人には何かが見えて自分を守ってくれたのだ。そう思うと安宿媛は嬉しくなった。

「たしかに大路で出会った弓削連の子である清人に邸に戻るよう勧められましたが、あの者は鬼ではありません。星を見て世の中のことがわかる力を持っていて、わたくしを守ってくれたのです」

安宿媛が胸を張って言うと、膳夫は戸惑った表情になって、

「そうですか」

と口の中でつぶやいた。すると、傍らの首皇子が口をはさんだ。

「星を見て世の中のことがわかるというのは本当だろうか」

首皇子が何を思って、清人のことを言いだしたのか、安宿媛はわからないまま、こくりとうなずいた。しばらくうつむいて首皇子は考えていたが、不意に顔を上げた。

「その者を連れてきてくれないか。わたしは今夜、母君にお目にかかりに行きたいと思

っている。星を見て何かがわかる者が傍にいてくれると心丈夫だ」

　夜中に宮子夫人を訪ねると聞いて首皇子は本気なのだと思い、安宿媛ははっとした。不比等が禁じていることを助ければ、どれほど叱られるかもわからない。

　膳夫が止めてくれないだろうか、と思った。だが、膳夫は平気な顔で、安宿媛に向かって、

「その弓削連の子はいまも大路にいるでしょうか」

と訊ねた。

　どうやら首皇子の望みを手伝うつもりらしい。安宿媛はため息をつきつつ告げた。

「黒い大きな牛の背に乗って龍笛を吹いていました。大路かひょっとすると東か西の市にいるかもしれません」

　膳夫はおとなびた表情でうなずいた。

「わかりました。従者たちに都をくまなく捜させましょう」

　この日の夕刻、陽が落ちかかり紫色の雲が赤く染まったころ、藤原邸の門前に、膳夫の従者たちに引き立てられて黒牛の背に乗った清人がやってきた。

　清人の吹く龍笛の音色が夕景に物悲しく響き渡った。

五

夜が更けるまで、安宿媛は自分の寝所で過ごした。

膳夫と清人は首皇子とともにおり、宮子夫人のもとに行くときには、清人が合図の龍笛を吹くということになっていた。

安宿媛が寝台に横たわっていると、不意に、ひゅー、という笛の甲高い音色がまるで鳥の鳴き声のように聞こえた。

安宿媛は起き上がると隣室の侍女に気づかれないよう、そっと沓を履き、足音をしのばせて扉を開けて外へと出た。

月が明るかった。

安宿媛は昼間の間に、笛の合図で集まる場所に決めていた建物の端に向かった。

月光が白く瓦葺の屋根を照らし、建物の影が黒々と浮かび上がっているあたりに人影は全くなかった。

安宿媛が小走りに近づいていくと、建物の大きな柱のそばに首皇子と膳夫、清人が立っているのが見えた。安宿媛が来たのが嬉しかったのか、清人が笛を口にあてて、

——ひょお

とひときわ高く吹いた。そばにいた膳夫があわてて清人の笛を押さえ、声を低めて叱った。

「侍女たちが起きるではないか」

清人は、てれたように笑ったが、首皇子はふたりのやりとりにかまわず、安宿媛にむかって、

「さあ、行こう」

とうながした。安宿媛がうなずくと首皇子は先頭に立って歩き出した。月明かりで地面に四人の黒い影が長く伸びた。

藤原邸は建物が数多く立ち並び、その間を抜けていくと、大きな瓦葺の寺院のような建物の前に出た。

首皇子はあらかじめ宮子夫人が住む邸宅を確かめておいたらしい。建物の入り口は階になっている。

清人はじっと邸宅の上に広がる夜空を見上げた。安宿媛は清人のそばに寄って、

「何かわかりますか」

と訊いた。清人は唾を飲み込んでから口を開いた。

「この邸の上の空には、それはそれは大きな悲しみがある。この邸のひとは天が与えた運命にもがいて苦しんでいる」

「悲しみですか」

安宿媛は空を見上げた。しかし、月と小さな星が瞬くだけで、何も見えない。いや、あの真っ暗な夜空そのものが、大きな悲しみなのだろうか。そう思うと空にひとの嘆きがたなびく雲のように漂っている気がした。

安宿媛が空を見上げている間に首皇子はためらいながらも階をあがった。安宿媛たちも急いでそれに続いた。

月光に深紅の扉が浮かび上がった。扉に手をかけて首皇子が押すと、音もなく開いた。邸宅の中は、暗闇でしんと静まり返っている。

開けた扉の隙間から月光が射し込み、緋色の帳《とばり》や、壁にかけられたあでやかな錦の布、螺鈿や銀の飾りがついた調度などがぼんやりと見えた。しかし、ひとの気配はせず、膳夫が思わず、

「まるで霊廟《れいびょう》だ」

とつぶやいた。墓場のように感じたのだ。

首皇子が思い切って中に足を踏み入れた。安宿媛も続いて入り、首皇子の背中に寄り添った。その安宿媛の両脇に膳夫と清人が立つ。

首皇子は邸宅の奥をうかがうように、佇んでいたが、やがて絞り出すような声で、

「母君様――、首でございます。お会いしたくて参りました」

と声をかけた。侍女があわてて飛び出してくるかと思ったが、物音ひとつしない。不気味な静けさに、膳夫が、

「この邸宅には誰もいないのだろうか」

と訝しげな声を出した。すると、清人が頭を横に振った。

「そんなことはないよ。ひとがいる。それも近くに——」

「どうしてわかるの」

安宿媛が訊くと、清人は闇を指差した。

「この闇は温かい。誰かがいるからだ」

清人が言うと、なぜか沈香《じんこう》の匂いが漂ってきた。首皇子は勢いづいて声を高くした。

「母君様、お会いしとうございます。お出ましください」

すると、闇の奥からすすり泣きが聞こえ、

「ならぬ——」

と悲しげな女人の声がした。首皇子はあっと息を呑んだ。

——母君様
首皇子の声が響くと、闇の中の女人は、

「ならぬ。そなたの声を聴いてもならぬ。姿を見てもならぬ。それがわたくしに科せられた定めなのです」

とか細い声で言った。首皇子は、二歩、踏み出して声を大きくした。

「なぜでございますか。母と子が会ってはならぬ定めなどございましょうか」

「あるのです」

女人は悲鳴に似た声をあげた。さらに続けて、

「もし、そなたに会ったことがひとに知られれば、そなたとわたくしは呪い殺されましょう。だから、会ってはならぬと言われたのです」

首皇子は激昂《げっこう》した。

「誰が会ってはならぬなどと言ったのですか。許せませぬ」

闇の中の女人はしばらく沈黙した後、ひややかに告げた。

「そなたの祖父君であり、わたくしの父君であるひとです」

宮子の父藤原不比等こそが母子対面を禁じたと闇の中の女人は言うのだ。安宿媛は驚いて前に出た。

「父君がさようなことをされるとは信じられません」

不比等は厳格だが、ひとの心を踏みにじるほどの非情さは持っていない、と安宿媛は思っていた。

「そなたは誰です」

闇の中の女人は訝しげに訊いた。

「わたくしは安宿と申します。父は藤原不比等、母は県犬養三千代でございます」

母親こそ違うが、宮子の妹なのだ、と名のると闇の中からしのびやかな笑い声が聞こえた。

「三千代の娘よ、知っておるか。たとえ父を同じくしても母が違えば姉妹ではない。ただの敵同士であるぞ」

地獄の底から響くような、不気味な声だった。

宮子は、不比等の第三夫人である賀茂比売《かもひめ》の娘だった。賀茂氏は大和、山背に勢力を持つ豪族である。

安宿媛が何も言えずに立ち尽くすと、傍らの膳夫が声を発した。

「不比等様はなぜ、そのようなことを言われたのですか」

闇の中の女人は膳夫を見つめているようだった。

「そなたは、誰じゃ」

「長屋王の子、膳夫です」

闇の中から、ひいっという悲鳴がして、ふたたびすすり泣きが始まった。

「母君様、どうされたのですか」

首皇子が問うと、いままでとは違う荒らかな声音で、

――帰っておくれ

と叫ぶ声が聞こえてきた。

「母君様――」

なおもすがろうとする首皇子に、闇の中の声は、

「わたくしを苦しめるのは、もうやめなさい」

と言った。

首皇子がなおも呼びかけようと思い惑っていると、清人がぽつりとつぶやいた。

「もう、いなくなった。闇が冷たくなった」

首皇子は闇を見据えたままだったが、不意に頭を下げると踵を返した。足早に邸宅を出ると階を駆け下りた。

安宿媛たちは首皇子の後を追いかけた。池の畔《ほとり》で首皇子は立ち止まってうつむいた。池の水面に銀色の月が映っている。

池を眺めている首皇子の目から涙がぽたぽたと落ちた。

「首皇子様――」

安宿媛は悲しくなって首皇子の傍に寄り添った。その姿を見ながら、膳夫は静かに言った。

「宮子夫人は臣下の家から帝のもとへ参られました。それゆえ、様々な妬《ねた》み、嫉《そね》みがあったのだと思います」

安宿媛は膳夫に顔を向けた。

「それで首皇子様はいつまでも母君様に会うことができないのでしょうか」

「わかりません。いつかお会いになれることを願っています。だけど――」

膳夫は空を見上げて言葉を継いだ。

「ひょっとすると、わたしの父も藤原家を妬んでいるかもしれません」

「長屋王様が、まさか、そんなことは――」

安宿媛は目を瞠った。膳夫はゆっくりと頭を振った。

「不比等様の朝廷における力はそれほどに大きいのです。わたしの父君も不比等様を恐れています」

膳夫は残念そうに言うと、首皇子に向かって頭を下げた。

「わたしは朝にならないうちに帰ります。宮子夫人をお訪ねしたことが不比等様に知られると父君が困られるような気がしますから」

膳夫が言うのを聞いて清人も一歩、前に出た。

「それなら、わたしも帰ってもいいでしょう。わたしが河内に戻らないと家の者が案じますから」

膳夫と清人の言葉を聞いて首皇子は袖で涙をぬぐった。

「ふたりとも帰ってしまうんだね。母君にも会えなかったし、わたしはいつもひとりになってしまう」

首皇子が寂しげに言うと、安宿媛が口を開いた。

「首皇子様、わたくしがいます」

「安宿媛――」

首皇子は泣きそうな顔で安宿媛を見つめた。

「わたくしは母君から首皇子様をお守りするよう言われています」

安宿媛は微笑して首皇子を見つめ返した。

そんな首皇子と安宿媛の様子を膳夫はじっと見つめていたが、やがて一礼すると、従者たちが控えている建物をめざして歩き出した。

清人がその後ろから跳ねるようにしてついていく。

池の畔に安宿媛とともに残された首皇子は空を見上げた。

「あの童子は、母君の邸宅の上の空には悲しみが漂っていると言った」

「まことにさように見えたのだと思います。宮子夫人のお声には、深い悲しみがありましたもの」

首皇子は空を見上げたまま、話を続けた。

「わたしは不比等を恨むかもしれない。たとえ、どのようなわけがあろうとも、わたしと母君の間を引き裂いたのは不比等なのだから」

父の名を出されて安宿媛は胸が詰まる思いがした。

父にはそうしなければならない事情があったのではないか、と思うが、母と子を会わせないままでいるのは、酷《むご》いことだ。

父にとって宮子夫人は娘、首皇子は孫だ。ひととしての情があるなら、この広い邸のどこかで、こっそりと会わせることぐらいはできたはずだ。それすらしてこなかったのはなぜなのだろう。

そのわけを知りたい、いや、知らなければならない、と安宿媛は思った。そうすることが、母の三千代から言われている首皇子を守ることではないだろうか。

「わたくし、父君に首皇子様が母君様とお会いできるよう、お願いしてみます」

安宿媛の言葉に首皇子は嬉しそうに微笑んだが、ゆっくりと頭を横に振った。

「たとえ、誰が願っても不比等はわたしと母君が会うことを許してくれないだろう。そんな気がする」

「してみなければ、何事もわかりません」

安宿媛は励ますように言った。梟《ふくろう》の啼《な》く声が邸内の木々から聞こえてくる。

首皇子はなおも夜空の星を見上げていた。

六

父に会いたいと思ってもなかなかその機会は安宿媛に訪れなかった。

三千代に父君とお話しできないでしょうか、と訊くと三千代は困ったように首をかしげた。

「父君は大層、お忙しいのです。そのことはおわかりでしょうね」

「わかっています。でも、ぜひともお訊きしたいことがあるのです」

「どのようなことでしょうか」

「わたくしが首皇子様をお守りしていくために知っておきたいことなのです」

三千代はじっと安宿媛を見つめて微笑した。

「そういうことでしたら、父君にお願いしてみましょう」

「父君はわたくしと話してくださいますでしょうか」

「はい、父君にとって、あなたははるかな望みにいたる光なのですから」

不比等にとって自分が望みにいたる光であるとは、どういうことなのだろう。

安宿媛にはよくわからない。

しかし数日後、不比等と会うことができたのは、三千代の言葉がいつわりではない証だった。

昼過ぎになって、居室にいた安宿媛は侍女から、不比等が庭の池の畔で待っている、と告げられた。

なぜ、邸の中ではないのだろう、と訝しく思いながら池の畔に行った安宿媛はどきりとした。

不比等は先夜、首皇子が泣きくれながら立っていた場所にいたからだ。

（あの夜のことを父君はすべてご存じなのかもしれない）

考えてみれば、邸に仕える者たちすべてが不比等の耳目だと言ってもいい。

誰の目にもふれずに宮子夫人のもとへ行ったと思っていたが、そんなことはありえないのだ。どこかで誰かに見られていたに違いない。しかし、だとすると、なぜ宮子夫人の邸に入るのをとがめ立てされなかったのだろうか。

不審に思いながら、安宿媛は不比等に近づいて頭を下げた。

「父君様、おうかがいいたしたいことがあるのですが、よろしいでしょうか」

「何事だろうか」

不比等はゆったりと振り向いた。

この年、五十三歳になるが、顔の色つやもよく、髪はわずかに白髪が交じっているものの豊かで、体つきは壮者を思わせるたくましさがあった。

眉が太く、鼻や口もすべて大振りで、風格があった。

朝臣たちは不比等と向かい合うと、空にそびえたつ山容を見る思いがする、という。

しかし、安宿媛は恐れることなく口を開いた。

「父君様にお許しいただかねばならないことがございます」

不比等は安宿媛を見つめて微笑を浮かべた。

「なにかいたずらをしたのかね」

こくりと安宿媛はうなずいた。

「首皇子様とともに宮子夫人をお訪ねいたしました」

安宿媛の言葉に不比等は眉ひとつ動かさず、笑みを浮かべたまま、それは、それは、とつぶやいた。

「父君様はすでにご存じだったのだと思います」

安宿媛は不比等をうかがい見た。不比等はゆっくりと頭を振った。

「いや、わしは知らなかった。首皇子様が宮子夫人に会おうとしたことを知っていたのは三千代だよ。この邸で起きたことはすべて三千代の知るところとなる。わしは昨夜、三千代から教えられたのだよ」

それなら、なぜ、母は自分を叱らなかったのだろう、と不思議に思いながら、安宿媛は言葉を継いだ。

「わたくしは首皇子様と宮子夫人を会わせていただきたいのです」

「それは無理だ」

不比等はきっぱりと言うと池の水面に目を遣った。水面は明るい陽射しを受けて、きらきらと輝いている。

「どうして無理なのですか。お願いいたします」

安宿媛は不比等にすがりつかんばかりにして訴えた。不比等はしばらく池を眺めていたが、やがて落ち着いた声で答えた。

「宮子夫人にわが子と会わぬように言ったのは、わしだ。宮中にはわしの力が大きくなるのを恐れる者が数多くいる。わしが首皇子様を帝に押し立てて、さらに権勢を得ようとしているという疑いを避けるためだった」

「そのために母と子が引き裂かれるのは、あまりに酷うございます」

安宿媛は懸命になって言った。

不比等は大きくうなずいた。

「たしかにそうであった。わしも酷いことをしたと悔やんだ。しかし、わが子と会えないことで、宮子夫人はまことの心の病となった。いまではやせ衰え、かつての美しい夫人ではない。しかも心の病を自分でも抑えることができなくなっている。それゆえ、たとえわしが許そうとも首皇子と会うことができない身となってしまったのだ」

「まさか、そのような」

安宿媛は泣きそうになった。

そう言えば暗闇の中で聞いた宮子夫人の声にはたとえようもない悲しみが満ちていた。もはやわが子と会うことができないと思った母の嘆きがこもった声だったのだろうか。

安宿媛は流れ落ちる涙を袖で拭った。

「わかりませぬ。なぜ、父君様はそれほどまでして朝廷で力をお持ちになりたいのでしょうか」

「わからぬか」

不比等の声は厳しくなった。

「わかりませぬ」

安宿媛がはねつけるように言うと、不比等は声をあげて笑った。安宿媛は言葉を続けた。

「母上は、皇位をめぐる争いに敗れた皇族の呪いのために草壁皇子様や文武の帝が長命を得られなかった。だから女人の帝が立つことで呪詛から逃れるのだ、とおっしゃいました」

安宿媛は黒々とした目で不比等を見つめる。

「三千代は大津皇子様のことを言ったのだろうか」

「はい、大友皇子様の呪いかもしれないとも」

安宿媛は恐る恐る言った。不比等の顔には暗い翳りが浮かんだ。

「天智の帝がまだ中大兄皇子であられたころ、わしの父、中臣《なかとみの》鎌足が力を合わせて蘇我氏を討ち滅ぼしたことは知っているだろう。蘇我蝦夷《えみし》と入鹿父子は強大な権勢を誇り、帝をないがしろにしていた。わしの父と天智の帝は力ではなく、律令の定めるところによって治まる国を造りたいと望まれた」

「力ではなく律令で治まる国――」

「朝廷は何度も血塗られてきた。もはやそれはやめねばならぬ、と天智の帝は思われたのだ。しかし、天智の帝が亡くなられると、弟であられる大海人皇子が〈壬申の乱〉での戦に勝たれ、帝の座につかれた。戦に長けた皇子が帝になるのであれば、帝が代わるたびに常に戦をしなければならない」

「そうならないために父君は何をされているのでしょうか」

「わしがいたしておるのは、不改常典の法を守ることだ」

「ふかいのじょうてんのほう――」

安宿媛が首をかしげると不比等は落ちていた木の小枝をとって地面に、

――不改常典
と書いて見せた。

「かつて帝の位は兄君から弟君が継がれることが度々だった。しかし、天智の帝はそれが争いのもとになると思われ、父君から子へ継ぐものと決められた。その法を変えないということだ。わしは天智の帝の定めを守り、国造りをしなければならない」

静かな声音で言うと、不比等は安宿媛の頭をなでた。

不比等の話を聞いた日の夜、安宿媛は寝所に入ってもなかなか寝つかれなかった。眠れないまま、起きだして庭へ出た。この夜も星が降るようだった。

安宿媛は夜空を見上げ、星を眺めた。

(清人は星を見ていると何かがわかるといったけれど、わたくしには何もわからない)

安宿媛は胸の中でつぶやいた。

しかし、何かの姿を見出すのをあきらめようとしたとき、不意に星の輝きがまし、一筋の糸でつながっているかのように見えた。

なんだろう、と思ってじっと見つめていると、それはひとを乗せる大きな乗り物のようだった。

(あれは、船ではないだろうか)

まだ海を見たことがない安宿媛は、三千代から聞かされた海を行く船を脳裏に思い浮かべた。

――星の船

安宿媛は小声で言ってみた。すると、〈星の船〉に乗っているひとびとの顔が見えるような気がした。皆、女人だった。

真ん中に白髪の威厳に満ちた高貴な老女がいる。誰だろうと考え、持統の帝かと思ったとき、

――斉明《さいめい》天皇

だと告げる声が安宿媛の耳の中でした。

斉明天皇は天智天皇と天武天皇の母であり、初め皇極《こうぎょく》天皇として在位したが、いったん孝徳《こうとく》天皇に譲位した。孝徳天皇が亡くなると重祚《ちょうそ》してふたたび天皇の座につかれた女帝だ。

斉明天皇の船にともに乗っているのは、皇族の女人たちではないか。

斉明七年（六六一）正月、斉明天皇は軍勢を率いて難波を出発、軍船で瀬戸内海を西へ向かった。

このころ朝鮮半島では百済《くだら》が、唐と結んだ新羅《しらぎ》に攻められ、わが国に救援を求めてきていた。斉明天皇はただちに百済救援のための兵を発した。

このとき、斉明天皇は六十八歳だったが、意気軒昂としており、軍船には女官たちとともに、中大兄皇子や大海人皇子の妃らも引き連れていた。

若き日の持統天皇や、大海人皇子と中大兄皇子のふたりから愛され、歌才をもって知られた額田王《ぬかたのおおきみ》も一行の中にいた。大海人皇子の妃大田皇女《おおたのひめみこ》は臨月の身であったが、邑《お》久《く》の海にいたって船上で出産した。

軍船は九州の那の大津（博多）に着き、斉明天皇は長い戦いに備えて朝倉宮を築かせた。しかし、船旅の疲れが祟ったのか朝倉宮に入られて二カ月余りで崩御された。女帝に率いられ、九州まで来た女人たちは泣き崩れた。

中大兄皇子は斉明天皇の遺骸とともに難波に戻ったが、この際、自ら挽歌を詠んだ。

君が目の恋《こほ》しきからに泊《は》てて居てかくや恋ひむも君が目を欲《ほ》り

あなたに会いたくて、おなじところに泊まっています、これほど、恋い慕い、もう一度お会いしたいと思っていますよ、と亡き母である女帝を思う哀切な心情があふれる歌だった。

中大兄皇子は天皇となって後、天智二年（六六三）、斉明天皇の弔い合戦であるかのように、ふたたび朝鮮半島に出兵した。だが唐と新羅の連合軍に白村江《はくすきのえ》の戦いで大敗し、以後、守勢にまわらざるを得なくなる。

斉明天皇が自ら座し、女人たちが乗り組んだ軍船は勝利を得ることなく、幻のごとく時の彼方《かなた》へ去ったのである。

夜空を見上げる安宿媛は女人たちが猛々しい気概を持って乗り組んだ軍船を思い浮かべた。なぜか涙が目に浮かんできた。


翌朝、起きた安宿媛は三千代のもとに朝の挨拶に行った。すでに化粧を終え、朝廷へ赴こうとしていた三千代は安宿媛を見て、にこりとして告げた。

「昨日は、父君がそなたと話して、たいそう賢い媛になったと喜んでおられましたよ」

「まことでございますか」

不比等は特に満足した様子を見せなかったのに、と安宿媛は驚いた。三千代はうなずいて、

「それゆえ、あなたにはきょうから新しい名をお授けになるそうです」

「新しい名――」

安宿媛は呆然《ぼうぜん》とした。名が変わるなど思いもしないことだった。父は突然、何を思いついたのだろうか。

三千代は微笑んで話を続けた。

「父君は宮子夫人のことをひそかに悔いてこられました。闇の底にいる宮子夫人を救いたいがそれがかなわない、と嘆いてこられたのです。そなたにはすべての闇を払っても

らいたいと父君は望んでおられます」

「闇を払うとはどういうことでしょうか」

安宿媛は首をかしげた。

「闇を払うとは、すなわち、自らが光となることです。そなたは今日から、光明子と呼ばれることになります」

――光明子
安宿媛は口の中で繰り返してみた。すると、なぜか力が湧いてくる気がした。気持ちも明るくなるようだ。

安宿媛は嬉しげに頭を下げた。

「よい名をありがたく存じます」

「その名の通り、光り輝き、まわりの者を照らして生きてください」

三千代に言われて、

「はい――」

と大きな声で光明子は答えた。

瑠璃の章

一

和銅七年（七一四）六月――

どん

どん

どん

早暁、平城京に太鼓の音が響いた。十二回、続けざまに打ち鳴らされた太鼓の音がいったん止まったかと思うと、さらに大きく打ち鳴らされる。それとともに平城京の正門羅城門が開かれ、平城宮の朱雀門や壬生《みぶ》門なども開かれていった。

平城宮の門の開閉を司るのは、

――闈司《いし》

と呼ばれる女官である。それぞれの門に女官が立ち、陰陽師が漏刻（水時計）によって告げる刻限になると、衛門府の門部に開門を告げる。平城宮内の通用門には夜通し篝火《かがりび》が焚《た》かれており、開門と同時に消されていく。

衛士《えじ》が門を開くと、すでに日の出前から暗闇の門前に待機していた貴族や官人たちがぞろぞろと入っていく。

さらに太鼓が鳴らされるのを寝所で耳にした光明子は起き出した。

邸は数日前から、この日に合わせてあわただしく準備が進められてきた。十四歳となった首皇子《おびとのみこ》が元服し、立太子する。この日から、首皇子は正式な皇位継承者となるのだ。

光明子は太鼓の音を聞きながら着替えると寝所から庭へと出た。光明子の寝所は板葺で床も板敷きであり、周囲に縁が巡らされ、庇《ひさし》の下に広縁があった。

中国の四合院の形式にならって、門と主屋、それに左右の副屋が広い中庭を囲んでいた。敷地の周囲には塀がめぐらされ、東西に門があるが南側だけは門がなかった。

光明子が中庭の池の畔に立ったとき、まだ陽は昇らず、あたりは闇に閉ざされていた。

首皇子は間もなく、平城宮に向かうはずだ。

（首皇子様はどのような気持ちでおられるのだろうか）

光明子は首皇子の身の上に思いをめぐらした。

昨日、首皇子は光明子と庭でふたりだけで話をした。陽射しが強く、池の畔の木々が黒々とした影を水面に伸ばしていた。

四年前、母である宮子夫人の邸を光明子や長屋王の息子膳夫《かしわで》、弓削清人《ゆげのきよと》らとともに深夜、こっそりと訪れたときとは違い、首皇子は背もしなやかに伸び、繊細さはうかがえるものの顔つきも大人びて落ち着いていた。

首皇子は考え深い目で光明子を見つめた。

「太子となれば、もはや誰にも邪魔されず、母君にお会いできる。それが楽しみだ」

首皇子の言葉に光明子はかすかに首をかしげた。

四年の間に光明子も娘らしくなり、しとやかな佇まいを身につけたものの、少年のようにいつも真剣な眼差しは変わらない。

光明子は不比等が、宮子はもはや自ら首皇子と会えないのだ、と言ったことを思い出していた。

「太子様になられたからには、却って意のままにならぬこともあるかもしれません」

光明子が言葉を選んで言うと、首皇子の表情が曇った。大きなため息をついて、

「やはり、光明子もそう思うんだね。三千代に訊いても同じ返事だったよ」

太子にさえなれば母と対面できると意気込んでいたらしい首皇子は見る見る落胆した様子を見せた。

「ですが、明日からは首皇子様にとりましての母君は帝でございますから」

光明子は慰めるように言った。太子となるのは、帝の子となることだ。元明女帝こそが首皇子の母と思わねばならなかった。

光明子の言葉を首皇子はうなずきながら、黙って聞いていたが、ふと顔をあげた。

「そうか、太子ではまだ無理でも帝となれば、誰にも邪魔はされないのだ」

首皇子のつぶやきを聞いた光明子はさっと顔色を変えた。

「さようなことを申されてはなりません。太子となられてからも、決して心をゆるめられませんように」

「なぜ、そのようなことを言うのだ。わたしはいずれ皇位につく身ぞ」

訝しげに首皇子は訊いた。首皇子の父、文武天皇は十五歳で太子となり、その年のうちに即位した。首皇子はそのことを思い出し、自らも十五歳になる一年後には天皇になれると思っているのだ。

首皇子の細い首に樹木の影が落ちている。光明子はゆっくりと答えた。

「わが父がさように申していたのです」

「不比等が――」

首皇子は不機嫌な表情になって口を閉ざした。太子になろうとするいまも不比等の意向に縛られていることが不快なのだろう。

首皇子の立太子について不比等は用意周到に根回しをしてきた。言うまでもなく皇位に野心を抱く長屋王を懐柔するため、まず、自分の娘である長娥子《ながこ》を長屋王の妻としていた。

さらに、和銅六年十一月、文武天皇の嬪《ひん》（律令制における天皇の妻で、妃、夫人に次ぐ位）であった石川刀子娘《いしかわのとねのいらつめ》と紀竈門娘《きのかまどのいらつめ》に対して、

――嬪と称《なの》ること得ざらしむ

という不思議な処分が下され、嬪の称号を削られた。

石川刀子娘は、文武天皇との間に広成《ひろなり》と広世《ひろよ》というふたりの皇子を儲《もう》けていた。だが、母親が嬪の位を奪われたことで、ふたりの皇子も皇族としての身分を剝奪《はくだつ》されて、首皇子と皇位を争うことができなくなったのである。

光明子は母の三千代から、

「父君は皇位をめぐる争いが起きないようにあらゆる手段を講じておられます。嬪よりも夫人が位は上ですから、宮子夫人の御子である首皇子様が皇位につかれるのがふさわしいのです。しかし嬪の皇子がおられては争いのもとになりかねません。父君は争いを防ぐため、あえて厳しいけじめをつけられたのです」

いがあった。

と聞かされていた。だからこそ首皇子に不比等の苦心をわかってもらいたいという思いがあった。

「父は首皇子様のことを思えばこそ、案じているのだと思います」

なだめるように光明子は囁いたが、首皇子は皮肉な笑みを浮かべた。

「そうだろうか。不比等が考えているのは、藤原氏の繁栄のことだけではないかという気がする」

つめたい言葉に光明子が悲しげな顔をするのを見た首皇子は、眉をひそめたが、それでも何も言わずに背を向けて歩き去った。

光明子はただ黙って首皇子のさびしげな後ろ姿を見つめることしかできなかった。

昨日の首皇子の様子を思い出しながら、光明子は早暁の浄闇《じょうあん》の中に佇んでいた。清らかな闇は光明子の好むところだった。

すべての神事は闇の中で行われるからだ。しかし、そう感じながらも父が光明という名を自分に与えた意図は何だろうかと考えてしまう。

(わたくしは闇にとどまるわけにはいかないのだ)

首皇子の母宮子夫人は自らを闇に閉じ込めた。

そうしなければ、首皇子と自分自身を守ることができないと思ったからだろう。しかし、自分は光となって闇を払わねばならない。

そう考えるにつれ東の空が白み始めてきた。物思いにふけっていた光明子はふと、何かが宙を走る気配を感じた。

——蝙蝠《こうもり》だろうか
屋根から飛び降りたと見えた影が庭木を伝うようにして宙を駆けた。そのとき、陽が昇り、雲が紫色になった。

影は跳ねるようにして塀に向かっていった。

何者なのか光明子は見定めることができなかった。すると、邸の内から侍女たちの騒ぐ声が聞こえてきた。

中庭に走り出て、どこかへ行こうとする侍女を光明子は呼び止めた。

「何を騒いでいるのですか」

侍女ははっとして光明子に顔をむけた。声を震わせて答えた。

「首皇子様が平城宮にお出《い》でになられましたので、寝所の掃除をしておりましたところ、寝台の下から怪しげなものが出て参りました」

「怪しげなものとは何です」

侍女は声を震わせながら、蛇が入れられた壺《つぼ》が寝台の下に置かれていたのだ、と告げた。

「蛇が入った壺――」

光明子はどきりとした。

「それも一匹ではないようで、何匹も重なり合って、しかも死んで腐りかけているようでございます」

「そのようなものの上で首皇子様は寝ておられたのですか」

光明子は唇を噛んだ。

朝廷に出仕する者は皆、清らかでなければならない。だからこそ、浄闇のうちに官人たちは門前に並ぶのだ。首皇子が死んだ蛇の上で寝たとすれば、瘴気《しょうき》によって身が穢《けが》れたのではないか。

立太子の式を行うべきではないのかもしれない。光明子が思いをめぐらしていると、侍女は、このことを三千代様にご報告して参ります、と告げた。

「わたくしも行きましょう」

光明子は侍女を従えて三千代の居室へと向かった。

三千代はすでに朝の化粧を美しく終えていた。侍女から、首皇子の寝所で蛇が入った壺が見つかった、と告げられて三千代は眉をひそめた。

「それは怪しいことですね」

光明子は身を乗り出して訊ねた。

「いったい、何なのでしょうか」

「おそらく蠱毒でしょう」

三千代は聡明さをうかがわせる瞳を光明子に向けた。光明子は三千代の言葉に目を丸くした。

「こどく？」

「唐の国には、蠱毒という呪詛があるのです」

首をかしげる光明子に三千代は落ち着いた口調で話した。蠱毒は『隋書』に記述がある。蠱術《こじゅつ》、巫蠱《ふこ》などの別称もあるが、

――蠱
とは、蜘蛛《くも》や百足《むかで》、蟷螂《とうろう》、蛆虫《うじむし》などの虫を皿にのせた状態を示す文字であるという。これらの虫をひとつの器に入れて共食いをさせ、生き残った蠱を呪詛に使う。すりつぶして粉末にして呪う相手の食事に混ぜ、毒として使う場合もあるが、相手の家の床下などに埋めておき、その瘴気によって呪殺するとも言われる。

「さような恐ろしいものを使って誰が首皇子様を呪い殺そうとしているのでしょうか」

「それは、いまのそなたが知らなくてもよいことです」

三千代はひややかに言うと光明子に目を向けて、

「わたくしはいまから、まことに蠱毒かどうかを確かめてきますが、あなたはここにい

なさい。蠱毒を見ては身が穢れます。あなたは首皇子様をお助けするために清らかでいてもらわねばなりませんから」

と諭した。

「それは、母上様も同じではありませんか。首皇子様をお育てしてきた方が穢れてはならないと思いますが」

光明子に言われて、三千代は微笑を頰に浮かべた。

「いいえ、わたくしは首皇子様をお守りする盾になるのがお役目なのです。首皇子様にかけられようとした穢れをわが身に受けても悔いることはありません」

三千代は言い残して広縁に出ていった。

光明子は何も言えずに残ったが、胸の内では首皇子に蠱毒を仕掛けようとした者への憤りがあった。

(わたくしはその者を決して許さない)

光明子は焔《ほむら》のように目を光らせ、厳しい表情で立ち尽くした。

二

この日の夜――

三千代は、首皇子の寝所から蠱毒が見つかったことを光明子とともに不比等に告げた。朝服の袍を着た不比等は、床几《しょうぎ》に座り、卓の上に置かれた須恵器《すえき》の酒器をとって杯に酒を注《つ》いだ。

白い濁り酒が杯に注がれると甘い匂いが漂った。

不比等は三千代の話を聞きながら杯を口元に運んだ。

酒を口に含むと日頃、表情を変えない不比等の顔が満足そうにゆるんだ。その顔色を見て、三千代は物静かに訊ねた。

「蠱毒の件はいかがいたしましょうか」

不比等は眉ひとつ動かさず、ゆったりとした表情で光明子に顔を向けた。

「光明子は中庭で怪しい影を見たそうだな。その怪しい者とは長屋王様に仕える唐人ではなかったのか」

「いえ、顔を見ておりません」

光明子はきっぱりと答えた。

不比等はまた、杯に酒を満たして口元へ近づけながら、

「そうだな。しかし、唐人ではなかったとも言い切れぬわけだな」

とつぶやくように言った。

何をおっしゃっているのかわかりません、と光明子が言おうとすると、三千代がかす

かに顔を横に振った。

　不比等の言うことに逆らってはいけない、と告げているようだ。光明子が口をつぐむと、不比等は杯の酒を飲みほしてから言った。

「早暁の薄暗いころだったのだから、わからなかったのも無理はない。しかし、蠱毒を使った者は唐人であろうと疑わねばならぬな」

　不比等は酔ったのか、かすかに赤い顔をして言った。三千代が冷静な面持ちで不比等に声をかけた。

「そのことは、申されぬほうがよろしいかと存じまする。それより、蠱毒を仕掛けられたからには、このままに捨て置くわけには参りません。いずれ、首皇子様は蠱毒によって穢された身で立太子されたと噂になりましょう」

　三千代の言葉に不比等はしばらく考え込んだ。瞑目《めいもく》して思いをめぐらしているようだったが、やがてかっと目を見開いた。

「おそらく、こういうことになるだろうと思っていた。わしは首皇子様の即位を急ぐつもりはない」

　不比等は厳かに言った。

「では、やはり、あのお方に――」

　三千代の表情にかすかな翳りがさした。

「そう思っているのだが、いけないだろうか」

不比等はじっと三千代の顔を見つめた。

「いえ、さようなことはございません。皇位につかれるのは、まことにお喜び申すべきことでございます。されど、女子《おなご》としての幸せからは遠ざかることになるかもしれませぬゆえ」

三千代はため息をついた。

不比等は苦笑して答えた。

「何を言う。いまの帝も持統帝も女人でありながら、みごとに国を治め、しかも皇位につかれたことを悔いてなどおられぬとわしは思うぞ」

「されど、いままでの方々は妻となり、母となられてから皇位につかれました。言うなれば女子として生きられた方々です」

三千代が珍しく不比等に言葉を返した。不比等は目をそむけて、

「ひとの妻となられたことがないということは、それだけ皇位にふさわしいのではないのか」

と言い放った。

三千代は納得がいかない様子で目を伏せて黙り込んだ。

光明子にはふたりが誰のことを話しているのかわからなかったが、いずれにしても女

人であることはわかった。

不比等は首皇子をすぐにも皇位につけようとはせず、いまの帝の次にさらに女帝を立てようとしているのだ。

だとすると、この国は二代続いて女帝が治める国になるのだ、と光明子は身の内が火照るような昂りを感じた。

そんな光明子の様子に目を遣った不比等は、何かを思いついたように表情をやわらげて声をかけた。

「そうだ。このことは、光明子に頼むほうがよいかもしれぬな」

光明子は驚いて不比等を見返した。自分に頼むとはいったい何なのだろうか。三千代が眉をひそめて、

「それは光明子には荷が重すぎます」

と遮った。だが、不比等は動じる気配もなく言葉を継いだ。

「光明子、さるお方のところに参り、蠱毒が首皇子様に仕掛けられたことを話してくれぬか。そのおりには、長屋王様に仕える唐人のことを伝えてもかまわぬぞ」

「さるお方とはどなたでございましょうか」

恐る恐る光明子が訊くと、不比等は声をひそめた。

「氷高皇女《ひだかのひめみこ》様だ」

光明子はあっと息を呑んだ。

氷高皇女は草壁皇子を父に今上天皇である阿閇皇女を母に生まれた。祖母は持統天皇である。

持統天皇が即位するころ氷高皇女はまだ十歳の少女だった。十代の半ばで、わが国で初めて造営された都城である藤原京への遷都を経験し、女帝として君臨する持統天皇の姿を間近に見てきた。

氷高皇女が二十歳を過ぎるころ、大宝律令で律令国家が作られていき、弟である文武天皇の即位、さらには母が皇位につくとともに平城京への遷都が行われた。

女帝によるきらびやかではなやかな治世のもとで若き日を過ごしてきたのだ。この年、三十五歳になる。

氷高皇女は二品《にほん》の位をもっており、この年、正月には食封《じきふ》として一千戸が給された。二品の位を持つ者の食封は三百戸が普通であり、氷高皇女への破格の待遇はやがて皇位につくという含みがあったのかもしれない。

これまで一度もひとの妻となったことはないが、その美貌は、皇女の中でも際立っていた。それなのに、なぜ独身であり続けるのか宮中のひとびとにとっても謎だった。

「では、氷高皇女様が女帝にお成りになるのですか」

光明子は昂りを感じて、思わず声をあげた。わが国では、

――女帝

という言葉は公式記録でも使われている。養老令の継嗣令《けいしりょうこう》皇兄弟子条によれば、

――凡《およ》そ皇の兄弟、皇子を、皆親王と為《せ》よ。女帝の子も亦《また》同じ

とある。

これまで女帝は夫や子の死によって代わりに即位する感があったが、未婚の氷高皇女は文字通りの女帝ということになる。不比等は苦笑して、

「さようなことはまだわからぬ。そなたは、ただ首皇子様に蠱毒が仕掛けられたことをお伝えすればよいのだ」

と素っ気なく答えた。

氷高皇女は母の帝とともに平城宮の奥深くで暮らしている。

通常、拝謁しようとしても容易ではなかった。

だが永年、女官として過ごしてきた三千代に伴われた光明子は、三日後には苦も無く宮廷の奥に入り、回廊の一角で氷高皇女に謁することができた。

案内をした三千代は別室に引き下がり、氷高皇女と光明子はふたりだけでの対面とな

った。

初めて氷高皇女の顔を見た光明子は、自らの光明という名を愧《は》じた。氷高皇女こそ、まさに光り輝く玉のようだった。肌の色は透き通るように白く、繊細な目鼻立ちは神の巧緻な手によって形作られたとしか思えない。

そしてなぜか瞳は瑠璃色《るりいろ》に輝いて見えた。

(これほどお美しい女人がいらっしゃるのだ)

光明子は讃嘆《さんたん》の思いを胸に床に跪き低頭した。氷高皇女は、軽やかな声で、

「不比等の娘、顔をあげなさい。わたくしに何か伝えたいことがあるのですね」

と訊いた。光明子は声を詰まらせながら、

「首皇子様が立太子された日、寝所に蠱毒が仕掛けられてございます」

と言上した。

氷高皇女は、蠱毒という言葉にかすかに眉をひそめたが、

「それは恐ろしきことじゃが、なぜわたくしに告げるのです。衛士に何者がさようなことをしたのか、調べさせればよいことではありませんか」

とさりげなく言った。光明子は頭をさらに低くした。

「わたくしもさように思いましたが、父はわたくしがその日の朝、庭で怪しい者を見たこともお伝えするようにと申しました」

「怪しい者とは誰ですか」

氷高皇女は無表情に訊いた。

「暗かったのでわかりません。しかし、父は長屋王様に仕える唐人だったのではないかと疑っているようです」

長屋王の名が出ると氷高皇女はにこりとした。

「わかりました。不比等は蠱毒の件で長屋王の罪を問いたいと考えているのですね。長屋王の妻である吉備内親王は母を同じくするわたくしの妹です。長屋王が罪に問われればわたくしの妹は嘆き悲しむでしょう」

氷高皇女の言葉に光明子はぎくりとして体を硬くしたまま、何も言えなかった。氷高皇女は笑みを含んだ声で話を続けた。

「長屋王を罪に落としたくなければ、わたくしに皇位につくことを覚悟しろと不比等は申したいのですね」

「さような畏れ多いことを、たとえ父でも考えてはいないと思います」

額に汗を浮かべて光明子は懸命に言った。氷高皇女はくすりと笑った。

「いいえ、不比等はそれぐらいのことは考える男です。ですが、朝廷には長屋王に味方するひともいます。放っておけば大きな争いになるでしょう」

光明子ははっとして顔をあげた。

「長屋王様をかばわれるのはどなたでしょうか」

氷高皇女はじっと光明子の目を見つめると声を低くして、

——穂積《ほづみ》親王様
と意外な名をあげた。

「まさか——」

光明子は顔を強張《こわば》らせた。

「なぜ、まさかなどと思うのです。おそらく三千代も穂積親王様が不比等の敵になると思っていることでしょう」

と何のためらいもなく言ってのけた。

穂積親王は天武天皇の皇子である。

天武天皇には草壁皇子など十人の皇子がおり、穂積親王は年齢では八番目だが、生母の血筋により、草壁、大津、舎人、長《なが》に次いで第五皇子とされている。

皇子としての順位は長屋王の父高市皇子よりも序列が上だった。しかも藤原氏にとって宿敵とも言える蘇我氏の蘇我赤兄《あかえ》の娘を母としていた。

このころの朝廷では天武天皇の皇子が重きをなしていたが、ほかの皇子が藤原氏と親しむ中で穂積親王は一線を画していた。

「あの方は藤原氏を恨んでおいでですから」

氷高皇女は謎めいたことを言った。

なぜ穂積親王が藤原氏を恨んでいるのだろう、と光明子は訝しく思った。

氷高皇女はさりげなく言い足した。

「いまの朝廷で、不比等に抗することができるのは穂積親王様だけでしょう」

穂積親王は慶雲二年（七〇五）に知太政《ちだじょうかんじ》官事に就任している。

知太政官事とは、令外官《りょうげのかん》で天武天皇系の皇子により政務を統括することを目的とした職だった。さらに翌年には、右大臣に准じる待遇を受けるようになっていた。

朝廷において穂積親王は不比等と肩を並べる権勢を持っていたのだ。この年、四十二歳だった。

「穂積親王様は長屋王様の父である高市皇子様に大きな借りのある方です。それだけに首皇子の即位を阻んで長屋王様に皇位を継承させたいと望んでいるのではないでしょうか。それとともに藤原氏の面目をつぶして、失った恋の憂さ晴らしをされたいのではないかと思います」

――失った恋の憂さ晴らし
という意外な言葉に光明子はあ然とした。すると氷高皇女は首をかしげて、

「そなたは恋をしたことがありますか」

と訊ねた。光明子はあわてて、

「さようなことは――」

　ございません、と言いかけたが、不意になぜか四年前に会った長屋王の息子、膳夫の顔が浮かんだ。

　なぜ、膳夫のことを思い出したのだろう、とうろたえながら、唇を噛んで頭を下げた。

氷高皇女はおもしろげに光明子を見つめながら言い足した。

「穂積親王様は昔、但馬皇女《たじまのひめみこ》様に恋をしたのです。そのころ但馬皇女様は高市皇子様の妻でした。つまり、穂積親王様はひとの妻との道ならぬ恋に落ちたのです」

　氷高皇女はかすかにうらやましげな口振りで話した。

　但馬皇女は天武天皇と中臣（藤原）鎌足の娘である氷上娘《ひかみのいらつめ》との間に生まれた内親王だった。

　穂積親王にとっては異母妹にあたる。

　長じて高市皇子の妻となったが、いつのころからか穂積親王と心を通わせるようになった。但馬皇女の恋情は激しく、思いを歌に託している。

　秋の田の穂向きのよれる片寄りに君によりなな言痛《こちた》くありとも

秋の田の穂がひとつの方角に寄っているように、ただひたむきに君に寄り添いたい。世間がどれほど悪く言おうとも、と穂積親王を思いつつ詠った。さらに穂積親王が勅命によって近江の滋賀にある寺に遣わされたときには、

遺《おく》れ居て恋ひつつあらずは追ひ及《し》かむ道の隈廻《くまみ》に標結《しめゆ》へ我が背《せ》

残されて、恋い慕っているよりも、追いかけていきたいのです。道の曲がり角には道しるべを結っておいてください、あなた、とあふれる想《おも》いを打ち明けている。

さらに穂積親王の邸をひそかに訪れた際には、

人言《ひとごと》をしげみ言痛《こちた》み己が世にいまだ渡らぬ朝川渡る

ふたりの恋が噂になって、ひどいことを言われるので、夜明けとともにあなたのもとを去り、いままで渡ったことのない朝の川を渡ってしまいました、と哀《かな》しい心情を詠じるのだった。

穂積親王と但馬皇女の〈禁断の恋〉はひとに知られるところとなり、引き裂かれた。但馬皇女は、和銅元年に亡くなった。

穂積親王は、但馬皇女が亡くなった年の冬、恋しい女人の墓の前で額《ぬか》ずいて涙を流したという。

「但馬皇女は藤原氏のひとでした。それだけに高市皇子様の怒りを恐れた不比等は無理やりにふたりを別れさせたということです。穂積親王様はいまも不比等を憎むとともに、高市皇子様への罪滅ぼしのため、長屋王に味方しようと考えておられるのです。それだけおふたりの恋は深く激しいものだったのでしょう」

氷高皇女は、穂積親王と但馬皇女の恋に思いをはせるようにして言った。

いまだ恋を知らない光明子は、心を震わせながらも、決して自分が踏み迷ってはいけない道の話だと思いつつ聞いていた。

氷高皇女はため息をついてから、われに返ったように、

「いまから邸に戻り、不比等に告げなさい。わたくしは覚悟を定めました。自らの行かねばならぬ道を歩みます」

と凜然《りんぜん》として言ってのけた。

光明子は床に額がつくほど頭を下げた。氷高皇女が放つ気はすでに女帝としての威厳に満ちていた。

三

この日、長屋王の邸を穂積親王が訪れていた。

長屋王は卓に贅沢な料理を並べ、酒器もそろえて穂積親王を接待していた。傍らには息子である膳夫と葛木《かずらぎ》、鉤取《かぎとり》の三人を侍らせている。いずれも長屋王に似てととのった顔立ちの少年だった。

穂積親王は面長で色白の顔を長屋王に向けて、

「どうやら、そなたに仕える唐人を使って仕掛けた蠱毒は効き目があった。帝は首皇子をすぐに即位させることはあきらめられたようだ」

とさりげなく言って杯を口元へ運んだ。

「さようでございますか。蠱毒などという恐ろしいものを使えば、不比等がどのような報復をいたすかと思っておりましたが、何事もなく安堵いたしました」

長屋王は心底、ほっとしたような表情で言った。穂積親王は薄い笑いを浮かべてひややかに長屋王を見つめた。

「不比等はかしこい男だ。決して無理はせぬ。おそらく次の手をいまは考えているだろう」

「次の手と言われますと」

長屋王は杯に手を伸ばしながら訊いた。穂積親王は遠くを見る目になって答えた。

「帝は近頃、お体がすぐれぬと聞いている。すぐに首皇子を即位させぬとなると、どなたかへ御譲位するしかない」

長屋王は酒を口に含んでからうなずいた。

「わたしもさようではないかと思っておりました」

「いまの帝がもっとも信じておられるのは娘の氷高皇女だ。不比等もそれを承知しているから、むしろ率先して氷高皇女の即位のために働くことになろうな」

「つまり、女帝が続くということになるわけですな」

自らの即位に期待していたのか、長屋王は気落ちした表情になった。穂積親王はそんな長屋王を皮肉な目で見つめた。

「がっかりすることはないだろう。帝が信じておられるのは、ふたりの娘だ。ひとりは氷高皇女だが、もうひとりはそなたの妻の吉備内親王だ。帝は吉備内親王が産んだ子を孫のうちでもとりわけいとおしんでおられる」

穂積親王は膳夫と葛木、鉤取にやさしげな目を向けた。長屋王はごくりとつばを飲み込んだ。

「それでは、もしや――」

長屋王にすべてを言わせず、穂積親王はにこやかに告げた。

「吉備内親王が産んだそなたの子三人を皇孫（二世王）として遇するよう、帝に申し上げるつもりだ。さすれば膳夫たちは、皇位継承を首皇子と競うことができるようになる」

長屋王は顔を輝かせた。

「それはまことにありがたきことにございます」

「もともと持統帝もいまの帝も母は蘇我氏の娘だ。わしも母は蘇我氏であったゆえ、蘇我氏を滅ぼした藤原が権勢の座に上るのは我慢できぬ。藤原の血を引く首皇子は断じて帝にしてはならぬと思っているのだ」

穂積親王は決然として言った。

大化の改新で蘇我蝦夷、入鹿父子が中大兄皇子（天智天皇）と中臣鎌足に討たれて以来の恨みは、蘇我系である穂積親王の胸の中に残っていたのだ。

「もし、氷高皇女が帝となられたならば、首皇子が即位するのは早くとも十年は先のことになる。その間には何が起こるかわからぬ。さらに言えば氷高皇女にとって仲のよい妹である吉備内親王の子は首皇子よりもはるかにかわいいであろうから、行く末は楽しみなことになるぞ」

淡々と話す穂積親王の顔を見つめていた膳夫が口を開いた。

「穂積親王様にお尋ねいたしたいことがございますが、よろしいでしょうか」

長屋王は顔をしかめて、これ、何を言い出すのだ、と膳夫を叱った。しかし、穂積親王は上機嫌な様子で答えた。

「おお、何なりと訊くがよい」

「では、おうかがいいたします。穂積親王様は道ならぬ恋をされたとうかがっております。ひとの妻に恋するということは、やはり罪なのでございましょうか」

膳夫があまりにもあからさまに訊いたことに、長屋王は愕然《がくぜん》として却って言葉を失った。

穂積親王は表情を変えずに問い返した。

「なぜ、さようなことを訊くのだ」

「わたしは近ごろ女人の夢をしきりに見るのです。誰なのかわかりませんが、美しくいとおしい女人です。しかし、この女人はひとの妻らしいのです。もし、そうだとすると、わたしはひとの妻に思いをかけることになるやもしれぬと思ったからでございます」

膳夫はかすかに頰を染めて言った。

十四歳になった膳夫は背もすらりと伸びて凜々《りり》しい少年となっていた。それだけに膳夫が口にする言葉には真情が籠っている。

長屋王は怒りの声をあげた。

「何ということを言うのだ。ひとの妻である女子に思いをかけるなど許さぬ。そなたは、わしの跡継ぎではないか。場合によっては、皇位にも上ることができる身ではないか」

「わたしはさようなことは望んでおりません」

「望まずともそうなるのだ。それなのに――」

長屋王は言いかけて口をつぐんだ。膳夫は微笑した。

「父上、わたしは心の話をしているのです。体は石のように動けなくとも心は鳥のようにどこへでも飛んでいけましょう」

穂積親王は、しばらく考えてから吐息をついた。

「道ならぬ恋はしてはならぬ。だが、してはならぬと思うほど、心は深まっていくものだ。恋をあきらめるよりは自分の身をあきらめた方がいいとさえ思うようになる」

「それでは生きていくことができません」

辛《つら》そうに膳夫は言った。

穂積親王はかすかな笑みを浮かべて答える。

「そうだ。生きていけぬほどの思いをするから、恋は尊いのかもしれぬ。わが身が滅んでもと思えるほどの相手とめぐりあうのは、やはり幸せなことであろうよ」

そこまで言った穂積親王はからからと笑った。

「かように思い込むのは若いうちだけのことだ。年齢を重ねれば、また別な思案もでてくるのだから、まずは思いつめぬことだ。いずれ、すべてを忘れるであろう」

忘れるであろう、と言った穂積親王の顔は寂しげだった。

膳夫はそんな穂積親王の顔をいつまでも見つめていた。


翌年正月――

元明天皇は大極殿に出御し、朝賀を受けた。この際、首皇太子が初めて礼服を着て朝賀に列した。

このとき陸奥《みちのく》、出羽の蝦夷《えぞ》や南島の奄美、夜久《やく》（屋久）の島民が来朝して貢物を献上した。蝦夷、島民を迎える儀式として朱雀門では太鼓や笛が演奏され、騎馬の兵士が整列して朝廷の威勢を示した。

朝賀の際、官人の位が一階級ずつ進められ、二品の氷高皇女は最高位の一品《いっぽん》となった。

さらに二月に入ると、元明天皇は、

――三品《さんぽん》吉備内親王の男女を皆皇孫の例《つら》に入れたまふ
と直して、膳夫たちを皇孫とした。

一方、穂積親王は一月に一品に叙せられたが、七月二十七日、にわかに没した。あたかも膳夫に語ったことが、遺言であるかのようになった。

『万葉集』には穂積親王が亡き但馬皇女を偲《しの》んだ歌がある。

降る雪はあはにな降りそ吉隠《よなばり》の猪養《ゐかひ》の岡の寒からまくに
雪よ、あまり降らないでくれ、彼女が眠っている猪養の岡もさぞ寒いことだろう、という哀傷の歌だ。

穂積親王は但馬皇女が亡くなった後も、決して忘れることはなかったのだろう。

この年、九月二日に元明天皇は氷高皇女に譲位した。

氷高皇女は即位して元正《げんしょう》天皇となった。

大極殿の高御座《たかみくら》で行われた即位式では、元正天皇は礼冠を頭に、金銀の飾り、碧玉《へきぎょく》を身につけ、その美しさは見る者を陶然とさせた。

光明子ははなやかな即位式については、三千代から伝え聞くだけだった。だが、三千代はひそかに、

「これから、父君と長屋王様のまことの戦いが始まることになるでしょう」

と告げた。

「そうなるのでしょうか」

光明子は膳夫の顔を思い浮かべつつ訊いた。三千代はうなずいた。

「父君はさらに力を強くされていくでしょうが、藤原の台頭を喜ばない、蘇我氏の女人たちは長屋王様に味方されます。首皇太子様の即位まではまだまだ困難がつきまとうでしょう」

首皇太子を守るのが、藤原家に生まれた自分の使命なのだ、と思いながらも、光明子は心の中で元正天皇の世が末永く続いて欲しいとも願っていた。

元正天皇は母である帝からの禅譲による即位にあたって、上辺だけの謙譲は見せず、

――朕、欽《つつし》みて禅《ゆずり》の命《みこと》を承《う》けて、敢《あ》へて推し譲らず。祚《そ》を履《ふ》み極に登りて、社稷《しやしよく》を保たむことを欲《おも》ふ
と詔した。

先帝の譲位の命を謹んでお受けし、敢えて他のひとを推して辞退することはせず、天子の位について、国家の安泰を図ろうと思う、と決然として述べたのである。

このころ、朝廷に一匹の異様な亀が献上された。

長さ七寸（約二十一センチメートル）、幅六寸（約十八センチメートル）で左目が白

く、右目が赤い。顎に三公（北極星を囲む三つの星）が表れ、甲羅には北斗七星の模様があった。即位した元正天皇はこの亀を、

「吉兆である」

と喜ばれて、即位の当日、年号を、

――霊亀

と改元した。女帝としての治世を始めるにあたって並々ならぬ意気込みを示したものだった。

元明天皇は譲位後、太上天皇として君臨しており、元正天皇の即位により、わが国は母と娘が統治するというかつてない時代に入ったのである。

月輪の章

一

霊亀二年（七一六）三月——

陽射しが暖かくなり、寧楽《なら》の都も春の光に覆われ桜が咲き始めていた。十六歳になった光明子は、

——帝のように生きたい
という思いに駆られていた。

不比等から皇位につくことを求められるや、氷高皇女は毅然《きぜん》としてこれを受けた。その覚悟の定まり方や、風に向かい、顔を上げて生きていく趣が光明子の憧憬を誘った。

そして何より、氷高皇女は美しかった。

色白でととのった顔立ちはもちろんのことだが、その瞳は翡翠《ひすい》のような輝きをおびて

おり、拝謁した者を陶然とさせる。即位して元正天皇となられてからも金銀の飾りが美貌の前にくすんで見えた。

推古から皇極（斉明）、持統、元明と続いてきた女帝たちの中でも元正天皇はとりわけ光り輝いているように光明子には思えた。

光明子は不比等の邸の食堂《じきどう》で床几に座って、女官として朝廷に仕える三千代に元正天皇のひととなりを聞いた。

即位してひと月後に元正天皇は、

――国家の隆泰は、要《かなら》ず、民を富ましむるに在り

として、国を栄えさせるには、民を豊かにしなければならないと、民に米作だけでなく麦や粟《あわ》の栽培を奨励する詔を発した。

元明天皇はかねて国司、郡司などに対して、農業振興に努めて民を豊かにした者を称揚し、一方で田畑が荒廃し、民が飢えに苦しむような統治をした役人には厳しく、統治する民が飢餓により十人以上死亡した場合は解任すると定めていた。

元正天皇は母親である元明天皇の施策をさらに推し進めるとともに、〈壬申の乱〉での功臣で死没した者の子孫に田を与えた。〈壬申の乱〉がこの国に及ぼした傷を少しで

も癒したいと考えたのだ。

光明子は元正天皇の施策の数々についてもつれた糸を解きほぐすように、ゆっくりと考えていった。

このころ、重い租税に堪えかねて本貫《ほんがん》（本籍）から逃亡して浮浪人となる民が多くなっていた。元明天皇はこれらの浮浪人に対しても逃亡先で庸や調を課していた。だが、元正天皇は厳しすぎると考え、庸や調で納められる布や糸を量だけでなく品質も細かく評価するなどして負担の軽減に努めた。

この時期、政府の中枢である太政官は、

左大臣　石上麻呂《いそのかみのまろ》
右大臣　藤原不比等
中納言　阿倍宿奈麻呂《あべのすくなまろ》
　　　　巨勢麻呂《こせのまろ》

の四人だった。穂積親王が亡き後は石上麻呂が最高位だが、すでに七十七歳と高齢で、最大の実力者はやはり不比等だった。

これらの太政官に次ぐのが、正三位式部卿の長屋王である。

元明太上天皇と元正天皇はこの太政官の上に君臨して政《まつりごと》を行っていた。三千代は元正天皇の政について、

「帝が仏の教えに従って民を慈しむ慈悲の心をお持ちになられたからこそ、なされていることなのです」

と話した。天智天皇以来、この国の政の基《もとい》として律令が重んじられてきたが、元正天皇はさらに民を治めるために仏の教えに従おうとされているのだ、と三千代は嚙み砕いて説いた。

「仏の教え、すなわち慈悲の心なくして、民は治まらず、国も栄えないのです」

三千代は澄んだ眼差しを光明子に向けた。あたかも言葉ではなく、思いそのものを光明子の胸に沁みとおらせようとするかの如くだった。

元正天皇の政を考えるにつれて、光明子の胸には、自分に何ができるのだろうという思いが湧いていた。

光明子は間もなく首皇太子《おびとのこうたいし》の妃になることが決まっていた。立太子の後、首皇太子は不比等の邸に隣接して建てられた皇太子宮で暮らしている。幼いころから首皇太子とともに育った光明子にとって皇太子宮に入るのは自然なことでもあった。

妃となって首皇太子に仕え、支えていくのが自分の使命なのだ、と思いつつ、それだけではない生き方もあるのではないかとも感じられた。独身のまま皇位についた元正天皇のことを思うにつけ、そんなことを考えてしまうのだった。

さらに言えば、光明子には首皇太子の妃となることにかすかなためらいもあった。か

って氷高皇女を訪ねた日、

「そなたは恋をしたことがありますか」

と問われた。

氷高皇女は穂積親王と高市皇子の妻、但馬皇女の道ならぬ恋を語った後、恋とは無縁の天皇として生きる道を選ぶことを告げたのだ。

そのことを思えば、宝玉のような美しさでありながら、民のために尽くす生涯を送ろうとする元正天皇の心の気高さに感じ入るしかない。

（しかし、わたくしはどうなのだろうか）

元正天皇のように生きたいと思いつつ、恋について問われたとき、首皇太子ではなく長屋王の子、膳夫《かしわで》の顔を思い浮かべてしまった。

子供時代に出会っただけだから恋などではないことは明らかだった。

それなのに膳夫の顔が脳裏に浮かんだ。

なぜなのか、自分でもよくわからない。だが、胸中のどこかに、ゆらぎのようなものがあるのだ。そのことを三千代に話したいと思ったが、口にするのがためらわれた。

ある日、邸の門前に黒牛に乗った弓削清人《ゆげのきよと》が現れた。

清人が訪ねてきた、と侍女から聞かされた光明子は驚きつつも中庭に入れるように言った。

どうして清人が訪ねてきたのだろう、と訝しく思いながら、なんとなく楽しい気持ちになった光明子は中庭に出た。

黒牛を連れた清人はさすがに六年前とは違い、少年らしく背が伸びていた。薄汚れた衣服で蓬髪《ほうはつ》だから浮浪人のように見えたが、目は相変わらず澄んで輝くようだった。

「ひさしぶりですね」

声をかけた光明子は清人の後ろにふたりの若者が立っているのに気づいた。清人は白い歯を見せて笑顔になった。

「きょうは、このふたりから頼まれてきました。安宿媛《あすかべひめ》様、いや、いまは光明子様ですね。ふたりは光明子様にお会いしたいのだそうです」

「わたくしに？」

光明子は怪訝に思いながらふたりの男に目を遣った。官人風の二十歳過ぎに見える男が進み出て、

「わたくしは下道《しもつみち》朝臣真備《まきび》と申します」

と頭を下げ丁寧に挨拶した。色黒で痩せて目が鋭い男だ。

もうひとりは僧侶だった。面長のととのった顔だちでやさしげな目をしており、

「玄昉《げんぼう》と申します」

とやわらかな声で告げた。

真備は吉備地方の豪族の子弟で朝廷の下級武官である右衛士少尉《うえじのしょうじょう》の下道朝臣圀勝《くにかつ》の子だという。大学寮で学び、式部省試に及第して従八位下を授けられたと自らを紹介した。

一方、玄昉は阿刀《あと》氏の出だと名のった。

阿刀氏は物部守屋《もののべのもりや》の別業《べつごう》（別荘）があった河内の阿都《あと》の豪族だ。仏門に入り、法相《ほっそう》宗の義淵《ぎえん》僧正に師事していた。法相宗は唯識《ゆいしき》宗とも言われ、唐の僧玄奘三蔵《げんじようさんぞう》が天竺《てんじく》（インド）に赴いて唐へ伝えたとされる。

玄昉が河内の豪族の出身だと聞いて、光明子は清人もまた河内の豪族弓削《ゆげ》氏の子だと聞いたことを思い出した。清人はうなずいて、

「玄昉様は同じ河内の出なので、法相宗に伝わる般若波羅蜜多心経《はんにやはらみつたしんぎよう》について教えていただこうと思って訪ねたのです。そうしたら、玄昉様はおれが光明子様に会ったことがあるのを知っていて、会わせて欲しいと頼まれたのです」

と何でもないことのように話した。

般若波羅蜜多心経は、般若心経と称される、玄奘が天竺から持ち帰り漢訳した経典だ。

清人は相変わらず天真爛漫だと思いながら、光明子は真備と玄昉が何を言うのかを待った。

真備はじっと光明子を見つめて、

「実はわたくしたちふたりは、かねて親しく交わっておりましたが、遣唐使に留学生として加わりたいと思い立ったのです。そのことを不比等様にお口添え願えないでしょうか」

と怜悧な口調で言った。

遣唐使は舒明《じょめい》天皇二年（六三〇）八月に犬上御田鍬《いぬかみのみたすき》を派遣したのを最初としてこれまで八度、行われていた。荒海を越えて唐にたどりつかねばならないだけに命懸けになるが、このふたりは自ら行くことを望んでいるようだ。

光明子は首をかしげた。

「留学生になりたいのなら、わたくしなど頼らず、朝廷に願い出ればいいのではありませんか」

「いいえ、お口添え願いたいのにはわけがございます」

真備はちらりと玄昉の顔を見た。玄昉に説明させるつもりなのだろう。玄昉はゆったりとした様子で口を開いた。

「留学生として唐に赴けば、勉学して帰国するのは十数年後になりましょう。拙僧たちは必ずや学なって帰って参り、この国のために働きます。しかし、そのためには朝廷の力ある方に用いていただかねばなりません」

「わたくしには何の力もありませんが」

光明子は笑って言った。

「ただいまはそうかもしれませんが、光明子様は間もなく首皇太子様の妃になられます。さすれば、十数年後には帝の妃となられているはず。しかも不比等様が築かれた藤原家の権勢の要ともなられましょう。それゆえ、光明子様にわれらを覚えておいていただき、帰国の暁には用いて欲しいのでございます」

玄昉はためらうことなく言い切った。

話を聞いて、なるほど遣唐使に加わる者はそこまで慮って唐に赴くものなのか、と光明子は目を開かれる思いがした。

「なるほど、わかりました。あなた方は将来、この国の役に立つと言うのですね」

真備と玄昉は同時にうなずいた。

「さようです」

「必ずや」

光明子はにこりとした。

「あなた方の申されることを信じましょう。ですが、だからといって、すぐに父君にあなた方を推挙するわけには参りません」

真備は戸惑った顔になり、玄昉は光明子を見据えた。光明子は落ち着いた表情でふたりを見返して言葉を継いだ。

「あなた方は唐より帰国した後、国の役に立つと言いましたが、将来、国の役に立つひとならば、いまでも何か国のためにできることがあるはずです。あなた方が、たったいま、国のために何かできるのであれば父君に推挙いたします」

傍らの清人がくすり、と笑った。

光明子の言葉を聞き終えた真備の表情に讃嘆の色が浮かんだ。玄昉も驚愕した気配を隠せなかった。

「まことに仰せごもっともです。光明子様は帝をお助けすることができる女人だとわかりました。やはり、わたくしどもが光明子様をお頼りしたのは間違っていなかったようです」

真備は静かに答えた。

「では、国のために何かできるのですね」

確かめるように光明子に言われて真備と玄昉は顔を見合わせた。

真備は少し考えてから、

「先日、玄昉殿が言われていた、あのことはどうでしょうか」

とうながすように言った。

玄昉は一瞬、目をしばたたいたが、やがて大きくうなずいた。

「おお、あれがよろしいでしょうな」

玄昉は光明子に顔を向けて口を開いた。

「まことに、ちょうどよいことがございます。国のために贋金《にせがね》作りを退治するというのはいかがでしょうか。これならば、不比等様も喜んでくださると思います」

「贋金作り？」

意外な話に光明子は驚いた。

わが国で初めての流通貨幣である和同開珎《わどうかいちん》が鋳造されたのは八年前、和銅元年（七〇八）のことだ。この年正月に、武蔵国秩父郡から銅が献上されたのを受けて八月に銅銭が初めて発行された。

唐の貨幣、開元通宝《かいげんつうほう》を模したと言われ、当初は銀銭と銅銭がつくられた。銀銭は間もなく廃止され、つくられているのは銅銭だけである。

このころ朝廷は和同開珎を流通させようと躍起になっていた。

穀《もみ》六升を銭一文と定め、官人に半年に一度支給される俸禄《ほうろく》の大半を、これまでの米や布という現物から銭に変えた。

宮城の造営で使役していた役夫への賃金も銭で払うようになっていた。さらに諸国から平城京に送られてくる庸や調などの租税も銭にする命令を発した。

こうして近江や伊賀、伊勢、尾張、越前、丹波、播磨、紀伊の畿内周辺の八カ国で和

同開珎が流通するようになってきた。それとともに出回り出したのが、

――私鋳銭《しちゆうせん》
と呼ばれる贋金だった。

銅銭は銅鉱とともに錫《すず》を含んだ白鉛を坩堝《るつぼ》で燃焼させ、鋳型に入れてつくる。このため錫を含んだ白鉛が欠かせないが、新羅から白鉛をひそかに仕入れて私鋳銭をつくる者がいたのだ。

朝廷でもこれに気づいて、和銅七年には、粗悪な銭貨が出たときは、これを破棄し、すぐに市 司《いちのつかさ》に送れと命じている。

和同開珎の流通は重要な政だけに、贋金作りを捕まえることは国のためになると言っていい。

「いかがですか。光明子様がお命じくだされば、ただちに贋金作りを捕まえて見せまするぞ」

玄昉は自信ありげに言った。

「そなたは、さような者どもをどうして知っているのですか」

光明子は慎重な面持ちで訊いた。いかにも大学寮の秀才であったろうと思える真備はともかく、玄昉には大人びた気配がある。贋金作りについて知っているというだけでも、ただの僧侶とは思えなかった。

玄昉は空を見上げて笑った。

「わたしをお疑いでございますか。なに、たいしたことではありません。いま、都には遠国にまで銭を持って出かけ、商いをする商人がおるのです。そんな商人のひとりが都のある所へ行くと和同開珎一枚が五枚になると申していました。そこで贋金がつくられているわけではありますまいが、贋金を流している者を捕らえれば、贋金作りをしている場所がわかりましょう」

「和同開珎一枚を五枚の贋金と引き換えるのですか。なぜそんなことをわざわざするのでしょうか」

光明子は身を乗り出すようにして訊いた。

「さて、それはわれらに贋金作りを捕まえることを命じていただけば明らかになりましょう」

玄昉はふてぶてしく答えた。

「わかりました。命じましょう」

光明子がきっぱりと言うと、玄昉は唇を舌で湿らせてから答えた。

「ならば申し上げます。贋金が売られているのは、ただいま工事が行われております薬師寺の造営地です」

薬師寺と聞いて、光明子は愕然とした。

薬師寺は天武天皇により発願され、持統天皇によって薬師三尊の本尊開眼が行われ、さらに文武天皇の御代に飛鳥の地で堂宇が建立された。

天皇家にとって由緒ある寺だった。法相宗の寺でもあり、玄昉が薬師寺について詳しく知っているのはそのためだろう。

元正天皇は平城京の右京六条二坊を寺地として、薬師寺を飛鳥から移転させようとしていた。その造営地で贋金が売られているとすれば、帝の威光をないがしろにする振る舞いだった。

清人が懐から龍笛を取り出して口にあてた。

――ひょお

龍笛の音色が光明子の驚きを表すかのように響いた。

二

夜になって光明子は贋金作りの話を不比等にした。

傍らに三千代が控えている。

卓に置かれた杯には酒が満たされていた。だが、不比等は杯を手にすることなく、光明子の話に聞き入った。

光明子があらかた話し終えると、不比等は深いため息をついて、

「まったく困ったものだな」

とつぶやいた。

三千代がさりげなく言い添えた。

「あるいは贋金作りには官人が関わっておるかもしれません。贋金と和同開珎を引き換えるのは位階を得るためでしょう」

不比等は何も答えず目を光らせてうなずいた。光明子は驚いて、

「贋金をつくって位階を得ることができるのですか」

と訊いた。三千代は光明子に顔を向けた。

「和同開珎を蓄えて朝廷に献納した者には位階を与える〈蓄銭叙位法《ちくせんじょいほう》〉が定められています。贋金と引き換えに和同開珎を集めて位階を得ようとしている者がいるのでしょう。朝廷に納めるのに贋金を使うわけにはいきません。本物の和同開珎でなければ見破られてしまいますから」

不比等は杯に手をのばして、口元に運ぶと、ぐい、とあおった。

「おそらく狙いはそこだろう。見過ごすわけにはいかんから、その僧侶たちに資人《しじん》（朝廷から貴族に与えられた従者）を十人ほどつけて贋金作りを捕まえさせよう」

不比等が三千代に向かって言うと、光明子が口をはさんだ。

「父君様、そのお役目はわたくしにお申し付けください。玄昉と下道朝臣真備に贋金作りを捕らえるように命じたのはわたくしですから、見届けねばなりません」

「なに、そなたが贋金作りを捕らえにいくというのか」

不比等は目を丸くした。三千代が厳しい声を出した。

「さようなことは許しません。下賤な者たちと関わってはなりません。あなたは首皇太子様の妃となる身ですよ」

光明子はゆっくりと三千代を振り向いた。

「だからこそ、妃となる前に自分に何ができるか、確かめておきたいのです。それでなければ首皇太子様をお助けすることもできないと思うからです」

光明子は体の中から熱情が噴き出すのを感じていた。いまのまま首皇太子の妃にはなりたくない、と思った。

自分に何ができるのかを知りたい。

唐に留学した後、帰国してから国のために働きたいと言った真備と玄昉が、どれほどの力を持っているか見定めておかねばならない、とも思った。

三千代が眉をひそめて口を開こうとしたとき、不比等が手をあげて制した。

「連れて行く資人は二十人にしなさい。それだけいれば、危なくはないだろうから」

光明子はぱっと顔を輝かせた。

「わたくしが行ってもよろしいのでございますか」

「そなたはいずれ帝の妃としてこの国を支えねばならない。そのためには、この国の闇でどのような者が蠢《うごめ》いているか知っておくのもいいだろう」

不比等が重々しく言うと、三千代は言葉を口にせず、心配げに目を閉じた。


十日後の夜、真備と玄昉の案内で光明子は清人や大刀《たち》を腰にした二十人の資人を引き連れて右京六条二坊の薬師寺造営地に向かった。

白く輝く満月が出ていた。

資人たちは赤々と燃える松明《たいまつ》を手にしている。闇の中を松明の火が進んでいくと、まるで鬼火が動いているようだった。

光明子は清人とともに黒牛の背に乗っている。ゆったりと大路を進むほどに都の一角に広大な空き地が見えてきた。

近づいてみると、まだ、建物の影はなく、黒々とした地面に礎石が据えられ、飛鳥から運ばれてきたと思われる木材や瓦がうずたかく積まれていた。

空き地の中央に役夫たちが寝泊まりするためらしい板葺の小屋が数軒、並んでいた。

その中の一軒にひとが出入りしているのが見えた。

入り口がうっすらと浮かび上がって見えるのは、中に灯《あか》りがあるためのようだ。夜中に灯りを使うのは貴族か官人のみなだけに異様だった。

玄昉は小屋を指差して黒牛の背に乗っている光明子に低い声で告げた。

「あそこです。商人たちが銭を持って行き、贗金と取り換えておるはずです」

光明子はひらりと黒牛から飛び降りた。

「では、贗金作りたちを捕まえなさい」

落ち着いた声で言った光明子は黒牛のまわりに立つ資人たちに命じた。

「お待ちください。光明子様」

真備が声を押し殺して言った。

「なぜ止めるのです。贗金作りを捕まえるために来たのではありませんか」

光明子が怪訝な目を向けると、真備はにこりと笑った。

「ご覧のように造営地にはまだ築地塀《ついじべい》をめぐらしておりません。一方から押し込んでいけば四方へ逃げられてしまいます」

「では、どうしたらよいのですか」

「三方から押し入りましょう」

真備は冷静な口調で言った。しかし、それでは、残りの一方から贗金作りは逃げてしまうではないか、と光明子は不審に思った。

なぜなのか、問い質《ただ》そうとすると、傍らの黒牛の背に乗ったままの清人が、

「一方だけ逃げ道を残しておかないと、贋金作りたちが暴れて、怪我人《けがにん》が出るかもしれない」

　とつぶやいた。

　真備は夜空の月を見上げてゆっくりと言った。

「贋金作りをすべて捕らえずともよいのです。何人か捕まえれば、どこで贋金をつくっているか訊き出すことはできるでしょう。無駄に血が流れるのは避けた方が賢明なのです」

「わかりました。そうしましょう」

　光明子はうなずくと資人たちに、南側を空けて北と東西から小屋に押し入りなさい、とあらためて命じた。

　資人たちは松明を手に造営地に入ると積まれている木材に身を隠しながら、小屋へと近づいた。小屋からひとりの男が出てきたが、まわりの暗闇に松明の火が浮いているのを見て、ぎょっとしたようだ。

　私鋳銭について大宝律令では、死刑や流罪に次いで三番目に重い、三年の間、獄に投じて労役をさせる徒刑《ずけい》としていた。

　しかし、和銅四年には主犯を斬刑、従犯が官人であった場合は官職を没収して家族も含めて流刑にするなど厳しくなっていた。

男は小屋の中に向かって何事か叫ぶと、見回して松明の火が見えない南側に逃げ出した。資人たちは逃げた男にかまわず、大刀を抜き放って小屋に殺到した。

入り口から何人もの男が走り出て、捕らえようとする資人たちともみ合いになった。武器めいたものを振りかざして抵抗する者は斬られた。

その間にも小屋の板壁を突き破って外へ逃げ出す男たちがいた。

資人たちはその男たちを押し包んで捕らえていく。怒鳴り声や悲鳴が交錯する騒ぎになった。その様子を眺めていた真備が、

――いかん
と声をあげた。小屋の中が一瞬、赤くなった。炎が板壁の間から漏れ出た。

清人が黒牛の背で立ち上がった。

「奴ら、火をつけたぞ」

小屋の入り口から煙が噴き出たとき、板屋根を破ってひとりの男が屋根に立った。男の姿は月光に照らされたが、なぜか黒々として顔も見えない。

小屋はさらに炎に包まれ、飛び出してきた男たちは炎に照らされて衣服や顔まではっきりとわかるのに、屋根の男は真っ黒い影のままだった。

「なぜ、あの者の顔が見えぬのですか」

光明子が言うと、清人が素っ気なく答えた。

「隠形して、人の目に触れぬようにしているのです。もし火が出ていなければ、あそこにいることすらわからなかったでしょう」

「そうなのですか。昔、同じように隠形した者がいました。あの男は――」

言いかけた光明子は、何かに気づいたように、はっとした。そしていきなり小屋に向かって駆け出した。まわりの資人たちが、

「光明子様、何をなさいます」

「危のうございます」

と止めようとしたが、光明子は振り切って小屋へと近づいた。

清人があわてて黒牛の背から飛び降りると資人たちとともに後を追った。真備と玄昉も続いて走った。

小屋に近寄った光明子は屋根の上の黒い影に向かって叫んだ。

「そなたの背格好には見覚えがある。姿を現しなさい」

光明子の声に応える素振りは見せずに、黒い影は宙へ跳んだ。同時に炎に包まれた小屋が崩れ落ち、火の粉が暗闇に散った。

黒い影は資人たちがいない南側へ走ろうとした。だが、その前に玄昉が立ち塞がる。

玄昉は琥珀《こはく》の数珠《じゅず》を手にしていた。

この時代、数珠は貴重な宝とされ、高貴な僧侶しか持つことは許されない。しかし、

玄昉はどうやって手に入れたのか琥珀の数珠を持っている。燃え上がった炎の明かりに、琥珀の数珠が輝いた。

玄昉は数珠を持った手を前に突き出して、読経した。玄昉の姿が炎に赤く照らされて魔神のように見えた。

玄昉はひときわ、甲高い声をあげて、

観《かん》自《じ》在《ざい》菩《ぼ》薩《さつ》
行《ぎょう》深《じん》般《はん》若《にゃ》波《は》羅《ら》蜜《みっ》多《た》時《じ》
照《しょう》見《けん》五《ご》蘊《うん》皆《かい》空《くう》
度《ど》一《いっ》切《さい》苦《く》厄《やく》
舎《しゃ》利《り》子《し》
色《しき》不《ふ》異《い》空《くう》
空《くう》不《ふ》異《い》色《しき》
色《しき》即《そく》是《ぜ》空《くう》
空《くう》即《そく》是《ぜ》色《しき》

と般若波羅蜜多心経を唱えた。

形なのだという。

この世のすべては、空であり、形となってあるかに見えるものも空、さらには空こそ
玄昉の声が夜空に響き渡っていくと、黒い影が見る見るひとの姿へと変わった。

「唐鬼――」

光明子は叫んだ。

贋金作りの中にいたのは、長屋王に仕える唐鬼だった。

唐鬼は光明子を振り向いてにやりと笑った。次の瞬間、唐鬼は宙に跳躍した。玄昉の頭上を跳び越えて闇の中へと消えていった。

光明子は唐鬼が呑み込まれるようにして姿を消した底知れぬ闇を見つめ続けた。


薬師寺の小屋で資人たちが捕らえた七人の男たちは不比等の邸で糾問された。

それによると、三十過ぎの小柄で鼻が大きく頰に大きな黒子《ほくろ》がある男は商人で左京六条三坊に住む楢磐嶋《ならのいわしま》だ、と名のった。

磐嶋は越前の敦賀まで銭を持って買いつけに出向く商人だった。

先日、敦賀から戻ってきたところ、家に三人の男が訪れて、銭の取引話を持ちかけてきた。そのため今夜、薬師寺の小屋まで出向いたという。

「私鋳銭だとは知りませんでした。古い和同開珎と新しいものを引き換えるだけだと思

ったのです」

と弁明した。

古い和同開珎は薄くなったり、傷が入って割れたりして、平城京での取引では嫌われることが多い。だが地方に持っていけば、新しい銭とかわりなく取引することができるのだ。

誘われるまま磐嶋が小屋に赴くと数人の男がいた。

ほかの者たちは皆、浮浪人のようだったが、ひとりだけ、骨に皮がはりついているのではないかと思えるほどに痩せて、頰から顎にかけて髭を生やし、唐人の衣服を着た異様な男がいた。

「見るからに邪鬼のような男でした。この男が頭《かしら》だったようです」

磐嶋はそう言うと唐鬼の顔を思い浮かべたのか、かすかに身震いした。

ほかの男たちはいずれも浮浪人で唐鬼に使われていただけのようだった。

ただ、小屋には大量の贋金があり、これらについては、唐鬼がどこかから持ってきたもので、自分たちはその見張りと商人を連れてくるために雇われただけだと浮浪人たちは申し立てた。

翌朝、不比等は資人から尋問の結果を聞いて、

「浮浪人どもは刑部省に引き渡し笞百回の刑といたせ。商人の楢磐嶋は弁明を聞き届け

てやるゆえ、解き放て」

と即決した。さらに三千代に呼ばせた光明子に、

「薬師寺の贋金作りどもの中に長屋王様に仕える唐人がいたそうだな」

と厳しい目をして訊いた。

「さようです。はっきりとあの者の顔を見ました」

光明子が答えると、不比等は眉間にしわを寄せて考え込んだ。しばらくして思い切ったように口を開いた。

「そうか、長屋王様は私鋳銭と引き換えに集めた和同開珎を官人に貸し付けて恩を売り、味方にしようとされているのだろう」

「なぜ、さようなことを」

「長屋王様は太政官に上り、朝政を動かしたいのだ。そのためには官人を手足のように動かさねばならぬ。おそらく自らの意のままに動く官人を作ろうとされているのだ。そのための贋金というわけだ」

不比等は目に憤りの色を浮かべて吐き捨てるように言った。さらに決然として言葉を継いだ。

「そなたはきょうのうちに長屋王様の邸へ、昨夜唐人を見た他の者たちを連れて出向きなさい。そして唐人の顔をその者たちに確かめさせるのだ。それをなせば彼の者たちが

遣唐使に加わることを許してやろう。唐人が贋金作りの仲間であると決めつけずともよい。そなたが知っておることだけを長屋王様にわからせればよいのだからな」

唐鬼が贋金作りをしていたとすれば、長屋王の指図であるに違いない。それなのに、なぜ、そのことを追及しなくともよいのだろうか、と光明子は不思議に思った。訝しんで目を向けると三千代はさりげなく言葉を添えた。

「たとえ、唐人が悪事を働いていたとしても、それで長屋王様を責めれば、大きな争いになります。それよりも、あなたが長屋王様の弱みを知っていることを伝えるだけにしておいたほうがいいのです」

「なぜでしょうか」

思わず光明子は首をかしげた。

三千代が答えようとするのを抑えて不比等が明快な口振りで告げた。

「そなたが首皇太子様の妃となることを長屋王様は快く思っておられない。それゆえ、長屋王様の悪事を知ったことを伝えて妃となるのを邪魔されぬようにするのだ」

光明子は緊張した面持ちになった。

六年ぶりに長屋王の邸を訪れれば膳夫と会うことになるだろう。しかし、その再会が膳夫の父長屋王の悪事を暴くためだ、ということが光明子には悲しかった。

膳夫が垣間見《かいまみ》せた憂いの色を帯びた眼差しを光明子はいまも忘れることができないで

いた。

膳夫は自らのやさしさゆえに望まぬ運命に翻弄されている。そんな膳夫をわたくしは追い詰めようとしているのではないか。

光明子の胸には膳夫への思いがこみ上げていた。

三

この日の昼下がり、昨夜から邸に泊まっていた清人と真備、玄昉を資人とともに供にした光明子は長屋王の邸を訪れた。

真備が邸の門衛に訪《おとな》いを告げると、にわかに邸の中があわただしくなった。やがて光明子たちは邸の西側にある西宮へと案内された。

ここは長屋王の妻である吉備内親王が起居する建物だった。応対に出てきたのは、すらりとした背丈の若い男だ。

(膳夫様——)

光明子はひと目で、六年前に会った膳夫であることがわかった。膳夫は清人に懐かしげな目を向けた後、光明子に向かい合った。

「突然、おいでなされたのは何事でしょうか」

膳夫は平然と声をかけた。すでに膳夫は元明天皇の詔によって皇族として遇されるようになっていた。その声音には自然な威があった。

光明子は出会った瞬間から、首皇太子と膳夫を比べていた。

膳夫は背が高く、肉付きもよくたくましさが感じられた。それとともに、目に理知的な輝きがあり、いつも微笑しているような穏和な表情はひととしての器量の大きさを思わせた。

（首皇太子様とは違う――）

胸に湧き起こった感慨を振り払うようにして口を開いた。

「昨夜、わが家の資人たちが薬師寺の造営地で贋金作りの者たちを捕まえました。わたくしもその場におりましたが、逃げた者の中に長屋王様にお仕えする唐鬼を見たのです。唐鬼は贋金作りの頭かもしれません。そのことをたしかめに来たのです。唐鬼に会わせてくださるようお願いいたします」

光明子は膳夫の顔を真っ直ぐに見て言った。膳夫は表情を変えずに、

「さて、困りました。唐鬼は父上の使いを命じられて昨日、遠国へ向かいました。いま邸にはいないのです。いない者は会わせるわけには参りません」

とはっきり言った。

膳夫は明らかに嘘を言っていると思った光明子は眉をひそめた。

（なぜ、膳夫様は嘘をつくのだろう、そんなひとではないと思っていたのに）

光明子がなおも問いを重ねようとすると、真備が口をはさんだ。

「唐人がおらぬとの仰せでございますが、ならば、お邸をあらためさせてはいただけませんでしょうか。どこかにひそんでいるかもしれませぬゆえ」

膳夫は真備に鋭い一瞥《いちべつ》を与えた。

「初めて見る顔だ。そなたは何者だ」

真備はためらわずに答えた。

「わたくしは下道朝臣真備と申します。光明子様に遣唐使に加われるようお口添えをお願いいたしております。そのために贋金作りを捕らえねばならないのでございます」

すると、傍らの玄昉も名のった。

「玄昉と申す僧侶でございます。わたしも真備殿と同じく光明子様に遣唐使に加われるようお願いしております」

膳夫はふたりの顔を見遣って微笑を浮かべた。

「ふたりとも、秀才であり、国家のために役立ちそうだ。しかし、それだけにわが邸に踏み込んだりはしない方がいい。邸の中を捜し回って唐鬼がいなければ、父上がさぞお怒りになるだろう。そなたたちが遣唐使に加わる願いなど吹っ飛んでしまうに違いない」

膳夫の言葉に真備は即座に答えた。

「遣唐使に加われなくては困ります。しかし、その前にわたくしたちがお邸をあらためれば長屋王様が困られるのではありますまいか」

「どういうことだ」

膳夫はつめたい顔つきになった。

真備は平気な顔で言った。

「長屋王様のお邸には、銅造所や鋳物所などがあると承っております。もし私鋳銭をつくられていたとすれば、まだ、坩堝や鋳型などが残っているかもしれません」

玄昉がゆっくりとした口調で言葉を添えた。

「なにせ、唐人は昨夜、逃げ戻ったばかりで、後始末をするほどの暇はなかったはずですからな」

ははっ、と膳夫は大きく笑った。

「そなたたちは思い違いをしている。もし、わたしの父が私鋳銭をつくっていたとしてもその場所は邸ではない」

膳夫はきっぱりと言うと光明子に顔を向けた。

「いかがです。わたしの言うことを信じないで邸の中を捜してみますか。あなたが望まれるなら、わたしは止めはいたしません」

膳夫の声に悲しみがこもっているのを感じながら光明子は頭を振った。

「いいえ、膳夫様の言葉を信じます。お邸の中を捜すような無礼はいたしません」

「そうですか。あなたにわかっていただけると嬉しいです」

膳夫は深くうなずいて光明子の顔を見つめた。光明子はうかがうように膳夫を見返して口を開いた。

「ただ、お訊ねしたいのは、わたくしと膳夫様はこれからもかように角突き合わせるような会い方しかできないのでしょうか。六年前には首皇太子様とともに、助け合うことができましたのに」

膳夫はしばらく黙ってから、想いのこもった眼差しを光明子に向けた。

「あのころはそうできました。しかし、これからはそうはいかないと思います。わたしは長屋王の子で父を守らねばなりません。あなたも藤原不比等の娘として父の願いをかなえねばならないでしょう。父達の間に争いが起きれば、わたしとあなたも争わないわけにはいかないのです。悲しいことですが」

膳夫の顔には憂いの翳りがあった。光明子はそんな思いを払うかのように努めて明るい声を出した。

「さように心配されずとも争いは起きないかもしれません。長屋王様もわたくしの父上もこの国をよくしたいと思われているのですから」

膳夫は光明子の言葉に励まされて笑顔になった。

「そうですね。わたしは先のことを案じすぎなのかもしれません」

ほっとした様子の膳夫は光明子に近づくと耳元で囁いた。

「贋金をつくっている場所は九州の大宰府《だざいふ》です。お父上にそうお伝えください。贋金がつくられるのをやめさせられればお父上も安心されるでしょう」

耳のそばで膳夫のひそやかな声を聞いて、光明子は面映《おもは》ゆい思いをしながらも、伝えますと小声で答えていた。

それとともに、首皇太子の妃となれば、こんな風に膳夫と話すこともなくなるのだ、と寂しい気がした。

清人が龍笛を吹き始めた。

膳夫や首皇太子とともに夜中に宮子夫人の邸に忍び込んだ夜はもう戻ってはこないのだ、と光明子は思った。

龍笛の音色が悲しげに響いていった。

この年、五月二十一日、元正天皇は、禁止しているにも拘わらず、大宰府の人民の家に白鉛を隠し、ひそかに銭を鋳造して悪だくみをする者がいる、厳しく禁制して二度とこのようなことをさせないようにせよ、との詔を発した。

大宰府にいた贋金作りを糾明したのである。

六月になって光明子は首皇太子の妃となって皇太子宮に入った。

首皇太子はやや顔を紅潮させて光明子を迎えた。光明子が皇太子の妃となったことを不比等は喜び、祝宴を開いては杯を重ねた。祝宴の席で首皇太子は嬉しげに言った。

「そなたは幼いころからわたしを助けてくれた。これからもともに生きて、わたしを助けてくれるのだね」

光明子は首皇太子に頭を下げ、

「たゆまず、努めます」

とあでやかな声音で言った。首皇太子は、朝廷で光明子を妃とすることが決まった日、祖母である元明太上天皇から、

「女といえば、皆、同じと思うは間違いぞ。汝《なんじ》の妃にしようとする媛の父、不比等は帝に仕えて夜中や暁にも休息することなく、浄《きよ》く明るい心をもって敬い勤めてきた。その心根を忘れることができない。この媛に過ちがなく、罪がなければお捨てになるな」

という言葉を賜ったという。

そのことを首皇太子から聞かされて光明子は誇らしく、胸の内が温かくなる思いだった。

（やはり、これでよかったのだ）

妃となる前に思い悩みはしたものの、この道を歩むことに間違いはない、とあらためて思った。

しかし、皇太子宮に入って奇妙なことに気づいた。

宮殿の庭に出たおり、自分と同じ年頃で侍女に傅《かしず》かれる美しい女人を見かけるのだ。

その女人は光明子に気づくとあわてて頭を下げて礼をするが、言葉をかけることはなく、そのまま立ち去ってしまう。

（誰なのだろう――）

疑問に思っていた光明子は、ある日、訪ねてきた三千代に女人のことを訊いた。三千代は少し困った顔をした後、

「あのひとは首皇太子様の夫人です」

と言った。さらに女人の名を、

――県犬養広刀自《あがたのいぬかいのひろとじ》
だと告げた。

讃岐守従五位下県犬養唐《もろこし》の娘だという。三千代とは同族であり、夫人となったのも三千代の推挙によるものだった。

「首皇太子様の夫人はいずれ置かねばなりません。それなら、わたくしの親族の方がよいと思ったのです。広刀自様は決して、あなたを凌《しの》ごうとはいたしませんし、さような

ことはわたくしが許しません」

　三千代は淡々と言った。

　うなずきはしたものの胸のどこかが痛んだ。

　父母の思いを背負い、首皇太子に尽くして、この国に平安と繁栄をもたらしたいと意気込んで妃となったのだ。しかし、朝廷から見れば、自分は首皇太子の妻のひとりに過ぎない。

　何事かをなしたい、という思いは空回りするだけかもしれない。

　そんな不安が胸に湧いた。あるいは三千代のように女官として仕えることのほうが生き甲斐《がい》があるのではないだろうか。

　光明子はさりげなく言った。

「わたくしはいまの帝のように生きたいと念じて参りましたが、それはかなわぬことなのでしょうか」

　三千代は微笑んで頭を振った。

「さようなことがあるはずがございません。あなたは帝になられた首皇太子様をお助けしてこの世の闇を払う女人だとわたくしは思っております」

「首皇太子様にお仕えするのはわたくしだけではありません。広刀自様も同じように思われているのではないでしょうか。だとすれば、わたくしだけが力みかえっても、おかしなことになりはしませんか」

光明子がため息をついて言うと、三千代は表情を引き締めた。厳しい口調になって、

「それはあなたの考え違いというものです。もし首皇太子様にお仕えするほかの女人が同じような考えを持っていれば手を携えてともに進めばよいではありませんか」

と言い切った。

光明子は目をそらせた。

「わたくしはさように心が広くはございません。首皇太子様にお仕えするからには、わたくしだけを見てもらいたいと願うでしょう。わたくしはそのような自らの心を偽ろうとは思いません」

「それは、無理のないことです。嫌だと思い、逃げたいと思うことでしょう。それでもあなたは首皇太子様とともに進むでしょう」

三千代は光明子に慈しむ眼差しを向けた。光明子は頭を振った。

「どうして、そのように思われるのか、わたくしにはわかりません」

「なぜなら、あなたが光だからです。この世は苦しみに満ちた暗夜です。ひとびとは常に光を求めています。光である宿命を背負ったあなたは、自らの道を進むしかないのです」

三千代は諭すように言った後、光明子の前から下がった。すぐには納得のいくことで

はなかったが、三千代の言葉は光明子の胸に残った。

蒸し暑く、宮殿の中庭に出てみると青空高く雲がそびえたっている日だった。


翌霊亀三年三月――

多治比県守《たじひのあがたもり》を押使《おうし》、大伴山守《おおとものやまもり》を大使とする遣唐使が出発した。随行の留学生の中に下道朝臣真備や僧玄昉の姿もあった。

さらに翌年の養老二年（七一八）、十八歳となった光明子は首皇太子との間に第一子を生した。生まれたのは女子で阿倍内親王と称された。

後の女帝、孝謙天皇である。

白虹の章

一

巨木がゆっくりと倒れるのに似ていた。

養老四年（七二〇）春――

藤原不比等は重い病の床についた。

八月に入って光明子は父を見舞うべく、皇太子宮から不比等の邸へと赴いた。

すでに二十歳となった光明子は、阿倍内親王を産み、女人としての美しさを増していたが、表情には皇太子の妃には似つかわしくない、凜々しく風に向かう少年を思わせるものがあった。

光明子を出迎えた三千代は光明子に従う供の手前もあり、

「お見舞いをいただき、もったいのうございます」

と丁寧に頭を下げた。

さすがに看病疲れのためか面やつれして見えた。いたましく思いながら、光明子は声をかけた。

「帝もたいそうご心配なされておいででございます。父上のご容態はいかがでしょうか」

不比等の回復を祈る元正天皇は罪人の大赦や病人への湯薬の支給を命じた。さらに平城京の四十八寺で薬師経を読ませるなどした。しかし、不比等の病状はしだいに悪化するばかりだった。

三千代は顔をあげて光明子の目を見つめながら、かすかに首を横に振った。もはや余命いくばくもない、と覚悟しているようだ。

光明子はうなずいて、不比等の寝所へと向かった。

侍女たちが扉を開けるのを待ちかねるようにして光明子は寝所に入った。不比等は寝台に横たわっていた。

がっしりとした体つきで頬に肉がつき、貫禄たっぷりだった不比等が思いがけないほど痩せているのを見て光明子は胸が詰まった。

――父上様
光明子が声をかけると、不比等は薄く目を開けて微笑した。

「よくお出で下さいました」

不比等は娘に対しても皇太子の妃であることを憚り、かすれた声で恭しい言葉遣いをした。光明子は御床に近づくと、不比等の手をとって、

「お顔の色がよろしゅうございます。必ず元気になられましょう」

と励ました。しかし、不比等は笑みを浮かべたまま、顔をゆっくりと横に振った。

「いや、わしの命は間もなく絶える。しかし、思い残すことはないゆえ、苦しくはないのだよ」

不比等の声には明るさがあった。

光明子は力を込めて不比等の手を握りしめた。

「何を仰せになります。父上にはまだやり残したことがおありではありませぬか」

不比等は、大宝律令を実施するとともに養老律令を制定し、わが国の律令体制の整備に努め、また新たな都として平城京をつくり栄えさせてきた。

この年五月には舎人親王らが編纂《へんさん》した『日本紀（日本書紀）』が元正天皇に奏上された。

元明天皇の代に『古事記』が完成しており、母娘二代の帝が、わが国の成り立ちを明らかにする史書を奏上されたことになる。

『日本紀』の編纂にあたっては、不比等も力を尽くしており、完成を見届けることがで

きたのは大きな満足だったろう。

　不比等が生涯の仕事として行った政の功績は計り知れないほど大きかった。

　ただ、自らの血を引く首皇太子《おびとのこうたいし》はいまだ帝となっておらず、そのことが心残りではないか、と光明子は思っていた。しかし、不比等は澄明な表情で言葉を継いだ。

「いや、わしはなすべきことをなした。〈壬申の乱〉により、力によって天武の帝の世となったこの国を、わが父鎌足が天智の帝とともに目指した律令によって治まる国にすることがわしの夢であった。もはや、そのおおよそはできた。後はそなたが成し遂げてくれると信じておる」

「わたくしが成し遂げるのは無理でございます」

　光明子は眉をひそめた。

　不比等ほど大きなことが自分にできるとは到底思えなかった。不比等は光明子にやさしげな目を向けた。

「なに、難しいことではないのだ。ただ、ひとつのことさえわかっておれば、できるであろう」

「ただひとつのこととは何でございましょうか」

　不比等に顔を寄せ、光明子は囁くように訊いた。不比等はかすかにうなずいた。

「帝はこの国そのものでおわすということだ。帝をいとおしく思うことは国をいとおしく思うこと、帝をお守りすることは国を守るということじゃ」

「帝は国そのものなのでございますね」

光明子は真剣な眼差しで不比等を見つめた。

「帝が清らかに正しく道を歩まれるならば、この国もまた正しき道を歩める。そなたは、やがて帝となられる首皇太子様とともに正しき道を歩まねばならぬ。そなたはきっと歩み通すことができよう」

言い終えた不比等は疲れたのか、顔色が悪くなった。

これ以上、疲労させてはならない、と思った光明子は、見舞いの言葉をさらに述べた後、目を閉じて眠り始めた不比等の手を放して、寝所からそっと出た。

三千代が広縁でぼんやりと庭を眺めていた。

近づいたとき、三千代の瞼《まぶた》が泣き腫らしたらしく赤くなっているのに光明子は気づいた。怜悧で気丈な三千代が泣いたような様子を光明子は初めて見た。

——母上
光明子が声をかけると、三千代は憂い顔で振り向き、

「父上が逝かれたなら、わたくしは朝廷への出仕を辞し、御仏に仕えて生きたいと思います。これからは、あなたにしっかりとしていただかねば」

と悲しげに言った。

光明子は傍により、そっと三千代の肩を抱いた。三千代は声も無く立ちすくんで肩を震わせた。

光明子が皇太子宮に戻ると首皇太子が待ち受けていた。さっそく不比等の容態を訊く首皇太子に光明子は眉をひそめ、顔を横に振って見せた。

「そうか――」

首皇太子は困惑した表情になった。

首皇太子が皇位につくためには、不比等は最大の後ろ盾だった。その不比等がいなくなれば帝となることが難しくなるかもしれない、と案じている顔だった。

首皇太子は自分とともにひたすら不比等のことを思っているわけではないのだ、と思うと光明子は寂しかった。

光明子がふとため息をつくと、首皇太子は驚いたように、

「どうしたのだ」

と訊いた。

光明子は頭を振った。

「いいえ、なんでもございません」

首皇太子様には、おわかりにならない、と光明子は胸の中でつぶやいていた。

八月三日――

不比等は眠るようにこの世を去った。六十三歳だった。

元正天皇は深くこれを悲しみ、執政を止め、宮中に籠って、挙哀《こあい》(声をあげて泣き、悲しんで弔意を表す)を行った。

そして不比等の葬儀にあたっては、養老喪葬令に定められているよりも手厚く葬るよう命じた。不比等の遺骸は火葬され、十月八日に佐保山椎山岡《さほやましいやまおか》に葬られた。

十月二十三日には大納言長屋王と中納言大伴旅人《おおとものたびと》が不比等の邸に遣わされ、太政大臣正一位が贈られた。

このころ元正天皇は皇太子妃の光明子が悲しみにくれていると察して、朝廷に呼んで弔意を示して慰めた。

「不比等はたとえ亡くなっても、首皇太子やそなたたちを守ってくれているに違いない。悲しまずともよい」

光明子は皇太子妃である自分にまで心遣いを見せる元正天皇の思いやりをありがたいと感じながらも、ともすれば胸の内が暗くなるのをどうしようもなかった。そんな光明子の様子を見て、元正天皇はさらに言葉を継いだ。

「不比等が首皇太子とそなたを守ろうとしたことがわかる物がある。見せてあげよう」

元正天皇は光明子をうながして、宮殿の宝物庫である正倉《しょうそう》へと連れていった。

高床式で校倉《あぜくら》造りの正倉を管理する役人たちがあわてるのを尻目に、元正天皇は光明子を従えて中へ入った。

薄暗い内部に戸口から陽が射した。奥まった棚に置かれていた一振りの刀を元正天皇は手にした。

柄《つか》や鞘《さや》まですべてが黒漆で装飾された黒い刀だ。黒い刀を光明子に見せながら元正天皇は告げた。

「黒作懸佩刀《くろづくりかけはきのたち》ですよ。この刀はもともと朕の父である草壁皇子が日ごろ佩刀《はいとう》していたもので、草壁皇子が亡くなると不比等に賜り、文武の帝が即位されたおりに献じられたのです。その後、文武の帝が崩じられた時に再び不比等に賜ったものだということです。不比等は自分の死期を覚《さと》り、首皇太子にこの刀を献じてくれました。首皇太子に帝となる心構えをさせようと思ったのでしょう」

「この御刀を父が献じたのでございますね」

光明子は目に涙をためて刀をしげしげと見つめた。

持統天皇が何としても皇位につけたかったわが子である草壁皇子の刀が不比等に託されたのは、草壁皇子の血を引く男子を帝にするよう命じられたということでもあったはずだ。首皇太子はすでに昨年から朝廷で政を聞いている。態度も重々しくなり、帝となる器を備えてきたようだ。

(父上はなすべきことを果たされたのだ)

黒作懸佩刀を見つめる光明子の胸は熱くなった。

元正天皇は黒作懸佩刀を持つと光明子の手を引いて戸口から出た。

「不比等はあの世からそなたを見守っているであろう。しかし、目の前に敵が現れたなら、そなたは首皇太子とともに戦わねばならない」

元正天皇は声に力を込めて言った。

「敵とは長屋王のことでしょうか」

光明子はうかがうように元正天皇の顔を見た。

長屋王がかねて皇位に野心を抱いていることは光明子も感じ取っていた。しかし、元正天皇がこれほどまでにはっきりと口にするとは思いがけないことだった。やはり、長屋王と藤原氏の水面下での確執を元正天皇も察しているのかもしれない。

元正天皇は表情を引き締めて言葉を継いだ。

「長屋王は首皇太子が皇位につくことを快く思っておらぬようです。朕は国事多難のおりに藤原氏と長屋王の争いに関わろうとは思いませんが、首皇太子が帝としてこの国を守るためにそなたの力が必要であろうと思うのです」

元正天皇の治世は決して安穏としているわけではない。

この年二月に九州の大隅国《おおすみのくに》で隼人《はやと》族の反乱が起き、国司の長官が殺されていた。また、九月には東北の陸奥国で蝦夷が反乱を起こして按察使《あぜち》を殺害した。

朝廷では九州と東北に征討軍を派遣したが、そんな最中の不比等の死は元正天皇を不安にさせていたのかもしれない。

それだけに朝廷内での権力争いの帰趨《きすう》よりも、いずれ譲位することになる首皇太子のことが案じられるのだろう。

二十歳となった首皇太子は横顔に凜々しさを湛《たた》えるようになっていた。しかし、元正天皇の目にはいまだにひ弱く見えるようだ。

正倉の戸口から陽射しの下に出た元正天皇は黒作懸佩刀の柄に手をかけるや、

「見るがよい」

と言い放ち、すらりと刀を抜いた。白刃が陽にきらりと輝き、白光が光明子の目を射た。

――あっ
眩《まぶ》しさに光明子が声をあげて目を閉じると、元正天皇は厳しい声音で言った。

「目を閉じてはならぬ。これは、草壁皇子や文武の帝の魂が籠り、不比等が伝えた刀ぞ。不比等の思いを受け継ぐそなたは、この刀の如く首皇太子を守らねばならぬのです」

光明子が目を開けると、元正天皇は黒作懸佩刀を手渡した。驚きながらも光明子は恐る恐る両手で柄を握りしめた。

持てぬほど重いはずだが、思いがけず手に馴染んだ。

光明子は目に見えぬ何かに支えられるかのようにして刀を陽にかざした。その瞬間、熱いものが光明子の体を貫いた。

(父上の思いだ――)

そう感じながら、さらに不比等だけでなく、草壁皇子や文武の帝の心も籠められているに違いないと思った。

手にした黒作懸佩刀から伝わるものが体中を熱く駆け巡り、いつの間にか光明子の額には玉のような汗が浮かんでいた。

「刀に籠められた思いがわかったようですね」

元正天皇はやさしく声をかけて、光明子から刀を受け取った。光明子はうなずくとともに晴れ晴れとした笑みを浮かべた。

「刀はたいそう重うございます。ですが、かような重い物を持てるのは幸せなことだ、と思いました」

「そなたにとっては、これからの苦難の道も幸せな道に思えるのですね」

元正天皇は大きく首を縦に振った。

「きっと、そうなります」

光明子は澄み切った表情で言うと空を見上げた。

大きな白い雲が悠然と流れている。それは、まるで、巨人のごときだった不比等が青空の彼方に去っていく姿であるかのように見えた。

（わたくしは必ず、父上がなそうとされた夢をかなえてみせます）

光明子は改めて胸に誓った。

白雲はいつの間にか流れ去っていた。

二

養老五年正月――

朝廷の新たな太政官が決まった。

知太政官事　舎人親王
右大臣　長屋王
大納言　多治比池守《たじひのいけもり》
中納言　巨勢祖父《こせのおおじ》
中納言　大伴旅人
中納言　藤原武智麻呂
参議　藤原房前《ふささき》

舎人親王は天武天皇の子であり、皇親勢力を代表し、不比等の四人の男子のうち、武智麻呂と房前も太政官となっていた。

不比等の長男である武智麻呂と次男の房前はともに蘇我連子《むらじこ》の娘娼子《しょうし》を母として生まれ、四十を過ぎている。武智麻呂は、幼いときに母を亡くし、病弱だったが、長じてからは書を好み、学問に励んで、穂積親王から、

——この児《こ》必ず台鼎《たいてい》の位に至らむか

と将来は大臣になることを予言されたと言われる。

一歳年下の房前は、東海道、東山道の巡察使に抜擢《ばってき》されるなど政の資質はむしろ武智麻呂を上回るのではないか、とされていた。

また、不比等の三男である宇合《うまかい》は霊亀二年（七一六）に遣唐副使に任じられ、その翌年に入唐し、三年前に帰国していた。

四男の麻呂は美濃介《みののすけ》として地方官に任じられるなど、藤原家の男子四人は政界で着々と地歩を固めている。

しかし、四十代半ばで経験豊かな長屋王に対して、太政官になって間もない武智麻呂

と房前が対抗できないのは明らかだった。

不比等が没した後、長屋王が政権の中心となっていた。従二位に叙せられ、いよいよ自ら政を行うという気概にあふれた長屋王は昇進を大いに喜び、貴族や官人を自邸に招いて、度々祝宴を催した。

首皇太子と光明子も招かれるまま長屋王の広大な邸を訪れた。

二月十六日、昼下がりのことだ。この年は正月二十四日と二十五日に地震があり、二月七日にも大きな揺れがあった。何となく落ち着かぬ日々が続いていた。

首皇太子と光明子のほか武智麻呂や房前、宇合までが招かれていた。

長屋王は妻の吉備内親王や藤原長娥子、そして膳夫《かしわで》や葛木、鉤取ら三人の息子とともに接待した。

庭が見渡せる広間で杯を重ねるにつれ、和歌や漢詩の遣り取りが行われ、音曲も奏でられてにぎやかになった。

一座の者たちがさんざめく中、長屋王が首皇太子に顔を向けてふともらした。

「そう言えば、昨日、大蔵省の倉がひとりでに鳴り、誰もいないのにひとが話す声が聞こえたそうですが、皇太子様はご存じでございましょうか」

首皇太子は目を丸くして顔を横に振った。

「いや、知らぬが」

「さようでございますか。さても不思議なことでございます」

長屋王は眉をひそめて、意味ありげにうなずいた。杯を手にした武智麻呂が身を乗り出して、

「地震が続き、帝も心を痛めておられます。さようなおりに不可思議なことが起きるのは憂いことですな」

と低い声で言った。長屋王は顔を大きく縦に振った。

「これも、不比等殿が亡くなられ、人心が落ち着かぬからでありましょう。われらは心をひとつにして勤めねばなりませぬな。かりそめにも自らの利害によって動く者が出るようなことがあってはいけませんぞ」

長屋王の言葉には自らの政権に従えと強要する気配があった。

武智麻呂と房前、宇合は顔を見合わせて苦笑した。そのとき、首皇太子がふらりと立ち上がった。階まで歩いた首皇太子は空を見上げて、

「あれは何であろうか」

とつぶやいた。

庭に控えていた資人たちが空を見上げて、おおっ、と声を発してどよめいた。太陽を光の輪が囲んでまるで白い暈《かさ》がかかったように見えた。さらに暈の南北の端に耳飾りのような輪がついている。

「不気味な」

「凶兆ではないか」

「恐ろしや」

ひとびとがうろたえ騒ぐと、長屋王が声を大きくした。

「あれは白虹《はっこう》だ。恐れることはない。世が新たに変わるという吉兆であるぞ」

長屋王の言葉にひとびとはようやく安堵の表情を浮かべた。長屋王は席に戻ると、なぜか光明子に目を注いだ。

光明子は落ち着いて口を開いた。

「長屋王様、わたくしの顔に何かついているのでしょうか」

長屋王は苦笑した。

「世が変わるということは兵乱の兆しともされます。陽がふたつ重なり、あたかも陽がふたつあるかのように見えるからです。天にふたつの陽があれば、争乱が起きて世が鎮まらないのは明らかですからな」

「天に陽がふたつとはどういうことでしょう。帝は常におひとりでございますのに」

光明子が言うと、長屋王はひややかに言い放った。

「わが家に仕えておる唐人がさように申したのです。唐の国では三代皇帝高宗が没した後、皇后であった則天武后が自らの王朝を立てました。すなわち、皇帝亡き後、女人である皇后が天下を統《す》べるのは天に陽がふたつあるということではありませんかな」

長屋王の言葉を聞いて光明子は眉をひそめた。

「さようなお話は、あたかも女帝が偽の帝であるかのように聞こえます。元明の帝や今上帝に対して不敬ではありませんか」

光明子の鋭い言い方に長屋王は言葉を失って口を閉じた。すると長屋王の斜め向かいに座っていた宇合が酔った様子で口をはさんだ。

「さてどうでしょうかな」

宇合はこの年、二十八歳。武智麻呂や房前がととのった官人らしい顔つきなのに比べて、浅黒く陽に焼けて目が鋭く、口元が引き締まった武人めいた風貌をしている。

「わたしは入唐しましたおりに、留学僧の弁正《べんせい》より、大事な話を耳にいたしましたぞ」

宇合は声をひそめて言った。

宇合が入唐したのは四年前、養老元年のことだ。滞在一年余りで、三年前の養老二年に帰国していた。

弁正は大宝二年（七〇二）に遣唐使とともに唐に渡った。弁正は社交的で遊戯がうまく、中でも囲碁が得意だった。このため同じように囲碁好きだった唐王朝の李隆基《りりゅうき》という貴族の青年と囲碁をするようになり、親しくなった。

この青年が後に玄宗皇帝となったのだ。その後も玄宗皇帝の囲碁の相手を務めた弁正は唐での暮らしに馴染んだ。やがて還俗して唐の女人と夫婦になり、朝慶《ちょうけい》、朝元《ちょうげん》というふたりの男子を得た。

　このうち朝元は、宇合らの遣唐使が帰国する船に乗って日本へ渡った。朝元は医術に優れており、朝廷から用いられるようになっていた。宇合は弁正から朝元を託されたらしく、後に朝元の娘を息子の妻に迎えることになる。

　宇合が唐で弁正から何を聞いたのか、と一座の者たちは皆、聞き耳をたてた。宇合は舌なめずりして皆の顔を見回した。

「実はいまの唐の皇帝は女帝が嫌いだということです」

　光明子は眉をひそめた。武智麻呂が苦い顔をして訊き返した。

「そなたは、唐から帰国した際の報告ではさようなことは言わなかったぞ」

　宇合は白い歯を見せて笑った。

「はっはっ、女帝であられる帝にさようなことが報告できるわけがないではありませんか。父上にはひそかに話しましたが、ひとに漏らしてはならぬと言われました」

　房前がつめたい目を宇合に向けた。

「ふむ、当然のことだ。父上なればさように申されるであろうな。それなのに、なぜいまになって話すのだ」

　不比等の息子たちは互いに競い合うところがあって、必ずしも仲は良くなかった。長屋王は房前と宇合を見てにやりと笑った。

「わしにはわかりますぞ。不比等殿の望みは藤原家の血を引く、首皇太子様を早く帝にすることであったはず。されば、唐の皇帝が女帝を嫌《きろ》うているのであれば、首皇太子様を帝にすべきだ、と宇合殿は言われたいのでしょう」

「そういうことです。長屋王様がおわかりくださると話が早い」

宇合はからりと笑った。首皇太子は顔をしかめた。仮にも即位についての話を酒席でするのは、不遜に思えて堪え難かった。身じろぎした首皇太子は、

「そんな話をわたしの前でしないでくれ」

と苛立ちを隠さなかった。宇合は頭を下げてから話を継いだ。

「さようにお怒りになられず、聞いていただきたく思います」

宇合は、光明子様もさように思われよう、と言いながら、光明子に目配せした。光明子はやむなく言葉を添えた。

「わが国は唐から多くのことを学んでおります。唐の皇帝がどのようなお考えかを知ることは大切かと思います」

首皇太子は不機嫌な表情だったが、それ以上は言わずに杯を口へ運んだ。その様子を見ながら宇合は話を続けた。

玄宗は唐王朝第六代の皇帝だ。

玄宗が少年のころ唐王朝は、則天武后が周朝を立てるなど混迷の最中《さなか》にあった。則天武后が失墜し、唐朝が復活したのちも中宗の皇后韋氏《いし》の一派が政権を握り、ついには中宗皇帝を毒殺した。

十一年前、唐の景龍四年、日本の和銅三年（七一〇）のことだ。則天武后に続いて皇后韋氏が権勢を得ようとしたことから、この時期を唐王朝では、

――武韋《ぶい》の禍《か》

と呼んだ。

中宗皇帝の甥である玄宗はこの事態を憂い、決起して韋氏一派を倒し、父の旦《たん》を即位させて皇帝（睿宗《えいそう》）とした。そして自らは皇太子となり、やがて父帝の譲りを受けて帝位についた。

その後、皇后韋氏を倒すために手を結んでいた則天武后の娘太平公主《たいへいこうしゅ》との対立が深まると武力で一掃し、皇帝独裁権力を固めていた。こうして玄宗は八年前から、後に〈開元の治〉と呼ばれる改革政治を行っていたのだ。玄宗皇帝にとって〈武韋の禍〉はいまだに生々しいものだった。

「唐の皇帝はまことに英明ですが、若いころから敵としたのが女人で政を行う者だっただけに、女帝を忌まれるとのことです」

宇合が話し終えると、光明子は目をそらせた。

宇合がこのような酒宴の場で困ったことを言い出した、と思っていた。はたして長屋王が大きくうなずいた。

「なるほど、唐との交わりを考えれば、わが国も男の帝が望ましいということになりまするな」

あたかも首皇太子の一日も早い即位が望ましいと言わんばかりの口振りだった。藤原氏の血を受けた首皇太子の即位を何より望んでいる武智麻呂がつられるように身を乗り出した。

「まことにさようですな」

武智麻呂が勢い込んで言うと、長屋王は何も言わず、にこやかにうなずいた。すると房前が舌打ちした。

「兄上、さように申されては帝に対し、畏れ多いですぞ。もし、長屋王様が藤原氏は唐の帝に気に入られるために首皇太子様を即位させようとしていると帝に申し上げられたら何とされます」

房前の鋭いひと言で座は凍りついたようになった。不意に長屋王と藤原氏の暗闘が浮かび上がったのだ。

長屋王だけが口辺の笑みを消さずに杯を口に運んだ。武智麻呂と房前は長屋王を睨みつけ、宇合は困ったような顔をして杯を飲み干した。

光明子は長屋王と藤原氏の権力争いの一端を垣間見た。

わずかな失態も見逃さず、おたがいを見張っているのだ。しかし、そのために元正天皇が女人であることが厭《いと》うべきことのように語られるのを耳にすると胸が痛んだ。

(帝は懸命に政をなされているのに、なぜ女人であることをあげつらわれねばならぬのか)

光明子は胸中に憤りを覚えて、首皇太子に、

「少し、お酒に酔いました。風に吹かれて覚まして参ります」

と告げた。首皇太子は心もとない顔をしてうなずいた。

「宇合の話は唐でのことだ。わが国には別な在り様があるとわたしは思っているぞ」

首皇太子がさりげなく言ったので、光明子はほっとした。

「まことにさようでございます」

首皇太子は元正天皇のご苦労を理解していらっしゃるのだ、と光明子は思って気持ちが少し明るくなった。広間を出て階に近づいていったとき、いつの間にか座を脱《ぬ》け出していた膳夫が庭を眺めている姿を見た。

「もうお酒は召し上がらないのですか」

光明子が声をかけると、振り向いた膳夫はにこりと笑った。

「酒は飲んでもよいのですが、政に関わる、生臭い話はもうたくさんだと思って出て参

りました」

「膳夫様は父上様とはお考えが違うのですね」

「息子として父は助けねばならないと思います。しかし、父が考えていることが父のためになるとはわたしには思えないのです」

膳夫は寂しげに言った。

長屋王が皇位を狙っているのは明らかだと、光明子には思えた。長屋王には皇親として藤原一族の専横を抑えねばならないという思いがあるのかもしれない。

しかし、そのことにこだわればいたずらに争いの種を蒔《ま》いてしまうのではないだろうか。だからこそ不比等は娘の長娥子を長屋王の妻のひとりとし、朝廷でも長屋王を自分に次ぐ地位につかせてきた。

不比等亡き後の朝廷では長屋王こそが第一の実力者だが、それは不比等が仕向けてきたことでもあった。長屋王は不比等の心を汲《く》んで藤原一族とともに帝を支えようとはしてくれないのだろうか、と光明子は悲しく思った。

光明子は自らの気持ちをなだめようと庭に目を遣った。酒宴が続く間に夕刻になっていた。陽が傾き、雲が赤紫色になっていた。

光明子の横顔も夕焼けでうっすらと緋色に染まっていた。その横顔を見つめた膳夫が、和歌を詠じた。

茜さす紫野《むらさきの》行き標野《しめの》行き野守《のもり》は見ずや君が袖振る

茜色に染まる紫草の野を行き、御料地の野を歩くとき、野の番人が見ているかもしれないではありませんか、あなたそんなに袖を振らないでください、という額田王の歌だ。

額田王は大海人皇子（天武天皇）と結ばれ女子をなしたが、その後、大海人皇子の兄である中大兄皇子（天智天皇）の妻となった。「袖振る」とは、この時代、恋しい人の魂を自分のほうへ引き寄せるための恋の仕草のことだ。

大海人皇子が酒宴の場でかつての恋人であった額田王の気を惹こうとするのを酔余の歌に託してたしなめたのだという。

膳夫が額田王の歌を口にしたことに光明子は驚いて振り向いた。膳夫は真剣な表情で光明子を見つめている。

（なぜ、膳夫様はわたくしをこのような目で見つめるのだろう）

胸が高鳴るのを光明子は抑えられなかった。大海人皇子は額田王の歌での問いかけに対して、やはり歌で答える。

紫草《むらさき》の匂へる妹《いも》を憎くあらば人妻ゆゑに我《あれ》恋ひめやも

紫草が匂うように美しいあなたを憎く思うのなら、人妻なのにどうしてこんなに想うものでしょうか、と恋心を打ち明ける歌だった。

膳夫は光明子への想いを歌で表しているのだ。幼いころ大路で出会い、夜中に宮子夫人の邸に一緒に忍び込むなどしてきた膳夫の胸に光明子への想いが宿っていたのだろうか。

光明子は頰が染まるのを感じながらも、膳夫とともにいてはいけない、と思った。背を向けて去ろうとしたとき、ぐらりと体が揺れた。あわてて柱にすがろうとしたが、さらに激しく体が揺れて倒れそうになった。地面が揺れているのだ。

――地震だ

男の叫び声が聞こえた。女たちが悲鳴を上げる、柱が揺れ、大屋根が傾き、瓦ががらがらと音を立てて落ちた。

「危ない」

膳夫が光明子を抱いて支える。膳夫は屋根が崩れ落ちそうなため、光明子を抱えて庭へ飛び降りようとした。だが、瓦が雨のように落ちてくるため、ためらううち、不意に揺れが治まった。いままでの地鳴りが噓のようにあたりが静まり返り、ひとの声もしなくなった。そのときになって光明子は怖さから体が震えた。

膳夫は光明子を抱きしめた腕に力を込めた。

「大丈夫です。安心してください。わたしがお守りしますから」

励まされて、光明子は思わず膳夫の腕にすがった。そのとき、首皇太子の声が響いた。

「何をいたしておる」

光明子を心配して駆けつけた首皇太子は、抱き合っている膳夫と光明子を目の当たりにして怒りの形相で睨みつけていた。

膳夫はあわてて、光明子から離れると、平伏して、

「申し訳ございません。屋根が崩れそうでしたので、光明子様をお助けしようとしたのでございます」

と言った。光明子も身づくろいしつつ、

「膳夫様に、危ういところを助けていただきました」

と言葉を添えた。しかし、首皇太子はつめたくふたりを見据えるだけで何も言わない。握りしめた首皇太子の拳がぶるぶると震えている。

ふたたび、地鳴りが響いてきた。

三

　元正天皇は地震が相次ぎ、白虹が現れたことに心を痛めて大臣たちに、

「朕は徳が少なく、民を導くだけの十分な力もない。早朝、目が覚めれば至らざるところをなんとかしたいと求め、夜までそのことを思い続けている。身は宮中にあっても、心は人民のうちにある。汝らに委ねずして天下の民を導くことができようか。国家のことで有益なことがあれば、必ず朕に奏上せよ。もし朕が聞き入れなければ何度でも強く諫《いさ》めて欲しい」

　と悲壮な面持ちで告げた。

　皇太子宮で首皇太子から元正天皇の詔を聞いた光明子は、身が引き締まるほどの思いだった。帝の位にありながら、心は人民のうちにある、とはっきり口にできるのは元正天皇だからこそではないだろうか。

　光明子が感激の面持ちでいるのを首皇太子は素っ気なく見つめて、

「帝はお疲れのご様子だ。政に倦《う》まれたのではあるまいか」

　と言った。光明子は目を瞠った。

「何を仰せになられます。帝は寝食を忘れるほどに民のために尽くされておられます。

さすれば倦まれるということなどあろうはずがありません」

「そう言うが、近頃、太上帝のお体がすぐれぬご様子。帝は案じられておられるはずだ。お疲れになられてもしかたがないのではないか」

首皇太子はよそよそしい口振りになった。元明太上天皇が時折、臥《ふ》せるようになっていることは光明子も聞いていた。

元明太上天皇と元正天皇は母娘で力を合わせて、この国を支えてきた。それだけに母親が病に倒れたとき、元正天皇の心痛はどれほどになるかわからない。光明子はしばらく考えた後、口を開いた。

「わたくし、太上天皇様をお見舞いいたしたいと思いますが、よろしゅうございましょうか」

光明子の言葉を聞いて首皇太子はぱっと顔を輝かせた。

「おお、それはよい。わたしからもよろしくと伝えてくれ。そして――」

首皇太子は言いよどんだが、やがて顔を赤くして思い切ったように話した。

「わたしが一日も早く即位できるよう帝に口添えしていただけないかと太上天皇様にお願いしてくれ」

首皇太子の露骨な物言いに光明子は表情を曇らせた。

「即位のことは帝がお決めになられます。病の身である太上天皇様のお心を煩わせるのは畏れ多いと思いますが」

「わたしもそう思うが、武智麻呂や房前が長屋王に先を越されたらどうすると、うるさいのだ。太上天皇様にとって長屋王は娘の吉備内親王の夫だ。長屋王か、その血筋を皇位につけようと思っても不思議はないのだからな」

自信無げな様子で首皇太子は言った。

言われてみれば、元明太上天皇は長屋王の一族を可愛《かわい》がっている様子だった。あるいは孫である膳夫を皇位につけたいと考えるかもしれない。

光明子が思いをめぐらしていると、首皇太子は不満げな表情になった。

「まさか、そなたまで膳夫を即位させたいなどと思っているのではあるまいな」

「とんでもないことでございます。なぜ、わたくしがさようなことを思いましょうか」

思いがけない首皇太子の言葉を聞いて光明子は驚いた。首皇太子は皮肉な笑みを浮かべた。

「そうかな、この間、長屋王の邸では膳夫と心が通じておる様子であったぞ」

「皇太子様の思い過ごしでございます」

光明子が困り果てていると、首皇太子はいつの間にか青ざめた顔になり、

「では、わたしがありもせぬことを思い煩う、愚か者だというのだな」

と言い募った。

光明子は、もはや言葉では理解してもらえない、と口を閉ざした。

そして元明太上天皇に首皇太子の即位が早まるよう願わねばならないだろう、と思い定めた。

光明子が内裏の中安殿に元明太上天皇を訪ねたのは五月に入って間もない日の昼下がりのことだった。

この日も体の調子が思わしくないのか元明太上天皇は臥せっていた。しかし、光明子が見舞いに訪れたと知ると、寝所へ通ることを許した。

侍女に案内されて光明子が寝所に入ると元明太上天皇は御床で横になっていた。ふくよかで穏和な顔を光明子に向けて、

「よく来てくれました。退屈して話し相手が欲しかったところです」

と声をかけた。お加減はいかがでしょうか、と光明子が訊くと、元明太上天皇は顔をほころばせた。

「もう、すっかりいいのですが、侍女たちが、もう少し臥せっているようにと申して、起きることを許してくれぬのです」

元明太上天皇はおかしげに、くすくすと笑った。ほっとした光明子が微笑して、

「さようなおからかいをされるようでしたら、もう大丈夫でございますね」

と言うと、元明太上天皇はゆっくりとうなずいた。

「そうですよ。帝が案じてくださるので、まわりの者が懸命になるのです。ありがたいことですが、帝にご心配をおかけしていると思うと心苦しいばかりです」

「実の母上様を案じるのは娘としてあるべき姿と思います」

光明子は思いを込めて言った。

光明子の母である三千代はこのころ出家して尼となっていた。

これに伴い、三千代は食封と資人の返上を申し出たが、元正天皇は三千代の功績を重んじてこれを認めなかった。

三千代は近頃、邸で厨子《ずし》に安置した金銅阿弥陀三尊像《こんどうあみださんぞんぞう》を拝んで読経する日々を送っている。そんな三千代の姿を清らなものと光明子は感じていた。

自分も母のようでありたい、という思いが湧くが、行かねばならない道は母とは違うだろうとひそかに覚悟するところがあった。

元明太上天皇はやさしげな眼差しで光明子を見つめた。

「三千代は幸せじゃな。そなたのような娘に恵まれ、心満ち足りた思いであろう」

「何を仰せになります。太上天皇様こそ、帝が孝養を尽くされておられるではありませんか」

光明子が言うと、元明太上天皇の顔にわずかに翳りが射した。

「帝はまことによく努めてくれますが、それだけに母としては、不憫《ふびん》な思いもいたしてしまうのです。朕は、かように娘に孝行をしてもらえますが、帝にはさようなことがないのですからね」

元正天皇は夫を持たないまま皇位についただけに子がいない。年老いてから、孝養されるということがないだろう。そのことが元明太上天皇は気にかかる様子だった。

「朕は持統の帝の命により、皇位につきました。持統の帝は女人ながら、まことに英明な方にて、帝としてふさわしい器量を備えておいでした。しかし、朕は凡庸で、ひたすら努めることしかできなかった。一日でも早く譲位したかったが、首皇太子はまだ若く、とても無理だと思い、氷高皇女に即位してもらったのです。そのため氷高皇女には夫を持たせなかった。思えば酷いことでした」

元明太上天皇はため息をついた。光明子はゆっくりと頭を横に振った。

「何事も天が命じられたことではないでしょうか」

「だからといって、何も女人が引き受けずともよいことであったやも知れぬ。天皇の血を受けたる皇子がいなかったわけではないのだからね」

元明太上天皇は問いかけるようにつぶやいた。光明子は元明太上天皇の顔を見つめた。ふくよかな顔にも老いを感じさせるものがあった。

帝として懸命に生きながら、なお果たせなかった思いを抱えているのではないか。それを元正天皇にも背負わせることになった、と母親として悔いているようだ。

光明子は身を乗り出して、囁くように言った。

「それも天が命じられたことだと思います。男の帝にはできぬことが女帝にはできるのではないでしょうか」

元明太上天皇の目に光が射した。

「女帝にしかできぬこととは何でしょうか」

「国をいとおしみ、民をわが子のように慈しむことです」

「仁慈の政は女帝だからこそ、なせるというのですね」

「太上天皇様はよく、おわかりのことかと思います。わたくしを教え諭すためにお問いになられたのでしょう」

くっくっと元明太上天皇は笑った。

「さすがに三千代の娘ですね。朕の思いを見透かすことができるようです。ならば、朕がそなたに何を望んでいるかおわかりでしょう」

「首皇太子様をお助けすること――」

光明子は真剣な表情で元明太上天皇を見つめた。いま、何か、たいせつなことを元明太上天皇は伝えようとしているのだ、と思った。

「もちろん、首皇太子を助けてもらわねばなりません。しかし、それだけではないのです。そなたには仏の教えを守り、民を安寧に導く、仏国土を作ってもらいたいのです」

「仏国土でございますか？」

「御仏は、万物互いに慈悲の心で交われば、この世は必ず仏国土となると教えておられます。さような慈悲の心を持って民を導くのは女人がなすべきことだとは思いませぬか」

元明太上天皇は力強く言い切った。

その言葉は光明子の心に沁み入った。病の身でありながら元明太上天皇は自分に、これから何をなさねばならないかを伝えようとされているのだ、と光明子は胸を熱くした。

中庭から、さわやかな風が吹き込んできた。

養老五年十二月七日、元明太上天皇は崩御した。享年六十一だった。

亡くなる前の十月十三日、元明太上天皇は長屋王と藤原房前を召し出した。死期を覚ったらしい元明太上天皇は、万物には必ず死期がある、何を悲しむことがあろうか、と言ったうえで、

「朕が死んだら、佐保山で火葬にしなさい。葬儀を盛大にして、人民に犠牲を強いてはならない、帝も平素と変わらないよう執務しなさい」

とはっきりした口調で命じた。

葬儀での轜車《じしゃ》（棺《ひつぎ》を乗せる車）や天皇が乗る車は、金玉《きんぎょく》で飾り彩色したものではなく、粗末なものを用いよ、墳墓のために丘を削ったりしてはならない、茨《いばら》を切り開いた土地を喪葬の場所とするように、など元明太上天皇は詳しく指示していた。

死期が迫りながらもなお凜乎《りんこ》とした威厳を元明太上天皇は備えていたのだ。

元明太上天皇が崩御した日、朝廷は政治不安が地方へ伝播《でんぱ》することを警戒して東海道の鈴鹿関《すずかのせき》と東山道の不破関《ふわのせき》、北陸道の愛発関《あらちのせき》の〈三関〉を閉じた。

元正天皇は元明太上天皇が亡くなった後も緊張をゆるめることなく政に専心した。

しかし二年後の養老七年十月、左京の人から長さ一寸半、幅一寸で両眼が赤い白亀が献上された。

元正天皇は異様な亀をしげしげと眺めていたが、官人に白亀について調べさせた。やがて官人が奏上すると、元正天皇は光明子を召し出した。

光明子が拝謁すると元正天皇は侍女や官人たちを下がらせた。そして、光明子に目を向けた。

「先ごろ、白亀が現れました。どのような意味があるか存じていますか」

元正天皇に訊かれて、光明子は戸惑った。

「いえ、何も知りません」

「孝経《こうきょう》によれば、天子に孝心がある時は天の龍が下り、地の亀が出るということなのだそうです」

「では吉兆なのでございますね」

「そうです。しかも地の亀が出たからには、間もなく天の龍が下るのだろうと思われます」

「天から龍が――」

光明子は息を吞んだ。元正天皇は奇瑞《きずい》に事寄せて何か大切なことを告げようとしている、と思った。

「もはや首皇太子を即位させるべき時期ではないかと思います。しかし、首皇太子は天から下る龍となれるでしょうか」

元正天皇は偽りの答えを許さない、澄んだ視線で問いかけた。光明子は首皇太子の顔を脳裏に思い浮かべつつ、

「首皇太子様は力の限り、努められると思います」

と言った。首皇太子にはいまもひ弱なところがあるが、自らの弱さを克服したいと懸命に努力していることを光明子は知っていた。

元正天皇は深々とうなずいてから言葉を継いだ。

「首皇太子は帝にふさわしくあろうと努めるでしょう。しかし、ひとの器量は努力だけでは変わりません。帝として天命を果たすことができなければ、却って天より罰を受け

ることでしょう。そのときには、光明子、あなたが龍となりなさい」

「わたくしがでございますか」

思いがけない話に光明子は耳を疑った。

「そうです。藤原不比等と県犬養三千代の娘であるそなたならばできることです。なにより、そうしなければ国が亡びるかもしれません。慈しみの心を持って国と民を守りなさい。あなたこそ、持統の帝から続く、女帝のひとりだと朕は思っています」

元正天皇は厳かに言った。

光明子は問い返すわけにもいかず、ただひたすら頭を下げ続けた。

ふと、唐の国の皇帝が女帝を厭っているとすれば、首皇太子を押し立て、そのうえで女人が政を行うのがいいのかもしれない、と光明子は思った。

それが持統の帝から引き続いてきた天武朝の政を守るために必要なことなら、自分はやらなければならないだろう。

（わたくしは藤原不比等の娘なのだから）

光明子は胸に新たな決意が生まれるのを感じていた。

翌、養老八年二月四日、神亀《じんき》と改元され、この日のうちに元正天皇は首皇太子に譲位した。首皇太子は大極殿に上り、即位した。

聖武天皇である。この年、二十四歳。傍らには光明子が形影のごとく寄り添っている。

春の陽光がきらめく日だった。

玉座の章

一

聖武天皇が即位してまず行ったのは、長屋王を右大臣から左大臣に昇任させることだった。藤原氏に対抗しようとする長屋王を首班とすることで政権を安定させようという狙いがあってのことだ。

聖武天皇は自らの世が順調に滑り出したと思って、かねて念願であった勅を発した。聖武天皇の生母である藤原夫人《ふじわらのぶにん》（宮子）を大夫人と称するよう命じたのだ。

宮子夫人はいまも宮殿の奥深く引き籠っている。

そんな母親に対する聖武天皇の思い遣りだった。勅を出した後、聖武天皇は宮殿の御座所で卓に向かい、光明子に嬉しげに話した。

「母上は朕のために永年、闇の世界におられる。尊号を奉ることで、少しでも光が射すであろう」

「さようでございます。昔、帝とともに母上様の宮殿を訪れたおりの悲しげなお声はいまも耳から離れません」

光明子はしみじみと言った。

「そうであった。わたしたちはまだ子供であったが、母上の悲しみは胸に響いた」

聖武天皇は懐かしげにつぶやいた。

まだ幼かった聖武天皇と光明子は長屋王の息子膳夫《かしわで》や弓削清人《ゆげのきよと》らとともに夜中に宮子夫人の宮殿に忍び込んだのだ。

あの夜、宮子夫人は決して聖武天皇と顔を合わせようとはしなかった。

「母上を大夫人とすることは膳夫も喜んでくれるであろうな」

近頃、膳夫の名を口にすることがなかった聖武天皇が機嫌よく言った。

光明子はうなずきながら、長屋王の邸での宴で会った膳夫を思い出していた。あのおり、膳夫は額田王の歌を口にした。その返歌の中の、

――人妻ゆゑに我恋ひめやも
という言葉が光明子の胸に響いた。

膳夫が大胆にも光明子に恋を打ち明けたとは思わないが、何かしらふたりの間に心の通い合いがあったのは確かだ。

いまも光明子は膳夫のことを思えば身のうちが温かくなる気がする。光明子が物思いにふけっていると、聖武天皇は口を開いた。

「どうであろう。法力を持った僧に祈禱《きとう》してもらえば、母上の病も癒えるのではあるまいか」

これは、良い考えかもしれぬ、と聖武天皇は顔をほころばせた。

光明子は何も言わなかったが、宮子夫人の病が治癒することは聖武天皇にとって何よりも嬉しいことに違いない、と察した。

母親の病を治すことができたならば、聖武天皇はさらに政に真剣に取り組むだろう。それは国のためによいことに違いない。

亡くなった父の不比等が、

「帝はこの国そのものでおわす」

と言ったことを光明子は思い出した。

帝をお守りすることは国を守ること、帝をいとおしむことは国をいとおしむことなのだ。聖武天皇の心にひとへの慈しみの心があれば、政もまた慈しみに満ちたものになるだろう。

光明子はそう思った。

だが、宮子夫人を大夫人にすることについては、思いがけず、反対の声があがった。

三月に入って朝議において、長屋王が、

「大宝公式令《くしきりよう》によれば、大夫人ではなく皇太夫人といたさねばなりません。皇太夫人とすれば、勅に反し、大夫人とすれば令に反することになってしまいます。いかがいたしましょうか」

ともったいぶった様子で言ったのだ。

長屋王の言葉を聞いて、聖武天皇の顔は見る見る赤くなった。

令の規定を知らなかったことも恥ずかしかったが、皇族ではない宮子夫人を大夫人と呼ぶことができるのか、という底意地の悪さを感じたからだ。

長屋王がこのような態度に出たのは、不比等亡き後の藤原氏を抑えようという意図があってのことに違いない。

不比等の長男である武智麻呂が朝議の場にいながらなす術《すべ》もなかったことは、長屋王の力を見せつけることになった。

聖武天皇は長屋王の顔を見ることができずに、朝議の席を立った。御座所に戻った聖武天皇は光明子を呼び寄せた。

「長屋王め、朕の母上は藤原氏の出で皇族ではないゆえ、大夫人の称号はふさわしくないと言いたいのだ。そのために令など引っ張り出しおって、朕に恥をかかせた」

聖武天皇が悔しげにもらすと、光明子はきっぱりと言った。

「お怒りはごもっともでございますが、令に定めがあるのなら、ここは折れるしかありません。勅を撤回されて、文では皇太夫人とし、口頭では大御祖《おおみおや》と称することを詔されてはいかがでしょうか」

「なに、大夫人の号を撤回するというのか」

「さようです。令の定めはあくまで文の上のことです。実際に何とお呼びするかは、帝がお決めになられてよろしいはずでございます。さすれば、皇族の出であるかどうかは問われないでしょう」

「なるほど、そうか」

聖武天皇は手を叩いて喜び、これで長屋王に仕返しができるぞ、と満足そうに言った。

そして光明子を見つめて、

「そなたはまことに強い女人じゃな」

と讃嘆の声をあげた。光明子は恥ずかしげに笑った。

「さようなことはございません」

「いや、長屋王は朕が勅を発したおりには何も言わなかった。いまになって咎《とが》め立てをしたのは朕を陥れるためだ。そのような長屋王の鼻をあかそうというのだから、そなたの気力はたいしたものだ」

聖武天皇から褒められて光明子は面映ゆくなった。たしかに阿倍内親王を産み、母親としての強さを持つようになった気がするが、それだけではない。

何より、不比等が亡くなり、三千代が尼僧となって読経の日々を送る今、不比等の望みをかなえるために力を尽くさねばならない、という思いがあった。

不比等の四人の息子である武智麻呂と房前《ふささき》、宇合《うまかい》、麻呂はいずれも藤原家の権勢を大きくしようと考えているだけで、不比等の政への思いを引き継ごうとしているようには見えない。

（わたくしがなさなければならぬ）

持統の帝から元明、元正と引き継がれてきた女帝の政をなすのは自分だという覚悟が光明子にはあった。

だからこそ、不比等の娘である宮子夫人が帝の母として恥ずかしくない処遇を得られるようにしなければ、と思った。

それは聖武天皇の願いであり、宮子と同じ藤原氏の娘である光明子にとっては自らの道を切り開くことでもあった。

「帝のお力を信じていればこそ、できることでございます」

光明子は静かに言った。

「そうであろうか」

聖武天皇はふと黙り込んだ。

「いかがされましたか」

光明子が心配になって声をかけると、聖武天皇ははっと我に返った。

やや照れ臭げに光明子を見返した聖武天皇の目は、幼いころ見慣れた気弱で純朴な光を宿した目だった。

「朕は、元明、元正の帝に永年、守り育てていただいた。皇太子のまま長いこと玉座につけなかったのは、朕がひ弱であることを元明、元正の帝が知っておられたからだ」

「さようなことはありません」

思いがけない聖武天皇の言葉に驚いた光明子はあわててなだめようとした。しかし、聖武天皇が思っていることは、紛れもない事実だった。

これまで女帝たちは聖武天皇に皇位を引き継ぐため営々と努力を積み重ねてきたのだ。しかし、そのことが聖武天皇には重い荷となっていたのだろうか。

聖武天皇は気弱な笑みを浮かべた。

「いや、わかっているのだ。朕は不比等を始め多くのひとに助けられて玉座についた。それだけに果たさねばならぬことが多い。母上を大夫人とすることは朕の思いでもあるが、藤原家のためでもある。武智麻呂や宇合がひそかにそうした方がいいと朕に奏上してきたのだ」

光明子は息を呑んだ。宮子夫人を大夫人とすることは藤原氏からの懇請だったということになる。それなのに、律令に詳しい長屋王によってひっくり返されたのだ。

「申し訳ございませぬ。兄たちの願いをお聞き届けくださいましたのに、かようなことになりまして」

長屋王は武智麻呂たちの動きを察知したからこそ、異議を唱えたのかもしれない。だとすると、聖武天皇は藤原氏と長屋王の対立に巻き込まれて、勅に異議を申し立てられるという恥をかかされたことになる。

「まことに、もったいなきことでございます」

身がすくむ思いで光明子は頭を下げた。

聖武天皇はやさしく笑いかけた。

「なにも謝ることはない。朕も母上のためにしたかったことだ。それに、そなたも喜んでくれるであろうと思ってな」

「わたくしもでございますか」

宮子夫人が大夫人となれば、光明子も嬉しいことではあったが、聖武天皇からそなたも喜ぶだろう、と言われると戸惑うものがあった。

聖武天皇は光明子を見つめて楽しげに言葉を継いだ。

「子供のころ、そなたとともに母上に会おうといたした。あのおり、そなたが三千代の娘だと聞いて母上が仰せになったことを覚えておるか」

聖武天皇に言われて光明子は思いをめぐらせた。ようやく思い当たって、

「そういえば、母上様は、たとえ父を同じくしても母が違えば姉妹ではない、ただの敵同士だ、と仰せになりました」

と言った。

聖武天皇はうむ、とうなずいた。

「母上はそなたを敵だと言われた。しかし、わたしにとってそなたは、この上ない味方だ。母上が大夫人となられたことをそなたがともに寿《ことほ》げば、敵ではなく味方なのだとわかっていただけよう。そのためにも、大夫人の称号を奉ろうと思ったのだ」

「さようでございましたか」

聖武天皇の思い遣りの深さに光明子は胸が熱くなった。

聖武天皇には県犬養広刀自のように、ほかにもお仕えする女人はいるが、これほどまでに思いをかけられているのは自分だけだろう。

そのことがありがたく、嬉しく思えて光明子は思わず涙ぐんでいた。聖武天皇は明るく笑った。

「何を泣くことがあろう。そなたはよい知恵を出してくれた。長屋王め、さぞや驚くことであろう」

楽しげな聖武天皇の言葉を、光明子は嬉しく聞いた。

三日後——

　聖武天皇は宮子夫人を今後、文では皇太夫人と称し、口頭では大御祖と呼び奉れとの詔を発した。

　朝議において、このことを知った長屋王は不機嫌な表情になって邸に戻った。正殿に入った長屋王は、すぐに西殿から膳夫を呼んだ。

　膳夫がかしこまって前に出ると、長屋王は顔をしかめて口を開いた。

「宮子夫人は今後、文では皇太夫人、口頭では大御祖とお呼びすることになったぞ」

　長屋王の苛立ちを感じながらも、膳夫は平静な顔つきで、

「さようでございますか」

と答えた。

　長屋王はじろりと膳夫を見た。

「わかっておるのか。文と話す言葉とで称号が違うということは、令を無視するということだ。かようなことがまかり通っては律令が成り立たぬ」

　厳しい表情で言う長屋王に膳夫は困ったように言葉を返した。

「たとえそうであっても、帝のお心に添わねばならないのではありませんか」

　長屋王は不満げに口を閉ざしたが、しばらくして苦々しげに言った。

「これは、おそらく光明夫人の知恵だろうな。わしが令に反していると朝議で申し上げたとき、武智麻呂は青い顔をして何も言えずにおっただけだ」

「そうかもしれません。光明子様は聡明な方ですから」

膳夫は微笑して言った。

長屋王は鼻で笑った。

「そなたは子供のころから、あの女人に親しみ過ぎた。わが家にとっては、敵になる女人だぞ。あの女人が皇子を産めば、藤原の力はさらに強くなり、わが家の栄えは無くなると思わねばならん」

長屋王の光明子への憎悪の言葉を膳夫は悲しく聞くしかなかった。

長屋王はひそかに玉座を狙ってきた。

できれば自分が皇位につきたいだろうが、それが無理なら膳夫を帝にしたいと願っているのだ。

膳夫はそんな父を疎ましく思いながらも、なお敬っていた。父の望みにそって生きるのが自分の宿命だと思ってあきらめていた。

しかし、膳夫の胸には光明子への想いがあった。少年のころ夢に見たいとおしい女人は光明子だったと、今ではわかっていた。皇子を産めば、皇后となり、さらに遠いひとになる光明子への想いを断ち切れるのだろうか。

かつて長屋王の邸で開かれた宴で会った光明子の面影が、膳夫の脳裏に浮かんでいた。中庭に植えられた桜の花びらが風にのって邸の中まで漂ってきていた。

二

三年がたった。

光明子は二十七歳になった。

神亀四年（七二七）閏《うるう》九月丁卯《ひのとう》（二十九日）、光明子に皇子が生まれた。基《もとい》王である。

皇子誕生を祝して大赦が行われ、皇子と同じ日に生まれた子供には、布一端、綿二屯、稲二十束という一年分の年貢に相当するものが配られた。

光明子にとっては阿倍内親王を産んでから九年ぶりの出産であり、聖武天皇の喜びは大きく、朝廷は沸き返った。

十月には王臣以下、左右大舎人、兵衛、授刀《たちはき》舎人、中宮舎人、太政大臣の資人や女孺にいたるまで禄を賜った。

十一月に入ると、基王を皇太子とする詔が出された。わずか生後三十二日での立太子は異例だった。

光明子は平城宮の東にある不比等の旧宅に設けた邸で皇子を出産した。大納言多治比池守は百官を率いて光明子を訪れ、拝した。その中に膳夫の姿もあった。ほかの官人の前には出なかった光明子が、膳夫には特別に会った。子を産んだばかりの光明子は肌がほのかに光り輝くようで、光明子の名にふさわしい美しさだった。

膳夫は祝いの品を献上したうえで、

「皇子様のご生誕により、この国はさらに光に覆われることになりましょう」

と言い添えた。光明子は微笑んだ。

「まことに、さように思ってくれますか」

「まことでございますとも。わたしは光明子様の徳が民にまでおよぶであろうと思っております」

「徳は帝にこそあるもの、わたくしに徳などあるとは思えませぬが」

「皇子様を授かられたのは光明子様の徳ゆえであろうと思います」

膳夫は何の邪念もない様子で言った。

何かにつけ、藤原氏を抑えようとする長屋王の息子である膳夫が素直な祝意を示してくれたことが光明子は何より嬉しかった。

邸に戻った膳夫は長屋王に呼ばれた。

正殿に赴くと長屋王は卓について、酒を飲んでいた。前には唐鬼がかしこまって控えている。長屋王の前に座った膳夫がおもむろに、

「何かご用事でございましょうか」

と訊くと、長屋王は酒に酔った赤い顔で口を開いた。

「光明子の邸の様子はいかがであった」

「さて、祝いのひとびとが詰めかけ、大層、にぎやかで明るうございました」

「そうか――」

うなずいた長屋王は杯を口に運びながら、じろりと唐鬼を見て、まだ効かぬようだな、と言った。唐鬼は平伏して答えた。

「蠱毒が効き目を現すのに、半年はかかります。それでも一年のうちには必ずや」

「待ち遠しいのう」

長屋王がため息まじりに言うと膳夫の顔色が変わった。

「父上、蠱毒とは何のことです」

「唐鬼に命じて、さるところに仕掛けさせた」

「まさか、光明子様の邸ではないでしょうな」

膳夫は愕然として訊いた。もし、光明子の邸に蠱毒を仕掛けたとすれば、生まれたばかりの皇子を呪詛するためだろう。

「さて、どうかな」

長屋王はまともには答えず、唐鬼の顔を見て、にやにやと笑った。唐鬼も薄ら笑いを浮かべている。膳夫は目を鋭くして言った。

「父上、さようなことをされてはなりませぬ。すぐに蠱毒を取り除いてください」

膳夫の声には断固たる響きがあった。

「なぜ、さようなことをせねばならぬ」

長屋王はつめたい表情になって顔をそむけた。

「なぜと申して、光明子様はこの国に光をもたらす女人です。光明子様が生された皇子様はこの国の輝きとなりましょう」

必死の面持ちで膳夫は説いた。

「さようなことはわからぬ。藤原氏の力が強くなれば、臣下が帝をしのぎ、この国は闇に覆われるとわしは思っている」

長屋王は吐き捨てるように言うと、また杯の酒をあおった。その様を見つめていた膳夫は、大きく息を吸って、

「ならば、わたしが蠱毒を除きます」

と言い切った。

長屋王は面白そうに膳夫の顔をのぞきこんだ。

「そんなことはできぬぞ。そなたは光明子の邸の奥深くに入ることは許されぬ」

「いえ、方法はあるはずです」

きっぱりと言うと膳夫は立ち上がった。

父の思うままにしておけば、この国を乱してしまうと憤りが湧いていた。それは光明子に祟ろうとする父への怒りでもあった。


西殿に戻った膳夫は居室に入ると、部屋の中を歩き回りながら、どうしたらいいのかと考えた。しばらくして手を打って、

「そうか、あの者がいる」

とつぶやいた。膳夫はすぐに侍僕を呼んで命じた。

「葛城山にて弓削清人という沙弥《しゃみ》（まだ正式の僧侶ではないが仏道修行中の者）がいるはずだ。捜して連れて参れ」

膳夫は清人が葛城山で如意輪法の修行をしていると伝え聞いていた。

光明子の邸に入って蠱毒を捜すことは自分にはできないが、光明子と面識のある清人ならば許されるだろう、と考えたのだ。

侍僕はただちに葛城山に向かった。

だが、山中深く、修行している清人になかなか会えなかったのか、ようやく戻ってき

たのはふた月たってからだった。

待ちかねた膳夫は目の前に現れた清人を見て息を呑んだ。かつての童子は二十代の筋骨たくましい若者に変わっていた。

髪や髭は伸び放題で、着ている衣服は薄汚れ、裸足《はだし》だった。だが、瞳は昔を思わせる澄んだ輝きを放っていた。

「清人か」

思わず膳夫が訊ねると、清人は白い歯を見せてにこりと笑った。

「お呼びだとうかがい参上しました。何の御用でしょうか」

「光明子様が皇子を生された。そのことは知っているか」

清人は目を光らせた。

「国家の慶事でございます。下々の者まで知っております」

「それなら、話が早い。光明子様のお邸に蠱毒を仕掛けた者がいる。それを取り除いてもらいたいのだ。光明子様と昔馴染みのそなたならお邸に入ることを許されよう」

膳夫の言葉を聞きながら、清人は目を閉じた。

何か目に見えないものを見ようとしているようだ。やがて、かっと目を見開き、

「光明子様のお邸に蠱毒を仕掛けた者はこのお邸におります。なぜ、その者を罰しないのでございますか」

と厳しい口調で言った。

「それはできぬ。なぜなら父上が召し使っている唐人だからだ」

「唐鬼とか申す者ですな」

「そうだ。覚えていたか」

清人は目を光らせてうなずいた。

「あの男は長屋王様に祟りをもたらします。いや、長屋王様だけではなく多くのひとびとを苦しめるでしょう。すぐに追放なさらねばなりません」

清人の言葉を聞いて、膳夫はしばらく考え込んだが、やがて苦しげに言った。

「そうせねばならぬと思う。しかし、わたしにはできないのだ」

「なぜでございますか」

清人は鋭く問い質した。膳夫はため息をついて言った。

「わが父はひとに優れた才がある。しかも皇族でありながら玉座からは遠ざけられてきた。そのため藤原氏を憎むのだ。わたしにはそれももっともなことだと思える」

「では、長屋王様の望みをかなえたいと思われているのですか」

重ねて訊かれて膳夫は大きく頭を横に振った。

「わたしにできるのは光明子様のお邸の蠱毒を取り除いて差し上げることだけだ」

「そのことはかなうでしょう。ですが、膳夫様のためになるとは思いません」

ひややかな清人の言葉を膳夫は驚いて聞いた。

「わたしのためにならないとはどういうことだ」

「光明子様と膳夫様の道はひとつになることはなく、光明子様の道が開ければ、膳夫様の道が閉ざされ、膳夫様の道が開くとき、光明子様の道は閉じるからでございます。光明子様のお邸の蠱毒を取り除いて災厄を防げば、膳夫様に災厄が降りかかりましょう」

清人は確信ありげに話した。膳夫は毅然として答える。

「わたしはそれでもかまわないと思っている。父上が唐鬼を使って謀をめぐらされるのは、わたしを皇位につけたいからだ。わたしはさようなことはあってはならないと思う。それゆえ、父上に背こうとしているのだ。その罰が下ってもしかたがないだろう」

清人はじっと膳夫を見つめてからため息をついた。

膳夫は口元を引き締めてうなずいた。

「ならば、光明子様のお邸の蠱毒を取り除きましょう」

ゆっくりと清人は般若心経を唱えた。

観自在菩薩
行深般若波羅蜜多時
照見五蘊皆空

度一切苦厄
舎利子
色不異空
空不異色
色即是空
空即是色

清人が唱える経はしだいに膳夫の心身に沁みていく。あたかも膳夫を守護するかのようだった。

三

三日後――

光明子は、不比等邸の広大な敷地の西側にある観無量寿堂《かんむりようじゆどう》に赴いた。

この堂は三千代が読経するためのものだった。金銅阿弥陀三尊像を安置した厨子が置かれている。

近頃、三千代はこの堂に籠って、読経にふける日々を送っていた。侍女が光明子に、

「よろしければ観無量寿堂においでくださいませ」

と三千代の言葉を伝えてきたのだ。

珍しいことだと思いながら、観無量寿堂に入った光明子は、三千代の傍らにふたりの男がいるのを見て目を瞠った。

ひとりは膳夫、もうひとりは髭を伸ばし放題にしているが、目だけは涼しく輝いている男だ。

三千代が笑みながら口を開いた。

「膳夫様が申し上げたいことがおありだそうです。ひと目につかぬほうがよいと思い、こちらへお出でいただきました」

「何事でしょうか」

光明子が首をかしげて訊くと、膳夫は頭を下げて答えた。

「まことに怪《け》しからぬことでございますが、光明子様のお邸に蠱毒を仕掛けた者がいます。それで、これなる弓削清人に蠱毒を取り除かせたいのです」

「あなたは清人なのですか」

光明子は蠱毒の話に驚きつつ清人を見つめた。清人は微笑んだ。

「おひさしぶりにございます」

「また、会えて嬉しいです」

清人との再会を喜びながらも、光明子は膳夫へ顔を向けた。

「蠱毒を仕掛けたのは長屋王様ですか」

「わたしの口からは申し上げられません。だからこそ、三千代様にお願いしてかような場でお目にかかり、お願いしているのです」

膳夫は苦しげにうつむいた。その様子を見て光明子はすべてを察した。

「わかりました。清人に蠱毒を取り除いてもらいましょう」

光明子がうなずくと、清人が口を開いた。

「申し上げたいことがございますが、よろしいでしょうか」

「何でしょうか。遠慮せず申してください。清人は昔からわたくしのためになることを話してくれましたから」

清人の薄汚れた衣服に目もくれず、光明子は笑みを浮かべた。清人はゆっくりと言葉を継いだ。

「蠱毒を取り除けと膳夫様に言われましたが、蠱毒を除き、光明子様の道が開かれれば、膳夫様の道は閉ざされます」

「まさか、そんなことが――」

光明子は信じられないという顔をした。

「もし、蠱毒を取り除かず、光明子様の道が閉じられたならば、膳夫様の道は開かれます。おふたりの生きる道は重なり合ってひとつとなることはなく、どちらかが栄えるとき、もうひとりは亡びる宿命を背負っておられるのです」

清人の言葉を聞きつつ、光明子の表情は厳しくなった。

「信じられませぬ。さようなことがまことにあるのですか」

「星の宿命でございます。わたしが星を見てひとの宿命を知ることを光明子様はご存じのはずです」

清人は静かに言った。光明子は膳夫に顔を向けた。

「それなのに、膳夫様はわが邸の蠱毒を取り除いてくださるのですか」

なぜ、膳夫がそれほどまでにしてくれるのか光明子にはわからない。

蠱毒を仕掛けたのは膳夫の父である長屋王に違いない。膳夫が蠱毒を取り除くことは父に逆らうことだ。

長屋王に疎まれることこそ、膳夫の道を閉ざすことではないのか。

膳夫はじっと光明子を見つめている。その眼差しは温かく、やさしく光明子を包むかのようだった。

「光明子様は皇子を生され、この国の光となっていかれると存じます。それならば、わたしは影となりましょう。光明子様のために影になるのであれば、わたしにとって幸せでございます」

「なぜ、わたくしのために影になろうとまで思うてくださるのでしょうか」

「それは、わたしが光明子様を――」

膳夫が言いかけたとき、三千代が身じろぎした。

「膳夫様、それ以上のことを御仏の前で申されてはなりませぬ」

三千代に止められて、膳夫は顔を赤らめた。

「さようでした。このことよりも、いまはまず蠱毒を除かなければ」

膳夫にうながされて清人は立ち上がった。

光明子は何も言えずに膳夫を見つめている。


間もなく清人は、光明子に言いつけられた侍女に案内されて邸を見て回り、たちまちのうちに床下や地中から蠱毒の壺を見つけだした。

資人を呼び、庭に運んで火にかけさせたが、その前に壺の中を覗《のぞ》き込んだ清人は眉をひそめた。

「これは唐鬼の罠だったかもしれぬ」

火にかけられた壺の中身が焼かれていくのを見ていた清人は、不意に天を仰いだ。いずれの壺にも蛇や蜘蛛などが酒に漬けられていたが、その量はあまり多くない。あたかも、おざなりに仕掛けられた蠱毒のようだ。

清人は鋭い目で燃える火を見つめ続けた。

そのころ、膳夫は邸に戻り、長屋王に光明子の邸に仕掛けられた蠱毒を取り除いたと話した。

「父上に逆らい、申し訳ありませんが、わが家のためにはこのほうがよいと思います。わが家は帝とともに栄えていけばよく、藤原氏のことは忘れていただきたいのです」

膳夫は真剣な表情で言い募った。長屋王は無表情な顔で黙って聞いていたが、しだいに顔を伏せた。

長屋王の異様な様子に膳夫は不気味なものを感じて口を閉ざした。すると、くっくっ、と笑い声が聞こえてきた。

顔を伏せた長屋王が笑っているのだ。

「父上――」

たまりかねた膳夫が声をかけると、長屋王は顔をあげて大笑した。

「そうか、そなたは光明子の邸に入り、蠱毒を除いたのだな」

「さようでございます」

「そのためには、光明子に会わねばならなかったはずだ」

長屋王はひややかな目で膳夫の顔を見た。膳夫は戸惑いながらも、さりげなく答えた。

「ひと目についてはまずいと思い、三千代様の観無量寿堂にてお会いし、蠱毒を取り除くことのお許しをいただきました」

長屋王は顔を大きく縦に振った。得意げな表情になっている。

「邸に入ったからにはひと目につかぬわけにはいかぬぞ。まして蠱毒を取り除いたとあってはひとの噂に上り、やがては帝の耳にも入ろう」

長屋王が何を言おうとしているのかわからず、膳夫は顔をこわばらせた。長屋王は笑いながら話を続けた。

「そなたはかつてわが家の酒宴に光明子が訪れた際、親しく言葉をかわし、地震が起きるとかばって光明子を抱き留めたそうではないか。その様を帝はたまたま目にされて不快に思われたらしいと侍女から聞いたぞ」

「さようなことが蠱毒と何の関わりがあるのですか」

思わぬことを言われて膳夫は息を呑んだ。

あの日のことを膳夫は鮮明に覚えているが、それだけに心の内で大事な思い出にしていた。父に光明子とのことをあげつらわれるのは疎ましかった。

「わからぬか。わしは藤原氏を制して、そなたを皇位につけたいと願っておる。不比等の子である武智麻呂や房前、宇合などはさしたることはない。しかし光明子は手強いとわしは思っている」

長屋王は目を光らせて話し続ける。

「帝が光明子を信じる限り、藤原氏は力を伸ばすだろう。だからこそ、わしはそなたが光明子のもとに出向き、そのことが噂となって帝の心が光明子から離れるように仕組んだのだ。言うなれば、わしが仕掛けた蠱毒とはそなたなのだ」

膳夫は長屋王の笑い声に耳をふさぎたい思いだった。

長屋王の巧妙な罠によって聖武天皇と光明子の間には深い溝ができるかもしれない。自分は巧みに利用されたのだ、と後悔の念に苛《さいな》まれた。

長屋王の謀がうまくいけば、光明子の道は閉ざされ、自分が玉座につくことになるのだろう。しかし、そんなことは望まないことだ。

膳夫は光明子の面影を脳裏に浮かべ、唇を噛んだ。

炎舞の章

一

神亀五年（七二八）九月十三日——

朝廷は悲報に見舞われた。生後一年にも満たない基《もとい》皇太子が亡くなったのだ。基皇太子は八月に病が重くなり、心配した聖武天皇は、

——皇太子の寝病《みやまい》、日を経れど癒えず、三宝（仏の教え）の威力にあらぬよりは、何ぞ能《よ》く患苦を解き脱《のが》れむ

との勅を発し、観世音菩薩像百七十七体を作り、観音経百七十七巻を写して、僧たちに誦経《じゆきよう》させた。しかし、その甲斐もなく基皇太子が亡くなると、聖武天皇は落胆のあ

まり、三日の間、朝廷に出ず、政を見なかった。

九月二十九日夜、長さ二丈（約六メートル）あまりの流れ星が、赤く尾を引いて流れ、最後は四つに切れて宮中に落ちるという異変があった。

基皇太子が亡くなったことは、藤原氏にとって大きな痛手だった。武智麻呂と房前《ふささき》、宇合《うまかい》はそろって聖武天皇の前に出て、

「皇太子様が亡くなられたのは、長屋王の呪詛によるものに違いありません」

と訴えた。

長屋王はこの年、五月から、父である高市皇子と母の御名部皇女の追善のために発願して『大般若経』六百巻の書写を僧たちに行わせていた。

その間に基皇太子は病を発し、書写が終わるころに亡くなったのだ。

「長屋王は基皇太子様を呪詛いたすために願経の書写を行わせたのです。まことに許せぬ所業です」

武智麻呂が厳しい顔つきで言うと、房前が声高に言い添えた。

「長屋王の罪を問わねばなりません。さもなくば基皇太子様の霊は鎮まらぬでありましょう」

さらに宇合も兄たちに続いて緊張した顔で言上した。

「長屋王はこれからも呪詛を行い、帝を殺《あや》めようとさえするかもしれません」

聖武天皇は目を閉じて聞いていたが、ぽつりと言った。

「長屋王はさような非道をするであろうか」

聖武天皇が迷っていると見た武智麻呂と房前、宇合は口々に長屋王の罪を問うべきだと訴えた。

青ざめて話を聞いていた聖武天皇は、やがて黙したまま退出すると、光明子がいる不比等邸に行った。

聖武天皇の顔には懊悩《おうのう》の色が浮かんでいた。光明子は悲しみを抑えて聖武天皇を迎えた。泣き腫らしたためか、光明子は瞼を赤くしており、うつむいていた。

卓について光明子の顔を見つめていた聖武天皇は、やがてぽつりと言った。

「やはり、長屋王の仕業じゃ」

光明子ははっとして顔をあげた。

「何と仰せになったのでしょうか」

「基皇太子が死んだのは、長屋王の呪詛のためだ。武智麻呂たちがそう申しておる。朕は悔しくてならぬぞ」

聖武天皇は目に涙をためて憤りの言葉を口にした。

「兄たちは長屋王様を朝廷から追い出したいとかねて考えておりますゆえ、さようなことを申し上げたのでしょう。お聞き流しされた方がよいのではありますまいか」

光明子が悲しげに言うと、聖武天皇は涙をぬぐって光明子を睨んだ。

「なぜ、そのようなことを申す。そなたは悲しくはないのか。長屋王の呪詛だと聞いて腹は立たないのか」

光明子はゆっくりと頭を振った。

「基皇太子が亡くなったのは悲しゅうございますが、病のためとあきらめております。呪詛によるものではないと思います」

「いや、違う。長屋王の呪いに間違いない。そなたは、そのことをよくわかっているはずだ」

日ごろになく響き渡るような怒声を聖武天皇は発した。

「わたくしには何もわかりません」

光明子はどきりとして答えた。

「去年、この邸に長屋王が蠱毒を仕掛けたことは朕の耳にも入っている。そなたは、なぜ、朕に言わなかったのだ」

聖武天皇の目は妖《あや》しく光っていた。光明子は胸を押さえて落ち着いて言った。

「蠱毒はさる方の手助けで取り除くことができました。それゆえ、帝にご心配をかけずともよいと思ったのでございます」

「さる方とは膳夫《かしわで》であろう」

聖武天皇はひきつった声で問い質す。戸惑いながらも光明子は答えようとした。

「さようです。膳夫様は基皇太子の身を案じられたのでございます」

「膳夫が案じたのは、基皇太子ではなく、そなたの身であろう。膳夫はそなたに想いを寄せているのだ」

つめたい笑みを浮かべて聖武天皇は言った。

思いがけない言葉に驚いて光明子は言葉もなく、呆然として聖武天皇を見つめた。

「基皇太子が生きていれば長屋王の子である膳夫は皇位につくことができない。それゆえ、邪魔だったのだ。膳夫はそなたが朕の子を生したことが妬ましかったに違いない。だから父子そろって、基皇太子を呪詛して死なせたのだ」

聖武天皇はさらに甲高い声で言い募った。

「さようなことは決してございません」

長屋王はともかく膳夫に限ってあるはずがない、と思って光明子は聖武天皇の怒りを鎮めようとした。だが、聖武天皇は硬い表情で、

「そなたが膳夫と会っていたことを朕は知っている。よもやとは思っておったが、長屋王の邸で地震のおりにふたりが抱きあっていたのは、まことの心が表れていたようだな」

と吐き捨てるように言うと卓から立ち上がった。光明子は急いで聖武天皇の袖にすが

った。

「お待ちくださいませ。帝は思い違いをなされております。わたくしと膳夫様の間には何もございません」

懸命に訴える光明子の手を聖武天皇は振り払った。そのまま出ていく聖武天皇の背中には憤りとともに深い悲しみが漂っていた。

光明子は呆然と立ち尽くして見送るしかなかった。

翌神亀六年正月は基皇太子の死を受けて、朝賀の儀式は行われなかったが、朝廷の官人に酒食用の銭を振る舞うなどした。

基皇太子の死にあたって藤原氏が長屋王の呪詛を疑っていることは官人にも広く知れ渡っていた。

藤原氏と長屋王の間で争いが勃発するのではないか、という緊張感が高まっていた。そのため官人の心を得ようとして銭が配られたのかもしれない。

長屋王もまた、自らに疑いが強まっているのを感じて、ひとびとの信望を得ようとしていた気配がある。

二月八日に元興寺《がんごうじ》で行われた法会で、長屋王は衆僧のために食事を供与する役目を担った。

この日、元興寺を訪れた長屋王は、僧に案内されて配膳所に入った。

すると、配膳所に髪と髭を伸ばした、薄汚れた若い男がいるのが目に入った。男は配膳所の床に座って、碗《わん》に入れた飯を食っている。

僧たちへの食事の供与は本堂で行われるはずだった。だが、正式の僧ではなく沙弥らしい男は、それと関わりなく配膳所で飯を食べているのだ。

長屋王は顔をしかめて男を見た。

男は長屋王が配膳所に入ったのにも気づかぬ様子だった。長屋王は男の不遜な態度に腹立たしいものを感じて、

「そこの者――」

と声をかけた。長屋王に呼ばれて、あわてて平伏するかと思ったが、男はなおも飯を食べている。

長屋王は憤って、男に近づくと手にしていた笏《しやく》を振り上げて、思い切り、男の頭めがけて振り下ろした。

叩いた音が配膳所に響くと、男はゆっくりと碗と箸を床に置いた。男は長屋王に笏でなぐられた額を掌でなでた。掌にべっとりと血がついているのを見て、男はにやりと笑った。

「哀れな――」

長屋王は苛立った声を出した。

「そなたが無礼に過ぎるゆえ、懲らしめたのだ。哀れでなどないぞ」

男は澄んだ目を長屋王に向けた。

「哀れと申したのは、わたしのことではありません。長屋王様のことでございます」

「わしが哀れだと？　何を言うか」

長屋王の笏を持った手がぶるぶると震えた。男は落ち着き払って言った。

「わたしは膳夫様のお言いつけで光明子様のお邸に仕掛けられた蠱毒を取り除いた弓削《ゆげの》清人《きよと》と申す沙弥でございます」

「なんだと」

長屋王は目を瞠った。清人は平然と話を続けた。

「蠱毒は光明子様と膳夫様を罠にかけるために仕掛けられたものでした。しかし、あの罠に落ちたのは仕掛けた長屋王様でございました。きょうはそのことをお伝えに参りました」

長屋王の顔は青ざめた。

「わしが罠に落ちたとはどういうことだ」

「基皇太子様が病で亡くなられたのは長屋王様の呪詛ではないかと疑われております。長屋王様は、このたびは呪詛をされておりませんでした。しかし、長屋王様をかばうことができたはずの光明子様と膳夫様は蠱毒の罠により、身動きがとれなくなりました。長屋王様は自らが助かる道を閉じられたのです。それゆえ、哀れと申し上げました」

清人は言い終えると立ち上がった。長屋王が何か言いかけようとしたとき、清人の姿は霞《かす》んで消えていった。

長屋王は笏を手にしたまま、信じられないというように配膳所の中を見回した。どこにも清人の姿はない。初めからいなかったかのようだ。

「わしが自分で仕掛けた罠に落ちただと、馬鹿な――」

長屋王はうめいた。配膳所の僧たちは、先ほどからの長屋王の異様な行動を見て、

「不吉なことだ」

「よいことはあるまいぞ」

と囁きかわした。

二日後――

二月十日夜、従七位下の漆部造《ぬりべのみやつこ》君足《きみたり》と無位の中臣宮処連《なかとみのみやこのむらじ》東人《あずまひと》というふたりの男が朝廷に駆け込んで、

「長屋王はひそかに左道を学び、帝を倒そうとしています」

と訴えた。

左道とは妖術のことだ。報告を受けた武智麻呂は、大きくうなずいた。

「そうか、訴えをなす者が出てきたか」

武智麻呂の傍らには、なぜか房前と宇合が控えていた。ふたりは大仰に驚いて見せるとともに、

「これは容易ならぬことでございます」

「もはや、長屋王の罪は明らかですぞ」

と競い合うようにして武智麻呂に言った。あたかも訴えがあることをあらかじめ知っていたかのようだ。武智麻呂は莞爾《かんじ》と笑った。

「これで、長屋王も亡びるぞ」

房前と宇合を意味ありげに見回した武智麻呂は悠然と立ち上がって、宮殿奥の御座所へと向かった。宮殿の庭からは梟の啼く、
ほお
ほお
という気味の悪い声が響いていた。武智麻呂の奏上により、これを聞いた聖武天皇は、

「やはりそうか。もはや許すことはできぬぞ」

と憤った。

聖武天皇はこの夜のうちに使いを出して、鈴鹿と不破、愛発の三関を固く守らせた。

さらに、宇合に命じて六衛府の兵を率いさせ、長屋王の邸へと向かわせた。

〈長屋王の変〉の始まりだった。

二

六衛府の兵を率いて長屋王の邸を囲んだのは、藤原宇合だった。

さらに衛門佐《えもんのすけ》の佐味虫麻呂《さみのむしまろ》と右衛士佐の紀佐比物《きのさいもつ》、左衛士佐の津嶋家道《つしまのいえみち》たちだった。六衛府の督《かみ》は動かず、藤原氏派の次官である佐が動いた。

〈長屋王の変〉は藤原氏と長屋王の争いでもあった。六衛府とは衛門、左右衛士、左右兵衛、中衛の六つの衛府のことである。

およそ千人の兵が包囲したとき、長屋王の邸には資人、下僕ら合わせて四百人ほどがいた。しかし、武器をとって戦える者は帯刀資人十人ほどに過ぎない。

周到な準備によって蟻《あり》の這い出る隙間もないほど包囲されてしまえば抗《あらが》う術はなかった。

翌日の巳の刻（午前十時）には長屋王の糾問が行われた。

邸を訪れたのは舎人親王、新田部親王ら皇族と多治比池守や小野牛養《おののうしかい》、巨勢宿奈麻呂《こせのすくなまろ》と藤原武智麻呂だった。

長屋王は糾問使に対してむしろ憤然として広間で対面した。黒檀の卓を挟んで床几に座って向かい合っていた。

舎人親王が困ったような顔で、

「長屋王、あなたがひそかに左道を学びて国家を傾けんとしておる、と訴え出た者がおります。身の潔白を証すことができますかな」

と訊ねた。

長屋王は一瞬、目を閉じた後、

「根も葉もない偽りでございます。なぜ、さような訴えをお取り上げになるのか、わしにはわかりませんな」

と言い切った。

きっぱりとした長屋王の返事に舎人親王は言い返すこともできず、目をしばたたいた。

その様子を見て、武智麻呂が口を開いた。

「ご承知の通り、皇太子様は先ごろ逝去されました。宮中において、かような異変が起きたからには、何者かが呪詛いたしたに相違ありません」

武智麻呂は無表情な顔で告げた。

「何者かが呪詛いたしたとしても、わしだということにはならんだろう」

長屋王は日ごろ、朝廷で接しているときのように、武智麻呂に対して、居丈高になって言った。しかし、この日の武智麻呂は普段の穏和な風貌をかなぐり捨てていた。

「証があって言っておるのが、まだおわかりになりませんか」

「証だと」

長屋王はぎょっとした。武智麻呂は目を光らせ、言葉を鋭くした。

「皇太子様ご誕生のみぎり、光明夫人の邸に蠱毒が仕掛けられましたが、ご存じでしょうか」

長屋王はそっぽを向いた。

「さて、知らんな」

武智麻呂は長屋王の返答を聞いて、にやりと笑った。

「それはおかしゅうございますな。そのおり、光明夫人の邸を膳夫様が沙弥を伴ってお訪ねになり、蠱毒を取り除かれたそうでございます。膳夫様はなぜ蠱毒が仕掛けられたことをご存じであられたのでしょうか」

「さようなことは、わしは知らぬ」

長屋王が突っぱねると、武智麻呂は付けこむように言った。

「ならば、膳夫様から直《じか》におうかがいしたいのですが、よろしゅうございますか」

「勝手にするがいい」

長屋王は顔をこわばらせて吐き捨てるように言った。武智麻呂はうなずいて資人に膳夫を呼ぶように命じた。

やがてやってきた膳夫が、黒の冠をかぶり笏を手に、深紫の袍、白袴の姿で唐金《からかね》の大刀を腰にしているのが不気味だった。

膳夫は悠然と現れ床几に腰を下ろした。

膳夫には自然な威があり、舎人親王や新田部親王は膳夫の腰の唐金の大刀をちらちらと見た。武智麻呂は憤然として、

「糾問使であるわれらの前に大刀を佩《は》いて現れるとはどういうことでしょうか」

と質した。膳夫は微笑を浮かべて答えた。

「そのわけは、後で答えましょう。わたしに訊きたいことがあるのでしょうから、それを先にしていただきたい」

武智麻呂は膳夫を睨みつけた後、舎人親王や新田部親王とひそひそ話した。その間、多治比池守や小野牛養、巨勢宿奈麻呂は膳夫の機嫌をとるかのように天候の話などしたが、膳夫は黙ったままである。

長屋王はふと何か不安を感じたのか、

「吉備内親王が案じておろう。膳夫が話しておる間、わしは奥に参り、女たちを落ち着かせてこよう」

と言って床几から立ち上がろうとした。しかし、膳夫が長屋王の袖を引いた。

「お待ちください。奥には行かれずとも、母君始め女たちは落ち着いております。それ

よりも糾問使の方々にお答えする方が先でございます。すぐに終わることでございますから」

　膳夫に言われて長屋王は、そうか、とつぶやくと渋々、腰を下ろした。

　長屋王の様子を見定めて武智麻呂は口を開いた。

「では、おうかがいしますが、皇太子様ご誕生のみぎり、膳夫様は沙弥を伴って光明夫人の邸に赴かれ、蠱毒を取り除いたとのことですが、まことでございましょうか」

「その通りです」

　膳夫の返事に武智麻呂は舌なめずりした。

「これは不思議なことでございます。蠱毒などというものは、不吉なことが起きてからしか、仕掛けられているかはわからぬもの。それなのに膳夫様はどうして気づくことができたのでございますか」

　膳夫は平然と答える。

「わが家に仕える唐人が光明子様のお邸に蠱毒を仕掛けた節があったからです」

「ほう、それは、それは。光明夫人の邸の蠱毒を除くとは大変なお手柄ですが、では、その唐人はこちらで死罪になさいましたか」

　武智麻呂はあたかも当然のように訊いた。

　膳夫はゆっくりと頭を横に振った。その目に迷いはなかった。

「さようなことはいたしておりませぬ。なぜなら、唐人は父の命によって蠱毒を仕掛けたからです」

膳夫がさりげなく言うと、長屋王は立ち上がった。そのはずみで床几が音をたてて倒れた。

「膳夫、何を言うのだ。さようなことを申せば、どうなるかわかっておるのか。わしを罪に落とすつもりか」

長屋王は悲鳴のような甲高い声で言った。

武智麻呂たち糾問使も思いがけない膳夫の大胆な言葉に息を呑んで、声を発することもできなかった。

膳夫は長屋王の顔を見ずに、

「父上、もはや帝の心は定まっておられます。われらは逃れようがないのです。もし、命を助かりたくば邸を抜け出し、西国へ走って兵を募るしかありませんが、帝に逆らってわたしどもに付き従おうとする者はおりますまい」

と淡々と言った。

「馬鹿な、わしは政を正そうと思っていただけだ。藤原不比等は律令を政の基としようとしたが、臣下の道を外れた。それは帝の大権をおろそかにし藤原氏が権勢を得ることであった。さようなことは許されぬ。皇族が政を動かしてこそ、私欲にとらわれぬ律令のもとの政ができる。それゆえわしこそがまことの律令の世を開くのだ」

長屋王は懸命に言い募った。膳夫はうなずいた。

「わたしには父上のお考えはよくわかります。正しいとも思います。されど、父上はそのような世を作るには藤原氏を倒さねばならぬと思い、策謀を仕掛けられたのです。策を仕掛ける者は策に敗れます。もはや、いたしかたのないことでございます」

膳夫は言い切ると、武智麻呂に顔を向けて立ち上がった。

「此度のことは、われらの敗北である。しかしわたしたちは皇太子様の逝去に微塵《みじん》も関わってはいない。そのことを疑う者はかくのごとくいたすぞ」

言い終えた膳夫は腰の唐金の大刀を抜き放って、大きく振り上げると黒檀の卓に向かって振り下ろした。だん、と音を立てて卓はふたつに割れた。

舎人親王と新田部親王が悲鳴をあげ、武智麻呂は飛び下がったはずみに転んで尻もちをついた。

多治比池守や小野牛養、巨勢宿奈麻呂は金縛りにあったように床几から立つこともできず、おびえた目で膳夫を見つめた。

「なにをなさる。無礼ではないか」

武智麻呂が尻もちをついたまま、それでも精いっぱいの威厳を込めて言った。

膳夫は唐金の大刀を武智麻呂に突き付けた。武智麻呂の額に汗が浮かんだ。膳夫は静かに口を開いた。

「われらは戦いに敗れたゆえに死するが、不義ゆえに死ぬのではない。そのことを覚えておくがよい」

膳夫に見据えられて、蒼白《そうはく》になった武智麻呂は立ち上がって、

「帝よりの糾問使にかような扱いをいたすとは、膳夫様は不敬におわす。もはやこの邸にはおられぬ」

とかすれた声で言うと背を向けて表へと向かった。

「お待ちくだされ」

「わしもともに帰りますぞ」

舎人親王と新田部親王があわてて武智麻呂に続くとほかの者たちも急いで後を追った。

その様を見て、長屋王が愉快げに笑った。

「見よや、あの者たちのうろたえぶりを。袍の紐《ひも》がほどけておるのにも気づかず、逃げるように帰っていくぞ」

膳夫は大刀を手にしたまま長屋王に近づいた。

「あの者たちはわれらの巻き添えになりたくないのです。だからこそ、恐ろしくなって逃げて参ったのです」

長屋王は笑いを納めて膳夫の顔を見た。

「巻き添えを食うとは、どういうことだ。まさか、あの者たちに申したように自死いたすわけではあるまいな。いまから、いずこかへ落ち延びるのであろう」

長屋王は怯《おび》えた顔になった。膳夫はなだめるようにやさしく言った。

「すでに三関は閉じられておりましょう。そうでなくとも邸は六衛府の兵によって囲まれております。邸内におるもので大刀が使えるのは十数人に過ぎません。とても歯が立ちませぬ」

「では、そなたは、まことに――」

「明日にも帝からの命が下りましょう。さすれば邸内の女たちもともに、あの世に参らねばならぬでしょう」

膳夫は悲痛な声で言った。

「馬鹿な、なぜわしらが死なねばならんのだ」

長屋王は後退《あとしざ》った。

「父上は昔、光明子様と出会ったとき、ああ、いま、わしがこの媛を亡き者にできたら、将来《さき》でわが家はどんなに助かることだろうか、と言われました。あの言葉が呪《しゅ》となったのです。いまや光明子様は帝とともにこの国の光となろうとしています。それゆえ、われらは闇に落ちるのです」

「まさか、信じられぬ。そのようなことで、わしは死なねばならぬのか」

長屋王は震えながらつぶやいた。

武智麻呂は朝廷に急いで戻ると膳夫が唐金の大刀で卓を斬ったという話を聖武天皇に伝えた。

「なんだと。糾問使を前に卓を斬り割るとは、何という傲慢な振る舞いだ。もはや話すことはないというのか」

青ざめた聖武天皇は呆然として言った。幼いころから知っていた膳夫がそれほどの乱暴をしたということが信じられなかった。

膳夫は怜悧であるとともに穏和でいつも微笑を浮かべているような少年だった。それなのに武智麻呂たちの前で卓を斬ってみせたという。

この話を聞いて、聖武天皇はあらためて膳夫の剛毅果断を知った。それとともに、

(柔弱なわたしよりも膳夫の方が帝にふさわしかったのではないか)

という気弱な思いが湧いてきた。だが、その思いはすぐに、だからこそ、光明子は膳夫に魅《ひ》かれたのだ、という嫉妬心に変わった。

いかがいたしましょうか、と問いかける武智麻呂を残して聖武天皇は光明子の邸に赴いた。門をくぐり、邸の中に入っただけで、基皇太子を失った悲しみが満ちているのがわかった。

御座所に入った聖武天皇の前に光明子が現れた。

わが子を亡くし、憔悴《しょうすい》しているはずだが、そこはかとない美しさが漂い、聖武天皇の煩悩をかきたてた。

それが罪深いことに思えて、聖武天皇は光明子をあえて突き放すようなつめたい声を出した。

「長屋王のもとに糾問使を遣わしたところ、膳夫がわれらは死ぬ身である、と言ったうえ、大刀で卓を斬り割ったそうだ。朕をないがしろにした振る舞いであるぞ」

光明子は憂い顔で頭を横に振った。

「膳夫様が謙譲なるかたであることは、帝もよくご存じかと思います。さような振る舞いをされたのは、お考えがあって覚悟をさだめられてのことでしょう。どうぞ、ご慈悲をおかけくださいませ」

「皇太子が殺されたのに、情けをかけよと申すのか。そなたはなぜ、さように膳夫をかばうのだ」

聖武天皇はぶるぶると体を震わせて言った。

「膳夫様だからかばっているのではございません。帝の政が正しくなされることを願うからでございます」

「そうか、朕がなそうとしていることは間違っておるか」

聖武天皇の顔色は蒼白になっていた。

光明子は静かに訊いた。

「帝は何をなさろうとされているのでしょうか」

「膳夫は自分たちは死ぬ身だと言ったそうだ。ならば言葉通りにしてやろう。長屋王と膳夫らに死を与える」

聖武天皇の顔からは血の気が失《う》せていた。光明子は、あっと息を吞んで聖武天皇にすがりついた。

「お待ちください。罪なきひとの命を奪っては帝の徳が失われまする」

「朕は帝としての徳を持っておらぬと言いたいのか」

聖武天皇は光明子を睨みつけた。

「決して、さようなことではございません」

「もはや、そなたの申すことは聞きたくない」

必死に訴える光明子を振り切るようにして、聖武天皇は御座所から出ていった。追いかけても、もはや聖武天皇の耳に自分の言葉は届かないと悟って、光明子はその場に跪いた。

どうしてこのように、悲しいことばかりが起きるのであろうか、と光明子は思った。

本来、結び合って、わかりあって然《しか》るべきひとの心がどんどん遠ざかっていく。それをどうすることもできない。

光明子の目から涙があふれた。

三

翌日、長屋王に自死せよとの命が朝廷から下った。

勅使には膳夫が応対した。

勅使が去った後、長屋王の邸は粛然となった。邸のまわりは依然として六衛府の兵によって厳重に包囲されている。

長屋王は昨夜から寝ておらず、どす黒い顔をしていた。

まわりには葛木や鉤取ら膳夫の弟たちがいる。皆、膳夫をすがるように見つめていた。

膳夫は口を引き結んで頭を振った。

「残念なことです」

膳夫の言葉が皆の耳に死刑の判決として響いた。

「やはり死なねばならないのか」

呆然としてつぶやく長屋王に膳夫が囁いた。

「ただいまから母上にお話しいたして参ります」

長屋王は虚《うつ》ろな表情でつぶやいた。

「吉備は太上帝の妹だ。わしとともに死ななくともよいはずだ。さように言ってくれ」

「かしこまりました」

膳夫はうなずいて奥へ向かった。

吉備内親王は昨日からの異変をすでに知っており、落ち着いた様子で膳夫を迎えた。

「母上――」

膳夫は思わず言葉に詰まった。吉備内親王は美貌で知られる元正太上天皇の妹だけに、その美しさは際立っていた。

吉備内親王は膳夫にうなずいてみせた。

「わかっています。勅使のお達しは自死いたせとのことだったのでしょう。すでに覚悟はいたしております」

「母上は太上帝の妹君でございますから、それにはおよばないと父上は申されておりました」

膳夫が言うと、吉備内親王は微笑んだ。

「何を言うのですか。たしかに姉上にすがれば、わたくしの命は助かるでしょう。しかし、夫や子供たちが死にいくのを尻目に命をつないだとて、なにが嬉しいでしょうか。まして生きながらえれば藤原の者たちに、長屋王は死に際して妻に見捨てられたと誇られましょう。さようなことは、わたくしは堪えられません」

きっぱりとした母親の言葉に膳夫は粛然となった。

「ならば、皆、もろともに参りましょうか」

決然と膳夫は答えた。

吉備内親王は満足げに膳夫を見つめて言った。

「長屋王様は死を恐れておいででしょう。そなたから、よくお話ししてあげてください。家族がそろって参るゆえ、寂しいことは何もないのだと」

膳夫は母親に向かって深々と頭を下げた後、踵を返して長屋王が待つ広間へ戻った。

驚いたことに長屋王は、昨日、膳夫が卓を斬った唐金の大刀を持ち出していた。大刀の柄に手をかけた長屋王は葛木と鉤取に向かって大声を出していた。

「どうされたのです」

膳夫が声をかけると長屋王が振り向いた。先ほどまでの悄然《しょうぜん》とした様子とは打って変わって目を怒らせ、満面に朱を注いでいる。

「わしはこのまま自死などはせぬ」

長屋王は吐き捨てるように言った。

「自死せぬなら、いかがされるのですか」

「わかっておろう。資人どもに刀や矛を持たせて打って出るのだ」

長屋王は気負った様子だった。

「包囲しているのは六衛府の兵たちです。とてもかないませんぞ」

「なに、皇族であるわしが斬り込めば、怯《ひる》む者もおるはずだ。さらには皇族や朝臣にもわしに同情している者は多いはずだ。騒ぎになれば、聞きつけて、助けにくる者がきっといるはずだ」

目を血走らせて長屋王は言った。

「いまや、わが邸が兵に包囲されていることは都中の者が知っているでしょう。それなのに誰もいまだ姿を見せておりません。待っても無駄でございます」

冷徹に膳夫が言うと、長屋王は信じられないというように何度も首を振った。

「なぜだ。あれほど、わしのもとに、皆、通ってきたではないか。酒宴を開けば数え切れぬほどの朝臣が集まったぞ。皆、わしが政を行うことを期待しておった。藤原ではなく、わしの世がこれから始まろうとしていたのだぞ」

歯噛みするように長屋王は言った。

「さようでした。しかし、すべては終わったのです」

「いや、わしはそうは思わぬ」

長屋王は唐金の大刀を手に広間から出ようとした。膳夫が大手を広げて止めた。

「退《の》け——」

長屋王は怒鳴ると、唐金の大刀をすらりと抜いた。

「わしの邪魔立てをいたすならば、たとえわが子でも斬るぞ」

長屋王は大刀を振り上げた。驚いた葛木と鉤取があわてて、

「父上、おやめください」

「兄上は父上のことを思われて言っておられるのです」

と口々に言った。しかし、長屋王はゆっくりと頭を横に振った。

「何を言うか。このままでは、われらは藤原の野望のために殺されるも同然ではないか。さような死に方はわしは嫌だ」

長屋王は吐き捨てるように言うと、足を踏み込んで膳夫に向かって斬りつけた。膳夫は体をかわすと、長屋王の大刀を持つ手をつかんだ。

「放せ、放さぬか」

暴れる長屋王を押さえつけた膳夫は大刀をもぎ取った。大刀を奪われ、呆然と立ちすくむ長屋王に膳夫はゆっくりと近づいた。

「もはや遅いのです」

膳夫が悲しげに言ったとき、手にした大刀が長屋王の胸を刺し貫いていた。長屋王は一瞬、声にならない悲鳴をあげたが、そのまま頽《くずお》れた。

膳夫は血に染まった大刀を手に、

「父上、おひとりでは逝かせませぬ。わたしもすぐに後を追います」

とつぶやいた。葛木と鉤取も涙ながらにうなずいた。

膳夫は広間を出て台盤所《だいばんどころ》に行くと竈《かまど》から火のついた薪《たきぎ》を引き抜いた。燃える薪と大刀を手にゆっくりと邸内を見てまわる。

奥ではすでに吉備内親王やその子たちが息絶えていた。無残な光景に目を閉じたまま立ち尽くしていた膳夫は、かっと目を見開いた。

 武智麻呂たちが、邸の外で何か叫んだ。邸を包囲していた兵たちがどよめいた。いまにも邸内に押し入ってきそうだ。

膳夫は広間へと駆け戻った。すでに葛木と鉤取が短剣で刺し違えて死んでいる。

膳夫は、

——唐鬼
と大声で呼んだ。

中庭に唐鬼が走り出てきた。長屋王が血まみれになって倒れているのを見て、ぎょっとした顔になった。

膳夫は凄絶《せいぜつ》な目を唐鬼に向けた。

「父上はたくらみが破れたゆえ死をもって償われた。そなたは父上の手足となって動いた者ゆえ、あの世に供をさせるのが筋だが、命じることがあるゆえ、生かしておいてやる。わが命に従うと誓うか」

　大刀と燃える薪を手にした膳夫の凄《すさ》まじい気迫に圧倒されるように唐鬼は平伏して答えた。

「誓いまする」

　唐鬼は戦《おのの》き震えた。

「ならば命じる。われらが帝の思し召しにより、死を賜るはいたしかたない。しかし、帝をそそのかし、われらを罠に落とした藤原氏は許し難い。わたしは死んだ後、怨霊となりて藤原氏の四人の兄弟に祟り、命を奪う。そなたはわたしの呪の手先となり、左道をもって、藤原氏を討て――」

「必ずや藤原氏を地獄の業火にて焼いてご覧に入れまする」

　唐鬼は額を地面にこすりつけた。

「よし、されど、そのおり、帝と光明子様には指一本ふれてはならぬぞ。このこともきっと守るのだぞ」

　ははっ、と唐鬼はさらに平伏した。

　膳夫は満足げにうなずいて背を向けたが、

「もし、光明子様とお会いすることがあれば伝えよ。わたしは幼い日、朱雀大路で光明子様と会った日のことをいまも覚えておりますと。あの日、光明子様は颪を切って走っておられた」

と思いを込めて言った。

膳夫はそのまま奥へと入っていったが、歩きながら手にした燃える薪で火をつけてまわった。しだいに火炎が広がる中、なおも奥へ入っていく膳夫の後ろ姿を唐鬼は恐ろしげに見つめた。

栄華を誇った長屋王の邸が紅蓮《ぐれん》の炎に包まれたのは間もなくのことである。包囲した兵たちはなす術もなく見守るばかりだった。

この日、長屋王はじめ、吉備内親王、膳夫、葛木、鉤取、さらに石川虫丸を母とする桑田らがそろって自死した。

さらに長屋王の与党と目される九十七人が取り調べを受け、七人が流罪に処せられた。

この際、藤原長娥子の産んだ安宿王や黄文王、山背王などは本来、ほかの子と同じく死罪のはずだったが、許された。

長屋王と吉備内親王は自死の翌日には生駒山に埋葬された。

この日、吉備内親王については罪がないので葬礼を行え、長屋王も罪人ではあるが葬礼をみすぼらしくないように行え、という勅令が出た。

悲愁の章

一

　光明子が元正太上天皇の命で宮中に召し出されたのは長屋王の葬礼が終わって十日ほどしてからのことである。

　この間、聖武天皇は御座所に引き籠り、光明子のもとを訪れることもなかった。

　元正太上天皇は、相変わらず、輝くような美しさを備えていたが、目には翳りがあった。それが妹の吉備内親王を失った深い嘆きによるものだ、ということは聞かずともわかっていた。

　元正太上天皇の前に光明子は額ずいた。しばらくして元正太上天皇のすずやかな声がした。

「吉備内親王は藤原氏への憤りを胸に死にました。いずれ、藤原氏に祟りが現れましょう」

光明子の耳に元正太上天皇の言葉が雷鳴のように響いた。長屋王の一族の死はいかに哀れで酷いものであれ、もはや終わったことだ、と思っていた。

嘆きも悲しみもいずれは時の彼方に消え去るはずだった。

しかし、元正太上天皇が言う通り、長屋王の一族の恨みはこれからも藤原氏に重くのしかかるに違いない。

背筋を伸ばして、元正太上天皇は光明子に告げた。

「藤原氏にどれほどの災厄が降りかかり、たとえ命脈が尽きようとも朕は何とも思いません。しかし、そのことが民への災いとなるのは見過ごせぬのです。朕はかつて、そなたに帝をお守りするよう話しました。そなたにはせねばならぬことができました。何なのかわかりますね」

元正太上天皇に問いかけられ、光明子はいったん、目を閉じ、深く呼吸してからようやく答えた。

「藤原氏の罪を償えと仰せでございましょうか」

「いかなることをなせば、罪が償えるか朕にもわかりません。ただ、そなたは一度、闇に落ちたのです。ひたすらに光を求めるよりほかにこれからの生きるすべはないと思わねばなりません」

厳しさの中に、どこか思い遣りがこめられた元正太上天皇の話を聞きながら、光明子は、膳夫《かしわで》の言葉を思い出した。

光明子がこの国の光になるなら、自分は影になろう、と膳夫は言ってくれた。いま、膳夫は影として闇に落ちた。いまは、その闇の中に光明子もいるのだ。膳夫の思いを生かすためには、自分は闇の中から這い出なければならない。

そのためには、どうしたらいいのか。

光明子はいつの間にか元正太上天皇の御前であることも忘れて思いをめぐらした。ふと気がつけば、元正太上天皇はわずかに笑みを浮かべていた。

その顔はあたかも十一面観世音菩薩像のようだった。

十一面観音菩薩はこの世に生きるひとびとを一人残らず救わなければ菩薩界に戻らず、人間界に留《とど》まり続けるという誓いを立てた観音菩薩なのだという。

光明子は身が震える思いがした。

〈長屋王の変〉から六カ月が過ぎた八月になって、年号が改められ、

――天平元年

となった。この年（七二九年）、六月、河内国古市郡に住む賀茂子虫《かものこむし》なる者が、背中に、

——天王貴平知百年

という文字がある亀を見つけ左京職を通じて献上した。天皇の治世が貴く、百年続くという意味である。

聖武天皇はこの奇瑞を喜び、改元したのだ。

天平となった八月の十日、光明子を皇后とする勅が出された。律令の規定によれば、帝の妻妾《さいしょう》は、

皇后

妃

夫人

嬪

の四つであり、妃以上は皇族から選ばれ、夫人と嬪は臣下の娘をあてることになっていた。

このため、本来、光明子は皇后になることができなかった。だが、長屋王が自死して後、朝廷内に藤原氏に逆らう者はいなくなっていた。

長屋王が薨《こう》じた後、三月には武智麻呂が大納言となり、舎人親王らと並ぶ、太政官の首班になった。

それでも聖武天皇は気兼ねがある様子で、詔勅において詳しく光明子を皇后とする理

由を述べた。

——天《あめ》の下の君といまして年の緒長く皇后いまさぬことも一つの善《よ》くあらぬわざにあり

天皇に皇后がいないことはよからぬことであるとしたうえで、

——天《あめ》の下の政におきてひとり知るべきものにあらず、必ずもしりへの政あるべし

天皇はひとりで政を見るべきではない、必ず支える者がいるのだ、として皇后が政に関わるのは当然だとみなしたのだ。

かつて聖武天皇の母親である宮子夫人を大夫人と呼ぶように定めた勅が長屋王らの反対によって撤回に追い込まれたことから見ると、破格の扱いを光明子は受けることになったのだ。

このころ聖武天皇の夫人のひとり、県犬養広刀自に安積《あさか》親王が生まれていた。すでに光明子の産んだ基《もとい》皇太子が逝去した以上、安積親王が皇太子となることも考えられた。

藤原氏としてはその前に光明子を皇后にしておく必要があったのだ。

武智麻呂らの策謀を知りつつ、光明子は何も言わず、立后のときを迎えた。そして立后の同年九月、皇后宮職が設置された。

律令によれば皇后、皇太后に関わる実務は、中宮職が行うことになっていたが、光明子は新たに皇后宮職を置くことを求めた。

さらにひとびとを驚かせたのは、皇后宮職を左京二条大路南側の旧長屋王邸に設けたのである。邸は、いったんは火災にあいながらもすでに再建されていた。

長屋王始め、一族が藤原氏を恨んで憤死したことは都では誰もが知っていた。その邸にあえて、自らの役所を置いた光明子が何を思っているのか、誰にもわからなかった。


天平二年四月――

光明子は皇后宮に赴いた。皇后に仕える官人たちが居並ぶ中、光明子は邸の中を歩いてまわった。

幼いころ、膳夫に誘われるまま、この邸を訪れ、長屋王に初めて会った日のことが思い出された。

（あの日からすべてが始まった気がする）

膳夫や首《おびと》、清人《きよと》らとともに、夜中に宮子夫人に会いにいった。あのころは、自らが正しく生きることも世の中を良くすることも容易だと感じていた。

しかし、いまとなってみればどうだろう、せっかく得たわが子の基皇太子を病で失い、幼いころから心を通わせた膳夫を死なせてしまった。そのことに自分は罪があるとしか思えない。

正しく、清く生きようと願った心がなぜ、このように捻《ね》じ曲げられなければならないのか。そのことが悔しかった。

だからこそ、皇后宮職を旧長屋王邸に置いたのだ。自らの罪を忘れないためだった。さらに、これから為《な》すことを膳夫に見ていてもらいたい、と思った。

膳夫は光明子が国の光になると言ってくれた。それがまことのことなのかどうか、ぜひとも膳夫に見てもらわねばならない。

男女の関わりはこの世でだけではないだろう。たとえこの世とあの世の境があろうと心が通いあうならば、お互いを感じ取ることができるに違いない。

光明子は中庭に下りた。

池をめぐる木々の緑の間を歩きつつ、目を閉じて大きく息を吸った。

——光明子様

膳夫の声を聴いた気がした。驚かなかった。

膳夫はいま傍らにいるのだ。

藤原氏への怒りにまみれた姿ではなく、光明子をいとおしむ、穏やかな笑みを浮かべた姿で膳夫が光の中に立っている。

「見ていてくださいませ、わたくしがこれから為すことを」

光明子は目を閉じたまま言った。

膳夫はずっと自分を見つめていてくれた。たとえ、命を失ってもこれからもそうであるに違いない。

わたくしは進まなければならない、と光明子は自分に言い聞かせた。光明子はゆっくりと目を開けた。

木々の緑が風にそよぎ、池の水面が白く輝いている。そこに膳夫はいたのだ、と光明子は思った。


皇后となった翌年、光明子は施薬院と悲田院を設置した。

施薬院は薬草を栽培して病人に施す施設であり、悲田院は貧窮に苦しむひとに食事と住むところを与える施設だった。

光明子は施薬院や悲田院を作っても、役人にまかせきりにはしなかった。自ら見てまわり、病人を慰めたのだ。

そのおり、光明子は病人たちのために薬草を調合し、甲斐甲斐しく働く若い女を見た。目鼻立ちがととのっているが、化粧などはせず、きびきびと動いている。その姿が清々しく見えた光明子は傍らの従者に、

「あの女人は何者じゃ」

と訊ねた。従者はあわてて役人のところに訊きにいった。今度は役人が驚き、女が何か非礼を働いたとでも思ったのか、光明子の前に引き立ててきた。

女は戸惑いながら平伏した。光明子は苦笑して話しかけた。

「何もとがめようというのではない。そなたの働きようが立派なのに感心いたしたのだ。そなたには何か心得のようなものがあるのか」

皇后に訊ねられて、女は緊張したが、やがておずおずと顔を上げた。

「わたくしは女医《にょい》でございます」

女は低いがはっきりとした声で言った。

「ほう、女医か」

光明子は興味深げに女を見た。

女医は、宮廷の女性の助産と医療に携わる。律令によると、女医は官戸《かんこ》と婢《ひ》の中から、十五歳以上二十五歳以下で性質がよく、優秀な女が選ばれた。

安産の手助けや傷の手当て、鍼灸《しんきゅう》の法などを博士から口頭で学ぶ。男の医師が典薬《てんやく》寮《りょう》に所属するのに比べ、女医は内薬司《ないやくし》のもとに置かれた。身分卑しき女の中から選ばれるが医療技術は優秀だった。

「名は何と申す」

光明子に問われて、女ははきはきと答えた。

「竹《たけ》と申します」

「そうか。施薬院に来るまではどなたに仕えていたのですか」

光明子が重ねて訊くと、とたんに竹は顔を伏せた。だが、黙っているわけにもいかない、と思ったのか顔を上げて答えた。

「長屋王様にお仕えしていました」

竹の答えを聞いたとき、光明子の胸の内が不意に明るくなった。自分が為そうとしていることを助けるために膳夫が竹を遣わしたのではないか、と思えたのだ。

〈長屋王の変〉を引き起こしたのは、藤原氏の陰謀だが、聖武天皇がそれにのせられたのは、幼少のころ母親と引き離されたがゆえの、ひ弱さがあるためだ、と光明子は思っていた。

聖武天皇の心を明るくするためには、いまなお宮中深くに引き籠っている母親の宮子を治療することだ。

そのためにこの女医は役立つのではないか。

光明子は竹の顔を見つめた。

二

光明子は女医の竹をともなって皇太夫人の宮子を見舞った。

かつては宮子夫人のそば近くまで行くことは許されなかったが、皇后となった光明子を遮る者はなかった。

光明子は寝台近くまで寄ることは遠慮して御簾越しに、

「母上様、光明にございます」

と声をかけた。しかし、返事はない。御簾の奥で宮子皇太夫人がうるさげに向こうをむくのが影となって見えた。

光明子は微笑して言い添えた。

「これより竹と申す女医をおそばに仕えさせます。なんなりとお申しつけくださいませ」

宮子皇太夫人は答えなかったが、ふふっ、と笑ったようだった。無駄なことをすると言わんばかりのひややかな笑いだった。

光明子は竹にうなずいてみせてから部屋を出た。竹は薄暗い部屋に残り、宮子皇太夫人から声をかけられるのを待つ姿勢をとった。

竹が宮子皇太夫人に声をかけられるまで、どれほどの時を要するだろうか、と光明子は思った。しかし、宮子皇太夫人を見舞ってからひと月後、竹から光明子のもとに、宮子皇太夫人を皇后宮に移したいとの願いが出た。

宮子皇太夫人は永年、宮中にあって鬱屈したのだから、住む場所を移り、気を変えるほうがいい、というのが竹の訴えだった。

施薬院のため諸国から薬草を集めている皇后宮がもっともいい、という竹の話に光明子はうなずいた。

宮子皇太夫人を皇后宮に移すことを光明子が願い出ると、聖武天皇は深いため息をついた。

「皇后宮にお移しするのはよい。しかし、それで母上がよくなられようか」

「なにごともあきらめないことが大切ではございますまいか」

光明子は熱意を込めて言った。聖武天皇は目をそらして、

「たしかに、そなたはあきらめることを知らぬな。しかし朕はそうはできぬ。悔いることから逃れられず、いっそのことすべてをあきらめたいと思うておる」

とつぶやいた。聖武天皇の表情には翳りがある。

聖武天皇はいまも長屋王を死に追いやったのが冤罪《えんざい》ではなかったかと苦しんでいるのだ。

「帝は悔いられてはなりませぬ」

光明子はやさしく言い添えた。

「そうは言うが」

聖武天皇は自信なげな顔をした。

帝の身でありながら、なおもひととしての温情を胸に抱き続ける聖武天皇を光明子はいとおしく感じた。

「帝が悔いられれば、帝の命によって亡びた者たちの魂魄《こんぱく》がどこへ参ったらよいのかわからなくなりましょう。悔いねばならないのは、わたくしと臣下たちなのでございます」

光明子の言葉に聖武天皇はほっとしたように大きく首を縦に振った。光明子は聖武天皇に笑顔で接しながら、胸の中には空《むな》しさがあった。

(長屋王様の一族を殺したわたくしたちの罪は消えないだろう)

罪業を償うには仏にすがるしかないと思うのだった。

天平五年正月十一日、県犬養三千代が亡くなった。

六十九歳だった。すでに出家した三千代だが、年齢を重ねても容色が衰えず、昔と変わらなかった。

光明子が病床を見舞うにつけ、三千代は懐かしげに昔話をしたが、さすがに年老いたかに思えたのは、話の最後に必ず、

「皇后様は元明帝と元正帝という女帝の世を生きられ、ひさびさの殿御の帝に仕えられました。さて、次の世はどなたにお渡しになるのでしょうか」

と透き通った笑顔で言うためだった。

光明子が基皇太子を亡くし、悲しみにくれ、さらに〈長屋王の変〉という悲劇があったにも拘わらず、それらのことはすでに時の彼方に過ぎ去ったかのようだ。

(母上はすでに黄泉の国におられるのかもしれない)

だが、そこは三千代にとっていとおしい不比等とともにいることができる場所なのだ。

光明子と話しながらも、三千代はときおり、そばに誰かがいるかのように微笑みかけた。

三千代は、この世でなすべきことをなして心は不比等のもとに行っているのだろう、と光明子は思った。

亡くなった三千代の菩提を弔うため、光明子は興福寺に西金堂を建立しようと思い立った。

興福寺には不比等が建立した中金堂、聖武天皇が元正太上天皇の病気平癒を祈願して

建てた東金堂があったが、さらに三千代への思いを込めた堂を建てたいと思ったのだ。

翌天平六年正月、三千代の一周忌にあたって西金堂は落成し、僧侶四百人による法要が行われた。完成した西金堂には、〈釈迦集会像《しゆうえぞう》〉と呼ばれる二十八体の仏像が安置された。

三千代の菩提を弔うとともに、非業の死をとげた長屋王や膳夫たちを弔いたいという思いがあったからだ。

光明子はできあがった西金堂を見回した。それぞれの仏像にこれまで出会ったひとの面影がある気がする。

堂内を歩いていた光明子の足がふと止まった。

安置された像の中に八部衆がある。その中の阿修羅像だった。愁いをおび、しかも毅然とした少年を思わせる像である。

阿修羅像を見つめていた光明子の目に涙が滲んだ。

阿修羅像は少年のころの膳夫の面差しに似ていた。阿修羅はインド神話の神であり、最高神の帝釈天に戦いを挑み、しかも決して勝利することができない宿命であったという。

激しい戦の神なのだが、この阿修羅像は風の中に立ち、一途《いちず》な眼差しで何物かを見つめている。

光明子は阿修羅の視線を感じて体が震えた。

（わたくしがどのような生き方をするかを膳夫様が見ている）

光明子は胸に湧いた思いを忘れまいと思った。それは、〈長屋王の変〉を防げなかった自分が負っていくものなのだ。

西金堂の開かれた門から射し込む初春の陽射しが阿修羅像を白く照らしていた。


翌天平七年四月――

遣唐使が帰国し、留学していた下道真備《しもつみちまきび》と玄昉《げんぼう》が十八年ぶりに戻ってきた。

真備は唐の礼を編纂した『唐礼』や暦法の書物、〈絃纏漆角弓《つるまきにうるしぬれるつのゆみ》〉、〈平射箭《ひらいのや》〉といった武具、楽器などを、玄昉は経論五千余巻と仏像多数を聖武天皇に献上した。

この功により真備はただちに正六位下大学助《だいがくのすけ》に上り、天皇の側近として仕えることになった。玄昉は皇室の礼拝修行の場である内道場の僧となり、僧正の位が授けられた。

五月五日――

聖武天皇は内裏の北の松林苑《しょうりんえん》に出て騎射を見物し遣唐使たちと酒宴を行った。真備と玄昉に、聖武天皇は親しく声をかけた。傍らの光明子も、笑顔で、

「ふたりとも、国のために役立つひととなって戻ってきてくれましたね」

とねぎらった。真備は低頭して、

「まことに、かつてはご無礼を申しました。唐へ行きたいとの思いにかられ、皇后様に対し申し訳なきしだいであったと存じます」

　と大真面目な表情で言った。

　だが、傍らの玄昉は黙ったままでいる。真備がちらりと玄昉を見て囁いた。

「これ、玄昉殿、われらは皇后様にお礼を申し上げねばならぬ身ぞ。遣唐使に加えていただいたご恩を忘れたのか」

　玄昉は何事か考えていたらしく、はっと我に返って、

「申し訳ございません。ちと気になることがございまして、そのことで頭がいっぱいになっておりました」

　と詫《わ》びた。聖武天皇が笑って問うた。

「玄昉僧正がさように頭を悩ますとは何かな」

「はっ、それが――」

　言いかけて玄昉は目を伏せて黙り込んだ。真備は何事か察したらしく、

「いや、玄昉殿は帝の思し召しにより、大層なご褒美を頂戴いたしましたゆえ、そのことで頭がいっぱいなのでございます」

　と言った。真備の言うように玄昉は、聖武天皇から僧への待遇としては破格の封戸百戸、田十町、扶翼の童子八人を賜っていた。

玄昉は急いでうなずいた。

「いや、まことにさようでございます。身にあまることにて呆然といたしております。修行がいたらず、お恥ずかしゅうございます」

聖武天皇はうなずいた。

「そうか、さほどに喜ぶとはのう。しかし、思い惑うことがあるのならば、後ほど后に話すがよいぞ」

とさりげなく言った。

玄昉は公には言い難《にく》いことが何かあるのだろう、と聖武天皇は察したのだ。光明子が聖武天皇の言葉を受けて、

「ちょうどようございました。わたくしの使いおります女医が玄昉僧正のお教えを受けたいと申しておりましたゆえ」

ととりなした。玄昉は学問僧であると同時にいわゆる、

——看病の僧
でもあった。

看病の僧とは医術を心得た僧のことで、聖武天皇も病の際には看病の僧を全国から呼び集めていたのだ。

光明子の言葉に、おお、そうか、と聖武天皇は機嫌よく笑った。

玄昉はほっとした表情になり、額の汗を衣の袖でぬぐった。

松林苑での酒宴が終わった後、真備と玄昉は皇后宮へ招かれた。卓と床几が置かれた部屋には、すでに竹が控えていた。

光明子は真備と玄昉に座ることを許したうえで、竹をそばに呼び寄せた。

「この女医に宮子皇太夫人を看病いたす医術を教えてほしいのです」

光明子に言われて、承知した玄昉は竹に問いを発した。

「五石散《ごせきさん》を存じておるか」

竹は落ち着いて答える。

「五石散は服薬すると体が温まって参ります。これを散発と呼びます。散発がないと毒が体にこもって害をなします。そこで散発を早めるため歩き回るのがよいとされております。すなわち散歩の効用でございます」

「ほう、なかなかですな」

玄昉は満足げにうなずいた。すると、竹は光明子に向かって、

「僧正様におうかがいいたしたきことがございますが、よろしゅうございましょうか」

と訊ねた。光明子はにこりとした。

「なんなりとお訊きしなさい」

竹は頭を下げてから玄昉に向き直り、

「僧正様は唐の国にて『傷寒論《しょうかんろん》』を学ばれたのでございましょうか。もし、さようでしたらお教えいただきたいのです」

「なに、『傷寒論』だと」

玄昉は目を剝《む》いた。

『傷寒論』は中国の漢の時代末期から魏と呉、蜀の三国が分立したころの中国最古の医書である。だが、伝えられるばかりで目にした者はほとんどいない。

玄昉も読んだことはなかった。竹の鋭い問いにたじたじとなった玄昉がうなると、真備がくすくすと笑った。

「『傷寒論』は伝え聞くだけで、なかなか読めるものではない。しかし、わたしの読んだ書物の中には『傷寒論』の内容をいくつか記してあるものがあった。その話ならしてやれるが、そなたは何が知りたいのだ」

「疫病についてでございます。ただいま皇太夫人様を宮中から皇后宮にお移しいたしております。宮中とは違い、ひとの出入りの多い御殿でございますゆえ、万一疫病にかかられてはと案じております」

「疫病か――」

真備はしばらく目を閉じて考えた後、大きく頭を縦に振った。

「わたしが読んだものの中に疫病のことがあったようだ。そなたが玄昉殿に医術を学ぶおり、わたしが話してやろう」

竹は身を伏せて、床に頭をつけた。

「ありがたき仰せにございます」

真備は笑った。

「わたしも玄昉殿も皇后様のお力で唐に渡ることができた。皇后様がそなたに力を貸せと仰せであるからには、われらは従わねばならぬのだ」

玄昉は真備の言葉にうなずいてから、光明子に顔を向けた。

「この女医はなかなか役に立つ者のようです。さすがに皇后様のお目にかなっただけのことはあります」

光明子は微笑んで答えた。

「亡き長屋王のご子息膳夫様のお引き合わせだと思っています」

長屋王の名を聞いて玄昉と真備は顔を見合わせた。しばらくして玄昉は口を開いた。

「きょう、宮中でお話しできなかったのは、ただいま仰せになりました長屋王様に関わりがあることだからでございます」

「長屋王様に？」

「はい、実はわたしどもは帰国する船の中でかつて皇后様とともに追った贋金作りの男を見たのです。あの者は長屋王様にお仕えする唐人だということでした」

光明子は目を瞠った。

「唐鬼を見たというのですか。間違いありませんか」

長屋王が死んだとき唐鬼もともに死んだものと思っていた。もし、生きていたとしても再び姿を現すようなことはないだろうと考えていたのだ。

玄昉はゆっくりと頭を横に振った。

「間違いございません。贋金作りの小屋から火が出たおり、屋根の上に立ったあの男の顔ははっきりといまでも覚えております」

「しかし、唐鬼がどうやって遣唐使の船にまぎれこむことができたのでしょうか」

光明子が首をかしげると真備が口を開いた。

「このたびの遣唐使は唐より唐人三人や波斯《はし》人（ペルシャ人）の李密翳《りみつえい》を乗せておりました。李密翳の乗った第二船は遭難いたしましたが、いずれ遅れて着くのではありますまいか。ただ、あの男はわたしどもが乗った第一船にまぎれこんでいたようなのです。われらとともに九州に着くまではたしかにおりました。いつの間にか姿が見えなくなりましたが、われらとともにこの国に戻ってきたことは間違いございません」

「唐鬼はなぜ戻ってきたのでしょうか」

光明子は眉をひそめた。あの痩せて悪鬼を思わせる唐人が再び現れたということに不吉なものを感じた。

　真備は目を光らせてうなずいた。

「長屋王様のことについてはわたしどもも耳にしました。あの男が〈長屋王の変〉の後、唐の国に逃げ戻ったのであれば、再び、この国に渡ってきたのは、長屋王様の復讐《ふくしゅう》のためではないかと思われます」

　光明子は背筋がつめたくなる思いがした。

　長屋王の死を忘れることは許されぬのだ。

　戻ってきた唐鬼は長屋王の邸が光明子の皇后宮へと変貌していることを知って、憎悪の炎を燃やしているのではないだろうか。

　光明子は遠くから見据える唐鬼の目を感じた。

三

　八月になって大宰府から西海道で疫病が流行しているとの報せが入った。『続日本紀』によれば、天平七年夏に大宰府管内に疫瘡《えきそう》が大いに発《おこ》り、冬にいたるまで、この豌《えん》豆瘡《どうそう》、俗に裳瘡《もがさ》と呼ばれる疫病で、多数の死者が出た、と記されているが、疫瘡はいまでいう天然痘だった。

聖武天皇は大宰府の諸寺に金剛般若経を読経させたほか、疫病の流行を食い止めようと長門国《ながとのくに》以東の国々に〈道饗祭り《みちあえのまつり》〉を行わせた。

〈道饗祭り〉とは鬼魅が都に侵入するのを防ぐため、都の四隅の路上で八衢比古《やちまたひこ》、八衢比売《やちまたひめ》、久那斗《くなど》の三神を祀《まつ》り、幣帛《みてぐら》を奉るのだ。

この〈道饗祭り〉を西海道の諸国で行わせたのは、それだけ疫病が猛威を振るい平城京に近づく勢いを示していたからだった。

すでに疫病は九州と本州の境の関門海峡を越えて長門国に渡ったらしい。さらに各地からしだいに疫病が東に向かって進みつつあるとの報告が来ていた。

九月に入ると、光明子は真備と玄昉を皇后宮に呼び、〈裳瘡〉に対してどうすべきかを下問した。かたわらに竹も控えている。

真備は、まずわが国における疫病について話した。

欽明天皇十三年（五五二）から用明天皇二年（五八七）にかけて疫病の記録があるという。この疫病を患った者によれば、

――身焼かれ、打たれ、摧《くだ》かるるが如し

だったという。

瘡ができ、熱を発し、全身に痛みがあったのだ。

「この疫病のおり、物部氏は蘇我氏が仏教を伝来させたため、神罰が下ったのだ、と主張したそうですが、無論、さようなことはございますまい。ただ海を渡ってくるひとびとがもたらしたものではないかとは思えます」

真備は慎重な口ぶりで告げた。

天然痘はどのような経路をたどってわが国に来たのかはわからないが、発祥地はインドであり、仏教の伝播とともに各地に広がったのかもしれない。

玄昉が眉根を寄せて口を開いた。

「裳瘡は赤斑瘡《せきはんそう》とも申します。寒気や熱が出る瘧《おこり》に似ていますが、全身が燃えるように熱くなり、咳や嘔吐《おうと》、吐血があり、熱が下がらぬまま死ぬ者が多いのです。もし、助かったとしても顔に醜い痕が残ると医書に記されております」

光明子は眉をひそめた。

「恐ろしい病ですね。竹が学びたいと申した『傷寒論』には治療の手立てや薬石などは書かれていないのですか」

真備と玄昉はひそひそと語り合ったが、しばらくして玄昉が暗い顔で答えた。

「残念ながら、病になったおり、いかがするかということはありますが、治療の手立てはございません」

光明子はため息をついたが、思い直したように竹を振り向いた。

「やむを得ません。竹は真備と玄昉から疫病にかかったおりにどうすればよいかを聞いてまとめなさい。悲田院、施薬院の者たちに教えねばなりません」

竹は、承りてございます、と平伏して頭を下げた。しかし、その後、おそるおそる顔を上げて、

「気にかかることがございます。申し上げてよろしゅうございましょうか」

と訊ねた。光明子はうなずいた。

「聞いてとらせましょう」

「大宰府にて疫病が広がりだしてから、都に疫病が近づいてくるのが、あまりに早いような気がいたします。まるで誰かが病を運んでいるように感じられるのですが」

「なんと」

光明子は驚いて、真備と玄昉を見た。真備は少し考えた後、

「まさかとは思いますが、たしかにひとが九州から都を目指して旅するかのように疫病は広がっております」

と告げた。

玄昉は数珠を取り出して、目を閉じ、静かに読経を始めたが、やがて、かっと目を見開いた。玄昉はしゃがれた声で、

「疫病をもたらす悪鬼がおるのです。悪鬼は〈道饗祭り〉を乗りこえて都に近づいております」

と言い終え、がくりと肩を落として、恐ろしや、とつぶやいた。

光明子は玄昉を見据えて訊ねた。

「いかがいたしたのです。何かが見えたのですか」

玄昉はゆっくりと頭を横に振った。

「何も見えませぬ。しかし、わたしには此度の疫病は長屋王様の怨霊の祟りのように思えてなりませぬ」

真備が鋭い声を発した。

「馬鹿な、そんなはずはない。長屋王様は罪を犯されたゆえ、罰せられたのだ。それなのに怨霊になどなるはずがないではないか」

玄昉は目を閉じてうなずいた。

「そうだな、わたしの間違いであろう」

無理やり、おのれを納得させるかのように玄昉はつぶやいた。しかし、疫病が長屋王の祟りではないか、ということは光明子もひそかに恐れていた。

（もし、長屋王様の祟りであればどのようなことになるのか）

光明子は背筋をつめたいものが流れる気がした。

平城京にも裳瘡は広がった。

光明子は、竹が真備と玄昉から聞いてまとめた疫病にかかったおりの心得を悲田院や施薬院のひとびとに教えた。この内容は、後に太政官符として諸国へも伝えられた。

一、瘡が出て発熱した者は水を飲みたがるが飲ませてはいけない。熱が引くと下痢をするから十分な治療をしなければならない。
二、布、綿で腹と腰を巻き、ひやしてはならない。
三、重湯や粥《かゆ》、粟汁を食べさせ、鮮魚や生野菜は慎むように。下痢をしたら韮《にら》や葱《ねぎ》を煮て食べさせる。
四、食欲がなくとも食べさせ、力をつけさせる。海松《みる》を炙《あぶ》ったものか塩を口に含ませるとよい。
五、回復後も二十日間は生物、生水は避けること。そうしなければ霍乱《かくらん》を起こして下痢を再発し、手遅れになることがある。

だが、光明子たちが懸命になっている間も死者は増え続けた。『続日本紀』によれば、
――夭《わか》くして死ぬる者《ひと》多し

という惨状を呈した。そして死者はついに皇族におよび、
――新田部親王
が亡くなった。新田部親王は九月だったが、十一月には、
――舎人親王
が逝った。朝廷では疫病を鎮めるべく大赦を行うことにしたが、その矢先に今度は不比等の夫人のひとりであり、宮子皇太夫人の母、聖武天皇にとっては外祖母である賀茂比売が亡くなった。

裳瘡の猛威は平城京のひとびとを暗鬱な思いにさせたが、十二月になってようやく鎮まってきた。

このころ聖武天皇は平城宮の御座所に光明子を召し出した。聖武天皇の前に出た光明子は表情を曇らせた。

聖武天皇は憔悴し、頬がこけて手足も痩せていたからだ。

「帝がさようにお苦しみのご様子を拝しますと、わたくしは胸が痛んでなりません」

光明子が言うと、聖武天皇は弱々しい笑みを浮かべた。

「疫病にて民は苦しんでおる。これも朕の不徳のいたすところだと思えば、多少の苦しみはしかたのないことだ」

「さように申されましても大切なるお体でございます。おいたわりくださいますようお願い申し上げます」

光明子が頭を下げてから言うと、聖武天皇は軽く何度かうなずいてから、

「母上はお変わりないのだな」

と訊ねた。

「はい、女医がしっかりとお守りいたしておりますので、ご安心くださいませ」

そうか、とほっとした表情になった聖武はうかがうように光明子を見た。

「そなたの身にも異変はないのだな」

なぜ目の前にいる光明子の身に変わりがないかとあらためて訊くのか訝しく思いながら答えた。

「何も変わったことはございませんが、いかがされましたか」

「そなたは此度の疫病について都の者たちが噂しておることを知らないのか」

聖武天皇はおびえた表情で訊いた。

「なんと噂しているのでしょうか」

眉をひそめて光明子は訊いた。やはり案じていたことが起きているのではないか、と思った。

「疫病は長屋王の祟りだというのだ」

「そのようなことを」

光明子は唇を嚙んだ。やはり、そう思うひとびとが出てきたのかと思った。聖武天皇が耳にすれば苦しまずにはいられないだろう。

「覚えておるか。基皇太子が亡くなったおり、舎人親王と新田部親王は長屋王の糾問に行ったのだぞ。皇族として長屋王の糾問に赴いたのはふたりだけだった。そのふたりが相次いで亡くなったのだ。やはり、長屋王の怨霊が祟っているのではあるまいか」

はたして、聖武天皇は恐ろしげに言った。

「何を仰せになられますか。帝に祟ることができる者などこの国にはおりませぬ」

光明子が励ますと、玉座の聖武天皇は力なく頭を振った。

「この国にはなくとも、唐の国ならばどうじゃ」

「唐の国でございますか？」

光明子ははっとして、骨に皮が張り付いただけのような唐鬼の顔を思い浮かべた。

「そうだ。彼の国はわが国を懲らしめようと疫病を左道を用いて伝えさせたのではあるまいか」

「なぜ、そのようなことを彼の国がしなければならないのです。さようなことがあるはずはありません」

光明子はきっぱりと言い切った。はっきりとした物言いが揺れていた聖武天皇の心を引き戻したようだった。

「そうだな、さようなことがあるはずはないな」

「ございませんとも」

断言しながらも光明子は聖武天皇を支えるために何かしなければならないだろうと考えた。しばらくして光明子は口を開いた。

「帝、いずれにしましても、かように疫病が蔓延《まんえん》いたしておりますからには、仏におすがりいたすしかございません。写経をいたしましょう」

「写経か――」

聖武天皇は呆然とつぶやいた。それしか疫病への対策はないのかと言いたげな心細い表情である。

光明子は唇を引き締めてうなずいた。

天門の章

一

天平八年（七三六）六月——

聖武天皇は吉野に行幸《みゆき》した。

吉野はかつて大海人皇子（天武天皇）が天智天皇の崩御後、自らに皇位を目指す野心がないことを示すために隠棲《いんせい》した地である。

大海人皇子は大友皇子との対立が深まると吉野を出て東国の兵を募り、ついには〈壬申の乱〉に勝利して皇位についた。言うなれば吉野は天武系王朝発祥の地であり、縁起のいい場所だった。

平城京を恐怖に陥れた裳瘡は昨年末から沈静化していたが、聖武天皇はなおも恐れていた。

このころ、聖武天皇は木簡の呪符を作らせていた。

内容は奇怪なものだった。

すなわち、南山の麓に流れない水がある、ここに尻尾が一本で頭が九つの大蛇《おろち》が棲んでいるが、この大蛇は〈唐鬼〉しか食べない、しかも朝に三千匹、夕に八百匹の〈唐鬼〉を食べるのだ、と書かれた。

平城京のひとびとは裳瘡をなぜか〈唐鬼〉と呼ぶようになっていた。その〈唐鬼〉を食って退治してもらいたいという祈りを込めた呪符だった。

聖武天皇は七月十三日に平城京に戻った。これを待っていたかのように光明子の発願による一切経の書写が九月から始まった。

これは玄昉《げんぼう》が唐から持ち帰った『開元釈教録』に基づいて、五千巻以上に及ぶ一切経を書写しようというものである。後に天平十二年五月一日付の願文が書かれたことにより、

――五月一日経《ごがつついたちきょう》
と呼ばれる一切経はこの時期、わが国に入ってきた仏典を網羅して仏教の精華とするためのものであった。そして、なによりも裳瘡の被害をこれ以上、広げたくないという光明子の祈りが込められていた。

光明子は写経を行わせるとともに、真備《まきび》と玄昉を皇后宮に呼び寄せ、御座所で竹とと

もに裳瘡について話し合った。

「近頃、裳瘡にかかる者が少なくなったようです。もはや危機は去ったのでしょうか」

光明子が下問すると、玄昉は頭を横に振って答えた。

「いえ、さようなことはございますまい。いまは裳瘡となった者がことごとく亡くなりましたが、しばらくして新たに病となる者が出て参るのではありますまいか」

玄昉の言葉に竹がうなずいた。

「わたくしもさように思います。重篤のひとが亡くなってから二、三カ月して新たな病人が出ております」

光明子はため息をついた。

「ならば、まだ裳瘡との闘いは続くのですね」

真備が目を光らせて口を開いた。

「そのことで申し上げたいことがございます」

「なんでしょうか」

「実は波斯人の李密翳と話しておりまして、裳瘡について興味深いことを聞きました。ぜひとも拝謁をお許しいただき、話を聞いていただきたいと思い、門前に控えさせております」

真備は真剣な表情で告げた。光明子は軽くうなずき、

「そなたがさようにに申すなら、聞いたほうがよさそうです。ここに呼びなさい」

とすぐに命じた。

侍女が間もなく連れてきた李密翳は背が高く色黒の彫りの深い顔立ちだった。李密翳は光明子の前に立つと礼儀正しく膝をついて低頭した。

光明子は李密翳を見据えて声をかけた。

「下道《しもつみち》真備の話では、そなたは裳瘡について伝えたいことがあるそうですね」

李密翳は真備をちらりと見た。真備がうなずくのを見てから、たどたどしい言葉で話し始めた。

裳瘡は天竺と波斯で多い疫病で、それだけに裳瘡について、治療法が考えられてきた。いまだに治療法はわからないが、ただ、ある方法を施せば裳瘡にかからずにすむことがわかった、という。

「ただ、それを行って効果があるのは、子供だけのようです。また、必ずしも皆、助かるとは限りません。却って死んでしまう者もいます」

李密翳は額に汗を浮かべて言った。

「たとえ、どのような危うい方法であれ、知りたいと思います。話しなさい」

光明子は李密翳をうながした。李密翳は唇を舌で湿してから話した。

「裳瘡になって、まだ症状が重くない者の体の膿《うみ》を吸うか、あるいは裳瘡によってできた瘡である痘痂《とうか》の細屑《ほそくず》を乾かして粉にしたうえで鼻から吸うのです。そうすると、いったんは裳瘡になって熱が出ますが、重篤になることはなく、死を免れます」

「なんと」

光明子は驚いて真備や玄昉、竹の顔を見まわした。玄昉が目を剝いて言った。

「さようなことがあるとは信じられませぬ。されど、左道にそのような術があるとしたら恐るべきことです」

竹が言い添えた。

「たしかに裳瘡となっても、軽くて助かるひともおりますし、あっという間に亡くなるひともいます。何による違いなのかはわかりませんが」

「まことに不思議なことです」

額を白い指で押さえて光明子が考え込むと、真備は声をひそめた。

「もし、かようなことを知っている者が左道の術として使ったならば国を亡ぼすこともできましょう」

李密翳は荘重な声で言った。

「裳瘡にかかった者の膿を吸うか、瘡蓋《かさぶた》を粉にして鼻から吸った者は、自らは死ぬことはありませんが、裳瘡の者の膿や瘡がついた衣類を身にまとっていれば、ひとを裳瘡にすると言われています。その者が通れば、たちまちそのあたりは裳瘡が流行《はや》り、死人が出るのです」

「まさか、唐鬼はそのような術を会得しているのでしょうか」

光明子は玄昉に訊ねた。

「なんとも申せませんが、あるいはそれによって、長屋王様の復讐を彼の者はたくらんでおるやもしれません」

玄昉は数珠をまさぐりながら答えた。

光明子は長屋王の怨念の深さと膳夫《かしわで》の憤りの大きさに思いをめぐらせないではいられなかった。

もし、唐鬼がこの国を亡ぼそうとしているのであれば、その執念の強さは膳夫のものだと思えてならない。

光明子は興福寺西金堂の阿修羅像を思い浮かべた。阿修羅は、かなわぬ強大な神に向かって挑み続けるのだという。

決してくじけることなく、前を見据えてひたすらに突き進み、それでいてどこか悲愁の色を湛えた阿修羅像は膳夫に似ていた。

膳夫は不条理な冤罪によって父である長屋王や自分たち一族が死に追いやられたことを決して許さないだろう。長屋王一族に仇《あだ》をなした者たちを地獄の炎で焼かずには気がすまないのではないか。

その憎悪は藤原氏だけでなく聖武天皇や自分にも向けられているかもしれない。もしもそうだとすると、憎しみを自分ひとりに止め、帝には及ぼさないでほしいと光明子は願った。

（わたくしは裳瘡の業苦のなかで死んでもいい。ですが、帝だけは助けてください。帝が亡びれば、この国が亡びます）

光明子は胸の中で膳夫に呼びかけた。

脳裏に膳夫の面影が浮かんだ。しかし、悲しげに光明子を見つめるだけだ。何も言おうとはしない。

膳夫は願いを聞いてくれないのかもしれない、と光明子は暗澹《あんたん》たる思いに打ちひしがれた。

翌天平九年に入って裳瘡はふたたび、猛威を振るい始めた。

四月十七日には、藤原四兄弟の次男、民部卿藤原房前《ふささき》が裳瘡のために没した。五十七歳だった。

権勢の座にあって朝廷を動かしていた藤原四兄弟からも犠牲者が出たことはひとびとを恐慌に陥れた。しかし、死の手はさらに藤原兄弟に伸びた。

七月十三日、四男の兵部卿藤原麻呂が死去した。

麻呂はこのころ蝦夷に不穏な動きがあったことから兵一千騎を率いて陸奥に赴き、任務を果たして平城京に戻ったばかりだった。

さらに長男で藤原家の大黒柱ともいうべき武智麻呂までもが裳瘡に倒れて病床に臥した。

これを聞いた光明子は七月二十四日、武智麻呂を見舞った。

病床の武智麻呂は痩せ衰えて余命いくばくもないことをうかがわせた。父不比等亡き後、藤原家を支えてきたのは、この兄であったと思えば光明子は胸が詰まった。

「大事になすってください。病に負けてはなりません」

光明子が励ますと、武智麻呂はあえぎながら口を開いた。

「皇后様に申し上げておかねばならないことがございます」

「なんでしょうか」

囁くような声しか出ない武智麻呂の口元に光明子は耳を近づけた。

「わたしは裳瘡が恐ろしく、邸の者たちにも決して裳瘡を患った者の家に近寄ってはならぬ、裳瘡になった者がふれた物にさわることも許さぬと命じて都の者たちとの交わりを断ち、朝廷に出るほかは決してひとにふれぬようにして参ったのです」

「そこまでの用心をされたのですか」

光明子は武智麻呂の用心深さをあらためて知った思いだった。武智麻呂は息を切らしながら、なおも話を継いだ。

「ですが、閉じこもっておっては気が鬱します。そこで先日の夜、邸におる者だけでの酒宴を中庭にて開きました。月が出ておりましたので管弦や踊りを楽しんだのですが、そのおり、妖しいことが起きました」

ともすれば息絶えそうになりながらも必死で話す武智麻呂の言葉を、光明子はひと言も聞き漏らすまいとした。

「わたしを始め、皆に酔いがまわってきたころ、庭に奇妙な男が出てきました。着ている衣服から唐人だとわかりました。初めは管弦の者かと思いましたが、その夜は唐人を呼んでおりませんでした。おかしいと思って見つめますと、その唐人の衣服は肩さきから腹のあたり、足先までところどころまだらに赤く染まっておるのです。それはよく見ると血の色でした」

武智麻呂はいまも、その唐人を見るかのように怯えた目の色になった。

「その唐人は何かをしたのですか」

光明子はこらえきれずに訊いた。武智麻呂はかすかに首を振った。

「何もいたしませぬ。ただ、ふらふらと病のような足取りでわたしの前まで来ました」

血に染まった衣服の唐人は痩せ細って、骨に皮が張り付いているだけのような気味の悪い男だった。

武智麻呂の前に立った唐人は、ときおり、空気がひゅー、ひゅーと漏れるような話し方で、

「わしは膳夫様の命により、長屋王様の恨みを晴らしに参った唐鬼である」

とだけ言った。武智麻呂は恐怖に凍り付きそうになりながら、

「こやつを捕らえよ」

と帯刀資人たちに向かって叫んだ。

屈強な帯刀資人たちが駆け寄って捕まえようとしたとき、唐人の姿は消え、地面に血染めの衣服だけが残されていたという。

「あの者は長屋王様の恨みを晴らしにきた、と申しました。皇后様、お気をつけくださ い。そして帝をお守りくださ い。長屋王様のことは、すべてわたしが悪かったのでございますから」

武智麻呂は目に涙をためて言った。光明子はやさしく武智麻呂の手をとってなでてやった。

「いいえ、兄上は帝とこの国のためを思い、すべてをなされてきたのです。父上がなされたことそのままではありませんか」

光明子の言葉に武智麻呂は嗚咽《おえつ》した。

武智麻呂が亡くなったのは翌二十五日のことである。

そして八月五日には式部卿藤原宇合《うまかい》も没した。こうして権勢を極めた藤原四兄弟は裳瘡によって瞬く間にこの世を去ったのだ。

光明子はひとり唐鬼と戦わねばならなかった。

二

聖武天皇にとって武智麻呂は不比等亡き後、自分を支えてくれた兄とも頼むべき存在だった。

それだけに悲しみは深く、三日間、政務をとらず、武智麻呂の葬儀のために柩車《きゅうしゃ》を覆う羽飾りを贈り、鼓笛の楽師たちに葬送させた。

葬儀は八月五日に佐保山で行われたが、この日、朝廷に宇合の病没が伝えられると、聖武天皇は倒れんばかりの様子で顔色は蒼白になった。

聖武天皇は詔を発した。

「この春以来、災厄の気がしきりに発生し、にわかに起こり、天下の百姓死すること実に多く、諸司百官闕《か》け、卒すること少なくない。まことに朕の不徳によりこの災禍は起こっている。天を仰いで恥じ入りこそすれ心は安らかではない」

として人民の田租《でんそ》や出挙を免除した。

さらに天下泰平、国土安寧を祈願して宮中の十五カ所で僧七百人を招き、大般若経、金光明最勝王経を転読させ、四百人を出家させた。

畿内四カ国、七道でも五百七十八人を出家させて、裳瘡の災厄が去ることを願った。

九月二十八日——

聖武天皇は公卿の中で生き残っていた従三位の鈴鹿王を知太政官事に任じた。鈴鹿王は長屋王の弟である。

かつて罪に問われて死んだ長屋王の弟を重職に任じたのは、長屋王の憤りを少しでも鎮めたいという思いからだった。

このほか、橘諸兄を大納言、多治比広成を中納言にするなど、藤原武智麻呂ら四兄弟亡き後の朝廷の体制を整え始めた。しかし、裳瘡はなおも猛威を振るい続け、人民の死は相次いだ。

宮中の御座所で光明子と会った聖武天皇の顔色は悪く、懊悩の色は深かった。

「朕はかくも不徳であったかと思い知らされた」

ため息をつきつつ聖武天皇が話すと、光明子は、胸が詰まる思いで慰めた。

「わたくしは帝のお苦しみが癒される日がくることを、ひたすら祈っております」

「朕が苦しむだけならそれでよい。ただ朕がいたらぬため民が犠牲となるのが憐《あわ》れでならないのだ」

聖武天皇は頭を振って答えた。

「裳瘡は流行病《はやりやまい》でございます。いかに防ごうとしてもできぬものでございます」

光明子は懸命に言った。しかし、聖武天皇はうなずこうとはしなかった。

「そうではない。そなたは知っているはずだ。朕は皇太子が亡くなった嘆きから、長屋王を冤罪によって死なせた。いま、その報いを受けておるのだ。災いは朕の不徳によるものに違いない」

聖武天皇の思い詰めた表情を見ると、光明子は言葉を発することができなかった。ただ、憔悴した聖武天皇の手をやさしくなでた。

「なにかいたさねばならぬ。なにかを――」

聖武天皇は熱にうかされるように言った。その様子はあたかも裳瘡になった者のようだった。

光明子は皇后宮に戻ると、真備と玄昉、女医の竹を広間に呼び寄せた。三人が光明子の前に控えると、

「もはや、猶予はなりません。なんとしても唐鬼を捕らえ、これ以上、ひとびとが裳瘡の災いを受けぬようにするのです」

光明子の言葉を聞いて真備と玄昉は顔を見合わせた。真備は光明子に低頭すると、

「仰せはごもっともでございますが、都にて唐人ひとりを捜し出すのは難事でございます」

「できぬと言うのですか」

光明子はきっとなった。真備はあわてて答えた。

「いえ、さようではございません。追えば彼の者は逃げるだけで捕まえることはできません。ですから捕らえるためにはおびき出すしかないと思います」

「おびき出す？」

眉をひそめた光明子は竹の顔を見た。竹はうなずいて答えた。

「あの男が逃げれば、それだけ多くのひとが裳瘡となって苦しみます。おびき出した方がよいと思います」

玄昉がごほん、と咳払いしてから、

「畏れながら申し上げますが、あの男を呼び出すためには餌がいるかと存じます。あの男が狙っている者が餌になるしかおびき出す方法はありません」

と重々しく言った。

「唐鬼が狙っている相手とは、わたくしのことですね。唐鬼を捕らえるためにわが身を投げ出す覚悟はできております」

光明子がきっぱりと言うと、真備は大きく頭を縦に振った。

「畏れ多いことではございますが、さようなお覚悟があれば唐鬼を捕らえることはできましょう。ただ、気になりますのは、唐鬼が藤原武智麻呂様のお邸には忍び込みながら、いまだにこの皇后宮には姿を見せぬことです」

玄昉が身を乗り出して口をはさんだ。

「拙僧もそれを不審に思っておりました。いまだ皇后宮に仕える者で裳瘡になったものはいないのです。唐鬼めはなぜか、ここに近づいておらぬようです」

「そう言えばそうですね。藤原家の四人兄弟はことごとく裳瘡によって果てました。残るはわたくしだけのはずなのに、唐鬼はなぜ現れないのでしょうか」

首をかしげて光明子は考え込んだ。

唐鬼は光明子ではなく、聖武天皇を狙っているのだろうか。しかし、聖武天皇を裳瘡にする前にまず自分を亡き者にしたいはずだ。

光明子が考えをめぐらしていると、竹がおずおずと言いだした。

「唐鬼はこのお邸に忍び込むことができないのではないでしょうか」

「なぜですか。この皇后宮はもともと長屋王の邸でした。唐鬼は敷地の隅々までよく知っているはずです」

光明子は竹を見つめた。竹は聡明そうな表情で答えた。

「だからこそでございます。亡くなられた膳夫様は皇后様を大切に思われていたと聞いております。あるいは膳夫様は亡くなる前に唐鬼に皇后様を殺めることを禁じられたのではないでしょうか」

竹の言葉を聞いて光明子は膳夫の面影を思い浮かべた。膳夫ならたとえ復讐の念に燃えたとしても自分を殺めようとはしないかもしれない。

いま皇后宮に裳瘡がおよばず、自らも病となっていないのは、膳夫に守られているからだろうか。

だとすれば膳夫の思いはありがたいが、その間にも多くの民が裳瘡に倒れていくことになる。このまま皇后宮で安穏としているわけにはいかない。

光明子は毅然として言った。

「この邸を出れば唐鬼はわたくしを狙うかもしれません。平城宮にて唐鬼を待って捕えましょう」

「さようになさるほうがよいかと思います。宮殿にて唐鬼を待ち受けるのは帝に対し畏れ多いことではございますが、皇后様がなさることであれば帝もお許しくださいますでしょう」

玄昉が目を光らせて言った。

「ですが、唐鬼が出て参ったとき、いかがしたものでしょうか。ひとが捕らえようとすれば、その者が裳瘡になるのではありませんか」

光明子の問いに真備が身を乗り出して答えた。

「されば、ひとの手は用いず、火攻めにいたします」

「火攻め――」

光明子は目を瞠った。

遣唐使として唐に渡った真備は兵法を学んでいた。真備は背筋を伸ばして、孫子の火攻めの兵法を唱えた。

「凡そ火攻に五有り、一に曰《いわ》く人に火す、二に曰く積《し》に火す、三に曰く輜《し》に火す、四に曰く庫に火す、五に曰く隊に火す」

孫子によれば、火攻めには五つある。人民を火攻めし、資材を火攻めし、武器や車両を火攻めし、倉庫を火攻めし、さらに軍隊を火攻めするのだという。

「さようなことをすれば平城宮を焼くことになりはしませんか」

案ずるように光明子は問いかけた。

「そうはならぬよう、場所を選びます。されど、もし、さようなことになりましょうとも、裳瘡を撲滅いたすためにはやむを得ぬかと思います」

真備は怜悧な表情で平然と言い切った。光明子は微笑を浮かべた。

「そうですね。長屋王の怨念を断ち切るにはそれほどの覚悟がいるでしょう。ですが、唐鬼が出てきたとしても、火攻めから逃れてしまうことはありませんか」

「火攻めによき日を選んで行うのでございます」

真備は唐の兵法には、火攻めを行うにいい日は天文で占うことができると記されている、と話した。すなわち、

——箕《き》、壁《へき》、翼《よく》、軫《しん》

の四星の日だという。

「天文書によれば、これら四星に月がかかるとき、三日を出でずして、必ず大風あると申します。よって、この日に火攻めをかけられた者は、どのようにしても逃れることができません」

真備は自信ありげに嘯いた。

十月二十四日——

聖武天皇は百官に命じて薪一千荷を平城宮中宮の供養院に貢がせた。薪の貢納は官人が天皇に忠節を示す行事のひとつだった。

古来、中国では薪をひとのために拾うことは奴僕《ぬぼく》となる証だという。それがわが国にも伝わり、宮中行事になったのだ。

官人たちが運んだ薪は中宮前の広場にうずたかく積まれた。

これを見てまわった真備は衛士たちに指示して、薪を八つに分けさせ円を描くように

して積ませた。ひとの背丈ほどの高さに積まれた薪の真ん中に空間ができた。

真備はなおも積んだ薪の間をどのくらいにするかなどを細かく衛士たちに指図すると、夕刻になって薪の周りに篝火を八つ配置した。


夜がふけ、月が昇ったころ、光明子は真備や玄昉、竹とともに積まれた薪を見てまわった。ほかの侍女や臣下たちは遠ざけられていた。

真備に数人の衛士が従っているだけである。すでに篝火は焚かれ、月光が青白く照らす広場に妖しい赤い色合いを添えていた。

光明子は積まれた薪を見て真備に問いかけた。

「かようにすれば唐鬼が来るのでしょうか」

「きょう、薪を運んできた官人の中に紛れこめば宮中にたやすく入れます。唐鬼はこの機会を逃さないでしょう。さらには、薪は陣の形に積んでおります。唐鬼は唐人ですから、何の陣であるか見抜くでしょう」

真備は円を描くようにして薪を積み、何カ所か入り口を開けたのは、

――八門遁甲《とんこう》の陣
を作るためだと話した。

「八門遁甲の陣とは何ですか」

光明子は首をかしげた。
真備は目を鋭くして薪の陣を見つめながら口を開いた。
「唐の国に伝わる陣形でございます。八門金鎖の陣とも八荒の陣とも申します」
唐の二代皇帝太宗が家臣の李靖《りせい》と兵法について論じたことがある。その際、李靖は、
八門遁甲の陣について、
「大陣が小陣を包み、大営が小営を包み、隅落鉤連《ぐうらくこうれん》し、曲折相対す」
と述べたうえで、陣の詳しい内容にふれた。
「陣数は九ある。中心の零は大将が掌握し、四面八向、すべてその指揮に従う。陣の間に陣を容《い》れ、隊の間に隊を容れ、前をもって後ろとなし、後ろをもって前となし、進むに速奔《そくほん》なく、退くに遽走《きよそう》なく、四頭八尾、衝突したところが首になり、敵がその中を衝けば、両頭がこれを救う。数は五に起こり、八に終わる」
すなわち中心に将軍を置き、まわりを取り巻く、
休
生
傷
杜
景

死

驚

開

の八門からなる陣だという。円形に陣を組んだうえで外に向かって八つの門を開けておくのだ。

敵兵はこの門から侵入し、陣を崩そうとする。生、景、開門から入った敵は生還できるが、休、傷、驚門から侵入すれば痛手を負い、杜、死門から陣中を突破しようとすれば皆殺しとなり、生きて戻れない。

真備の話を聞いた光明子は篝火に赤く照らされる薪の陣形を見て、

「では、わたくしはあの陣の真ん中に入ればよろしいのですね」

と言った。真備は申し訳なさそうに答えた。

「さようです。真ん中にもひとつの門が開かれている。すなわち、天門だとわたしは考えております。ここが天に通じる門なのです。畏れ多いことですが、皇后様が天門に立たれれば唐鬼は襲って参りましょう」

玄昉がうめいた。

「唐鬼が薪の陣に入ったときに火を放つというのか。それでは皇后様も巻き添えになってしまわれるぞ」

竹も心配げに言った。

「火のまわりが早ければ逃げることはできません。あまりにも危のうございます」

真備は玄昉と竹を見回して、厳しい声音で告げた。

「そのとき、皇后様をお助けするのが、そなたたちの役目である。命を捨てる覚悟で皇后様をお助けするのだ」

玄昉と竹は息を呑んだ。すると、光明子は微笑んだ。

「わたくしは覚悟ができています。たとえ唐鬼とともに炎に巻かれようとも、ひとびとを裳瘡の災厄から救えれば本望です」

光明子は薪の陣の間に入っていった。真ん中に立った光明子は夜空を見上げた。

月が皓々《こうこう》と照っている。

光明子はふと膳夫のことを思った。

膳夫は唐鬼の襲撃が自分におよばないよう慮ってくれたかもしれない。しかし、その思いに甘えるわけにはいかない。

（わたくしはこの国の皇后なのです。ひとびとを守らねばならないのです。膳夫様、許してください）

光明子が身じろぎもしないまま、佇んでいると、時が過ぎ、月が傾き始めたころ、
びゅう

と音がして風が起きた。真備が声をひそめて、

「風だ。唐鬼が現れるぞ」

とつぶやいた。

三

篝火がいっせいに揺れた。

黒い痩せた人影が薪の陣の前に立った。侵入した兵が生きて帰れるという、――生の門だった。黒い人影はよろめくようにうずたかく積まれた薪の間を歩き始めた。人影は一歩ずつ近づき、やがて薪に囲まれた真ん中に出た。

光明子が月光に青く照らされて立っている。

「唐鬼――」

光明子は凜乎と叫んだ。

骨と皮だけのような唐鬼がにやりと笑った。

光明子は近づいてくる唐鬼を見つめた。汚れはて、しかも黒ずんだ血が染みついた着物を着ている。

「唐鬼、お前がこの国に戻ったのは長屋王の復讐のためか」

光明子が問い質すと、唐鬼はゆっくりと口を開いた。

「膳夫様に藤原兄弟を亡ぼせと命じられた」

「膳夫様が――」

光明子は目を閉じ唇を噛んだ。やはり、膳夫は憤りと憎しみの気持ちを抱いて亡くなったのだ。そう思うと、せつなく、胸が痛んだ。

「しかし、膳夫様は光明子と帝には手を出してはならぬとも言われた」

「まことですか」

光明子は目を見開いた。それでも、膳夫はわたくしのことを大切に思ってくれていたのだ。唐鬼はかすかにうなずいた。

「初めはわしも膳夫様の命に従うつもりだった。しかし裳瘡で大勢の者が死んだ。これは誰のせいだ」

唐鬼は目をぎらりと光らせて訊いた。

「お前が裳瘡をひとびとに広めたからではありませんか」

「そうだ。しかし、そうしなければならなかったのは、長屋王様を無実の罪に落として死なせた帝とお前の罪ではないのか」

唐鬼に決めつけられて、光明子は返す言葉を失った。

政を行う者の一瞬の間違いやためらいはひとびとを大きな災厄に落とす。唐鬼の言う通りなのだ。

光明子は大きく息を吸った。

「わかりました。されど、その罪はわたくしが負うべきものです。帝はこの国のひとびとの命の源なのです。何があろうともお守りせねばなりません」

「それなら、お前が罪を背負い、わしとともに地獄へ参るというのか」

唐鬼は声を立てずに大きく口を開けて笑った。

光明子は唐鬼の顔を見据えて、

——真備
と声を発した。

その声に応じて真備は衛士たちに、やれっ、と指示した。

衛士たちは駆け回って篝火の燃える薪を手に取り、積み上げられた薪に向かって放り投げた。

火の粉が飛び交い、薪に篝火の火が燃え移った。ゆっくりとなめるように炎が薪の上でゆらめいた。

風が強くなった。

煙が立ち上る。さらに風は強まり、砂塵を巻き上げた。同時に、炎は夜空を焦がさんばかりに燃え上がった。

唐鬼は燃える薪を振り向いた。

「薪が火攻めの陣であることはわかっていた。わしは生の門より出る。お前は炎の中で死ぬがよい」

唐鬼は踵を返して、入ってきた門に向かおうとしたが、立ち尽くした。生の門には、玄昉が立っていた。

玄昉は般若心経を唱え始めた。唐鬼は顔をゆがめて、

——景の門
に向かおうとした。しかし、景の門には燃える薪を手にした真備が立っている。唐鬼はうめいて、

——開の門
に向かった。

だがそこには剣を手にした衛士たちが待ち受けていた。

「わしを逃がさぬつもりか」

唐鬼はにやりと笑うと陣の真ん中に引き返し、光明子に向かって、

「愚かな者共が、お前とわしをともに焼き殺すつもりらしいぞ」

「そうせよ、とわたくしが命じたのです」

光明子は微笑んだ。

夜空に白い煙と金粉のような火の粉が立ち上っていく。しだいに薪が燃え上がり、炎の明かりが、光明子を赤く染めていた。

その様は光明子が紅蓮の炎に包まれたかのようだった。

唐鬼は光明子を憎々しげに睨んだ。

「やはり、お前が幼いころに殺しておくべきだった。さすれば、長屋王様も膳夫様も亡くなられずにすんだのだ」

唐鬼がうめくように言って、膳夫の名を口にしたとき、風がひときわ強い突風となった。燃え上がった薪の炎が空中高くまで伸びあがった。その炎がひとの形をしているように見えた。

「あっ」

唐鬼の口から驚愕の声がもれた。燃え上がった炎を食い入るように見つめている。

光明子も炎に目を遣って息を呑んだ。炎の中に、興福寺に安置された仏像、

――阿修羅
の姿が見えたのだ。

阿修羅の少年のような一途な眼差しは膳夫のものだった。その阿修羅がいま憤りの形相も凄まじく、唐鬼を見つめていた。

唐鬼は地面に平伏した。

「お許しください。膳夫様の命に背き、この女を殺めようといたしました」

唐鬼が悲鳴をあげた。

炎はゆらめいて唐鬼を襲うかのように見えた。阿修羅が手を伸ばし、唐鬼に近づこうとしていた。

光明子は急いで炎の前に立った。

「この唐人は悪《あ》しき者なれど、膳夫様が亡くなられたことへの憤りはまことでございましょう。その憤りを、わたくしが受け止めてこそ、〈長屋王の変〉で生じた怨念をなくすことができるのです」

あたかも唐鬼をかばうかのように光明子は言った。その言葉が届いたのか、炎の中の阿修羅の姿はしだいに薄くなっていく。

風が吹いた。

空中高く燃え上がっていた炎は一瞬で消えた。それでも薪の山はなおも燃え続け、火の粉が乱舞している。

光明子の姿は炎に照らされ、光り輝くかのようだ。

唐鬼は光明子を畏れるがごとく見つめていたが、やがて錯乱したかのような笑い声をあげた。

「もはや遅い。膳夫様にはあの世で詫びればよい。ともに死のうぞ」

叫びながら唐鬼は光明子に飛びかかろうとした。そのとき、小柄な影が炎の間を突き抜けて、唐鬼にぶつかり突き飛ばした。

竹だった。

「皇后様、こちらへ」

竹は光明子の手を引いて積まれた薪の間を抜けて走った。それとともに衛士たちが外から積み上げられた薪を崩していった。

突き飛ばされて地面に転がった唐鬼は立ち上がると、光明子を追おうとした。しかし、その目の前に燃える薪が崩れてきた。

衛士たちは駆け回り、次々に薪の山を崩していく。唐鬼はたちまち、炎に囲まれた。

――うわっ
悲鳴をあげたときには、唐鬼の着物に火が燃え移っていた。その間、光明子は竹に手を引かれて、燃え上がる薪の間を駆け抜けた。

振り向くと、薪が燃え盛り、その真ん中で火柱が立ったように唐鬼が苦しみ、もだえ、やがて倒れた。

薪の炎はなおも燃え盛っている。

光明子は炎を見つめつつ、

「この炎で長屋王の怨念が燃え尽きたのならばよいのですが」

とつぶやいた。

夜空では月が冴《さ》え冴《ざ》えと輝いている。


十月二十六日――

平城宮の大極殿において金光明最勝王経の講説が律師道慈を講師に盛大に行われた。俗人百人と沙弥百人が聴聞した。

金光明最勝王経は唐の長安三年（七〇三）に義浄がインドから持ち帰った経典を漢訳したものだ。

この経を信仰し、広める国王のもとには四天王や弁財天が現れ、国土を擁護し人民を安穏ならしめると説かれていた。また正法をもって民を治める国土は諸天善神によって守護されるという。

この講説の後、猖獗《しょうけつ》を極めたさしもの裳瘡も鎮静したのである。

十二月に入って、聖武天皇は御座所に光明子を召し出した。

「どうやら裳瘡の病は消えたようだ。しかし、朕は此度のことでおのれのいたらなさを知るとともに、国の基をいかに定めていくかを考えたぞ」

聖武天皇は思い詰めた表情で言った。光明子は聖武天皇を見つめた。聖武天皇は顔色こそまだすぐれないが、目に光が宿っていた。

「いかにお考えあそばしたのでございましょうか」

「天智の帝以来、この国は唐の律令に学び、それを国の基といたそうとしてきた。そなたの父である不比等もそのために力を尽くして参った。それにより、国の形はできた。だが、これからは国の心を築かねばならぬ」

光明子は目を瞠った。

「国の心でございますか」

聖武天皇は裳瘡の災厄を冤罪で死んだ長屋王の怨霊によるものだと感じ取るなかで、自らのなすべきことをようやく見つけたようだ。

「律と令の定めだけでは、ひとの心の憎しみや妬み、猜疑《さいぎ》の心をなくすことはできない。仏法の慈悲の心を国の心としてこそ、ひとびとはおのれの生涯をまっとうできるのだ。ひとびとが苦しみを分かち合い、喜びをともにする国を朕は造りたい」

聖武天皇はしみじみとした表情で言った。

光明子は深くうなずいた。

「慈悲の心が満ちた国造りをされようというのでございますね」

「そうだ。思えば朕は生まれてからこのかた、母上とお会いしたこともなく、慈しまれたことがないと思い込んできた。しかし、それは違っていたようだ」

聖武天皇は自らの過去を振り返るように言った。

「帝はどのように思われたのでございましょうか」

光明子は胸が高鳴る思いで聖武天皇の言葉を待った。帝の心に光が宿れば、この国に光が満ちると思った。

聖武天皇の目はいとしげに光明子に向けられた。

「朕は母上にこそ会えなかったが、思い出せば不比等や三千代に得難いほどの慈しみで育てられた。さらにそなたは、朕が〈長屋王の変〉で過ちを犯そうとも、裳瘡の災厄で武智麻呂らを失い、不安な思いでもがき苦しもうとも、常に変わることなく、朕をいとおしみ、大切に思ってくれた。いまにして思えば朕はそなたという光に守られて生きてきたのだ」

「もったいない仰せにございます」

光明子は深く頭を下げた。帝はこの国そのものだと思って仕えてきたのは、間違いではなかった、とあらためて思った。

これまでに武勇に長け、智慧《ちえ》にすぐれた帝はあまたおられただろうが、自らの弱さを知り、ひとの心がわかる聖武天皇こそがまことの帝なのではないか。

聖武天皇は笑みを浮かべて言葉を継いだ。

「朕と苦しみを分かち合い、喜びをともにしたいとは、常々、そなたが願っていることであろう。朕はそなたからこの心を学んだのだ」

光明子は聖武天皇の心こそがありがたい、と思った。

聖武天皇はこのとき、金光明最勝王経を国家の基としていくことを胸に誓ったのである。

この年、十二月二十七日、国号を大倭国から、

――大養徳国
と改めることが宣せられた。

どちらも「やまとのくに」と読むが、徳を養うことによって国の平安と繁栄を祈る聖武天皇の決意の表れであった。

四

玄昉と竹は光明子の命により、懸命に宮子皇太夫人の治療を行っていた。

宮子皇太夫人は、皇后宮に移ってからも暗い部屋に閉じこもって外出などはしようとしない。

侍女が話しかけても、虚ろな目を向けてくるだけで、まともな返事をすることもなかった。

それでも竹が懸命に介護するうちに、やや顔色に血の気が戻ったかに見え、ときおり、気だるそうにではあっても言葉を発するようになっていた。

玄昉は宮子皇太夫人を診るにあたって慎重で、初めのうちは顔もあわさず、竹を通じて処方した薬を飲んでもらうだけだった。

やがて御簾越しに会話をするようになり、さらには広間の端に平伏して直に話すなどしていった。

宮子皇太夫人がどこで玄昉に気を許したかはわからない。だが、ある時、玄昉が調合した薬を飲んだ宮子皇太夫人は、常になく、よく寝て夜を過ごした。

翌日も陽が高く昇るころまで寝床から起き出すことはなかった。

玄昉が勧めた薬は罌《おう》植物から採取した成分による眠り薬だったようだ。この薬を調合して竹に渡したとき玄昉は、

「この薬が効かなければ、もはや手はないかもしれぬ」

と陰鬱な表情で言った。

「これは何から採った薬なのでございましょうか」

竹が声をひそめて訊くと、玄昉も声をひそめて答えた。

「罌粟《けし》だ」

唐代の薬として罌粟が使われていたことは文献などに見える。『本草拾遺』には、

――罌子粟《えいしぞく》花は四葉にして浅紅の暈子《うんし》有り

と記述されている。四枚の花弁に薄い桃色のくま取りがあるという。その花を、

――麗春花

とも呼んだ。盛唐の詩人杜甫《とほ》は、「麗春」という詩で、

――百草春華を競ひ、麗春応《まさ》に最も勝るべし

と詠った。

罌粟から薬を調合したと聞いて竹は首をかしげた。

「罌粟の種はもっぱら下剤に用いると聞きましたが」

「未熟な果に傷をつけ、滲み出た汁を煎じるのだ。さすれば、よく眠れる薬となる」

「さようですか」

竹は感心したように薬を見つめた。玄昉は苦い顔で付け加えた。

「眠り薬ではあるが、使いすぎると飲まずにはおられなくなり、あげくの果ては幻を見るようになる危うい薬でもあるのだ」

竹は息を呑んだ。

「さような薬をお飲ませいたしてよろしいのでしょうか」

「やむを得ぬのだ。もはや、ほかの手段はないのだからな。運を天にまかせよう」

玄昉は自分に言い聞かせるように言った。

竹は罌粟から採った薬を飲ませていいのだろうかと心配になって光明子に言上した。

竹の話を聞き終えた光明子はしばらく考えた後、

「わかりました。宮子皇太夫人に薬を差し上げるように」

竹ははっとして顔を上げた。

「よろしいのでございましょうか。薬はひとを救いますが、時おり、害となることもございます。貴いご身分の方がもしさようなことになられたらと案じられます」

光明子はやさしい目で竹を見つめた。

「そなたの心配はもっともです。しかし、宮子皇太夫人は帝を産まれてから三十六年もの間、わが子にも会えず、闇の中で苦しまれてきたのです。もし、そのお苦しみから抜け出られる道があるとするなら、わたくしは何としてもお助けいたしたいと思います」

竹はおずおずと訊き返した。

「されど、薬は使ってみなければわかりません。お救いするどころか、却ってお苦しみが深くなってはと恐ろしゅうございます」

「そのときは、すべての責めをわたくしが負いましょう。宮子皇太夫人がその薬によって苦しまれることになったのであれば、わたくしも同じ薬を飲んで苦しみを分かち合うつもりです」

「まさか、さようなことを」

うろたえて竹は光明子を見つめた。

「御仏の慈悲とは、さようにしてひとの苦しみに寄り添うものだとわたくしは思います。帝はひとが苦しみを分かち合い、喜びをともにする国を造ろうとされています。だからこそ、まず帝に、宮子皇太夫人とお会いになり、母上の慈しみの心を受け止めていただきたいのです。そのためならば、わたくしは宮子皇太夫人と苦しみをともにすることなど厭いません」

光明子はきっぱりと言い切った。

竹はうつむいて切れ切れの声で言上した。

「わたくしはお坊様から、十一面観音菩薩様は菩薩の身でありながら、この世に生きるひとを一人残らず救わなければ、未来永劫《えいごう》、菩薩界に戻らないと発願された仏様だとうかがいました。畏れながら皇后様は生身の十一面観音菩薩様だと拝しました」

竹の言葉を聞いて、光明子は、ほほ、と笑った。

「竹は何を言うのですか。ひとの心は皆、同じです。できれば、ひとを救い、ともに喜びたいと願わぬひとはいないでしょう。ただ、それが許されない、できないところに身を置いているがゆえにこそ、悲しみ、苦しんでいるのです。わたくしは、自分ができることをなすだけのことです」

光明子の澄んだ声を竹は胸がいっぱいになりながら聞いた。

宮子皇太夫人は玄昉が案じるまでもなく、薬を飲み始めるとしだいによく眠り、健康を回復していった。

ある日、竹は光明子を宮子皇太夫人のもとへ案内した。すっかり白髪となった宮子皇太夫人は寝台で寝ていたが、以前に比べて健やかそうだった。

寝台の傍らに立った光明子が深々と頭を下げると、宮子皇太夫人は怪訝な表情で光明子を見た。

「そなたは誰じゃ」

宮子皇太夫人はかすれた声で訊いた。

「藤原不比等の娘光明子でございます」

「ならば、わたくしの妹か」

宮子皇太夫人はため息をついて言った。しばらく黙っていた宮子皇太夫人は、ふとつぶやいた。

「今の声は昔、聞いたことがある」

「わたくしは幼いころ夜中に宮殿をお訪ねしたことがございます。そのおり、暗闇の中でお話をいたしました」

宮子皇太夫人は思い出そうとするかのように、苦しげに頭を揺らした。そして、

「ああ、あの夜か。子供たちがわたくしの邸に夜中に忍び込もうとしたことがあった」

とかすかに微笑んで言った。

「あのとき、そなたの娘がわたくしの傍らには誰かいたな」

宮子皇太夫人は首をかしげた。宮子皇太夫人はあの夜のことを覚えているのだ、と光明子は喜んだ。

「首皇子《おびとのみこ》様でございます。首皇子様は帝になられました」

光明子は寝台にすがるようにして言った。宮子皇太夫人は何事か考えをめぐらしているようだったが、不意に微笑を浮かべた。

「首が帝になられたとは嬉しいことを聞く」

宮子皇太夫人の目にはうっすらと涙が浮かんでいた。

光明子は胸が詰まった。首皇子を産んで以来、永年、闇の世界に閉じこもっていた宮子皇太夫人が正気を取り戻したのだ。

「帝にお会いになられますか」

光明子が訊くと宮子皇太夫人は、嬉しげに答えた。

「会いたい。会うことができるのですか」

「できますとも」

光明子はうなずいて、竹に顔を向けた。竹は察して、すぐに部屋を出ると、皇后宮の役人を呼び、

「皇太夫人様が御目覚めです。帝にお会いになりたいと仰せです。すぐに宮中に伝えてください」

と告げた。

役人があわただしく去った後、しばらく時がたって表の役人が、うろたえた様子で報せに来た。

「帝の行幸にございます」

聖武天皇が玄昉を供にして皇后宮に入ってきた。出迎えた光明子は声を詰まらせながら、

「母上様がお待ちでございます」

と言った。聖武天皇は青ざめた顔で激しく何度かうなずいた。光明子に案内されるまま、聖武天皇は奥の広間に入った。

そこには、すでに起き出して皇太夫人らしい衣服に着替えた宮子が立っていた。痩せてはいるもののしっかりとした佇まいだった。

聖武天皇は思わず、駆け寄って宮子皇太夫人の手を取った。

「母上――」

「帝――」

聖武天皇と宮子皇太夫人は言葉もなく、たがいの手を握りしめた。聖武天皇にとって生まれて初めての母親との対面だった。

ふたりとも、涙があふれて止まらなかった。

光明子も涙ながらに微笑んでふたりを見守った。いま、聖武天皇と宮子皇太夫人の思いが天に通じたのだ。天の門が開かれたのだと思った。

天平九年十二月二十七日、奇《く》しくも大倭国を大養徳国と宣したのと同じ日だった。聖武天皇と光明子はともに三十七歳になっていた。

翌年正月十三日――

聖武天皇は光明子の娘である阿倍内親王を立てて皇太子とした。

聖武天皇には県犬養広刀自との間に安積親王という男子があった。

阿倍内親王は二十一歳、これに対し安積親王は十一歳だった。安積親王がまだ幼少であったにしても、女人が皇太子になるのは異例だった。

このことを聖武天皇から聞かされたとき、光明子は眉をひそめた。

「かつて例のないことでございます。異を唱える者が出て参りますまいか」

光明子を立后するときも非難の声は大きかったのである。光明子の立后に続いて、阿

倍内親王の立太子となれば、

――藤原氏の専横だ

として朝廷でも反対の声があがるのが予想された。しかし、聖武天皇はためらいの色を見せなかった。

「朕が目指す国造りのためには、これがよいと思ったのだ」

「女人である阿倍内親王が皇太子となることが、帝の国造りのためになるのでございましょうか」

光明子はうかがうように聖武天皇を見た。

「そうだ。朕は争いのない、ひとびとが自らの命をまっとうできる国を造りたい。そのために、そなたの産んだ娘を天子にしたいのだ」

聖武天皇の言葉を聞いて、光明子は、もはや返す言葉がなく、深く頭をたれるだけだった。

光明子との間に生まれた基《もとい》皇太子が誕生からひと月あまりで皇太子となったことから見ても、聖武天皇の光明子への信頼と愛情は明らかだった。

阿倍内親王の立太子により、聖武天皇の後、ふたたび女帝の世が来ることが定まったのである。

星辰の章

一

天平十二年（七四〇）八月——

九州の大宰少弐《だざいのしように》である藤原広嗣《ひろつぐ》から聖武天皇への上表文が届いた。聖武天皇は上表文に目を通すと、顔を青ざめさせ、光明子を御座の間に召し出した。

光明子が御座の間に入ると、聖武天皇は虚ろな目を向けて、

「大宰少弐の藤原広嗣は宇合《うまかい》の長男であったな」

とわかりきったことを、ことさら確かめるように訊いた。宇合の長男であるからには、光明子にとって甥にあたる。

聖武天皇は広嗣の上表文を見るように、光明子をうながした。光明子が読み進むと、そこには、驚くべきことが書いてある。

近頃、天変地異が相次いで起こるのは政が悪いからであり、その元凶となっている玄《げん》昉《ぼう》と真備《まきび》を除けというのだ。

「これはいかなることでございましょうか」

光明子は上表文を読み終えて、聖武天皇に顔を向けた。

「広嗣はいまの朝廷が不満なのであろう」

聖武天皇は顔を曇らせて答えた。藤原武智麻呂始め房前《ふささき》、宇合、麻呂が瘡瘡で相次いで亡くなったため、朝廷での最大の実力者は橘諸兄へと変わっていた。

橘の姓は光明子の母、県犬養三千代が賜った姓である。諸兄は元の名を葛城王という。光明子にとって異父兄にあたる。

藤原四兄弟が亡くなった後、諸兄が政権の座につくことができたのは、光明子の後押しがあってのことだった。

しかし、広嗣は藤原氏の勢力が衰えたことを嘆くあまり、親族を誇ることが多くなった。このため広嗣は大宰府に左遷された。それだけに、広嗣の憤懣《ふんまん》は収まらず、上表文を送り付けてきたのだ。

「広嗣殿が思い切ったことをしなければよいのですが」

光明子が案じるように言うと、聖武天皇はうっすらと笑みを浮かべた。

「ひとは、おのれの欲のために争いを好むようだ。そのことは誰にも抑えられないのかもしれない」

聖武天皇の声には暗澹たる思いが込められていた。

上表文を送った広嗣は聖武天皇からの返事を待つことなく、大宰府で挙兵した。自ら五千の兵を率いて遠珂《おか》郡の鎮所に迫り、弟の藤原綱手《つなで》、さらに多胡古麻呂《たごのこまろ》にも数千の兵を率いさせ、軍勢を展開した。

広嗣のもとにはおよそ一万の兵力が集まった。

広嗣挙兵の報せを聞いた聖武天皇は陸奥按察使、鎮守府将軍である大野東人《おおののあずまひと》を大将軍に任じた。

東海、東山、山陰、山陽、南海の五道から一万七千の兵を集めて、討伐に向かわせた。

十月上旬、豊前国の板櫃《いたびつ》川で討伐軍のうち六千と広嗣の軍勢一万が対峙《たいじ》した。

広嗣の軍勢は最初、筏《いかだ》を組んで川を渡ろうとした。

だが、討伐軍は弩《いしゆみ》で矢を射かけて渡河を許さなかった。さらに睨みあいが続くうち、討伐軍は広嗣の軍勢に降伏を呼びかけた。すると広嗣が歩み出て、

「わたしは、朝廷を乱す玄昉と下道真備《しもつみち》を引き渡して欲しいだけで、帝に背く気などはない」

と大声で言った。すると、討伐軍の勅使が、

「帝の命はすでに伝えてある。それなのに兵を起こして押し寄せたのはなぜだ」

る兵が相次いだ。

と非難した。

広嗣はこれに答えることができずに、馬に乗って退いた。すると軍勢の中から離反する兵が相次いだ。

討伐軍が攻めかかると広嗣の軍勢はひとたまりもなく崩れた。

無残に敗れた広嗣は、肥前国松浦《まつら》郡から船で逃亡を図った。しかし強風のために漂流し、五島列島の値嘉島《ちかのしま》で捕らえられ、十一月一日には弟の綱手ともども斬首となった。

これにより、二カ月近くに及んだ広嗣の乱は鎮圧された。だが、このとき、聖武天皇は平城京にいなかった。

広嗣の乱が終息していない十月、九州に赴いている大野東人に、しばらく関東（不破関・愛発関・鈴鹿関の東）に行幸するが、このことを知って驚き怪しむことのないよう、という勅を送って平城京を離れていた。

聖武天皇は橘諸兄ら重臣を引き連れ、四百騎の兵に護衛されて出発した。伊勢国河口頓宮に十日ほど滞在した後、同じ伊勢国の赤坂頓宮に移った。

この間に、広嗣が捕らえられ、処刑されたという報せが入った。それでも聖武天皇は平城京に戻ろうとはせず、美濃国に入り不破頓宮に滞在した。

さらに近江国に入り、琵琶湖東岸を南下しつつ聖武天皇は驚くべき決断をした。山背国相楽《さがらか》郡恭仁郷に新たな都を造って遷都するというのだ。

平城京でこれを聞いた光明子は元正太上天皇に拝謁を願った。

お許しが出て元正太上天皇の御座所に入った光明子は、恭仁京への遷都について言上した。

平城京を開いたのは元正太上天皇の母である元明天皇だった。遷都にあたって元正太上天皇の許しを得ておかなければ、と光明子は考えたのだ。

元正太上天皇は、すでに六十歳を超えて衰えは感じさせるものの、容貌の美しさは変わらず、しっかりとした気性を保っていた。

光明子が恭仁京への遷都について告げると、元正太上天皇は、

「この都では裳瘡のために随分とひとが亡くなりましたからね。帝は死による穢れを払いたいと思われたのでしょう」

とつぶやいた。光明子が頭を下げて、

「お許しいただけますでしょうか」

とうかがいを立てるが、元正太上天皇は答えない。

光明子は訝しく思って頭をあげた。すると、光明子を覗き込むように見ていた元正太上天皇と目があった。

光明子がうろたえて目を伏せると、元正太上天皇は口を開いた。

「恭仁京にいったん遷都いたすのはよいでしょう。しかし、いつか、またこの都に戻ってくることになると思いますよ」

たとえ一度は遷都しても再び平城京に戻るとは、どういうことなのだろうか。光明子は元正太上天皇に問いかける眼差しを向けた。

元正太上天皇は微笑んだ。

「なぜかと言えば、そなたの娘である阿倍内親王はすでに皇太子となっています。いずれ帝になられるでしょう。そのおり、都とするのは、この平城京でなければならないからです」

光明子は思わず訊いた。

「なぜでございましょうか」

「この平城京に飛鳥から遷都したのは、朕の母である元明帝のときでした。そして、都として造りあげたのは朕です。そなたの父である不比等の尽力があってこそではありますが、そなたの母三千代も懸命に努めました。そして、そなたも、この都を守るために力を尽くしてきたのではありませんか」

元正太上天皇に言われて光明子は、〈長屋王の変〉の後、長屋王の怨霊を鎮めようと長屋王の邸を皇后宮職にしたこと、悲田院や施薬院をつくり、民を慈しもうとしてきたことを思い出した。さらに、裳瘡を広め、都のひとびとを苦しめた唐鬼と戦ったこともあったと思いを巡らせた。

「この都は女人が造り、守ってきたのです。ならば、次に女帝となる阿倍内親王の都はここしかありません。平城京ならば、朕の母以来の女人たちの思いが、新たな女帝を守ってくれるでしょう」

元正太上天皇はためらうことなく言い切った。

光明子は大きくため息をついた。

「ならば、帝に遷都はお取りやめくださるよう、お願いいたした方がよろしいのでしょうか」

元正太上天皇はゆっくりと頭を横に振った。

「それにはおよびますまい。帝は〈長屋王の変〉以来、苦しんでおられます。悩み、もがいたあげく遷都を思い立たれたのでしょう。帝のお気がすむように遷都をいたさねばなりません」

〈長屋王の変〉の後、裳瘡で多くの民が死に、さらに藤原広嗣の乱まで起きた。

聖武天皇はすべてを自らの不徳のためと考え、神仏にすがる思いで遷都しようとしているのだろう。

「それをおうかがいして安堵いたしました」

光明子はほっとした表情になった。

元正太上天皇はやわらかな表情で言葉を継いだ。

「帝にとって、いまは遷都が救いなのです。しかし、いくら遷都を繰り返しても帝のお心が休まることはないでしょう。何かほかになすべきことが見つかればよいのですが」

「なすべきこと？」

光明子は目を瞠った。

「そうです。それを見つけることがそなたの役目なのかもしれませんね」

元正太上天皇はかすかに咳《せ》き込みながら言った。光明子は何よりも元正太上天皇の体が気遣われた。

この後、聖武天皇が病気がちで政務がとれなくなったとき、元正太上天皇は聖武天皇を、

——我子《わがこ》

と呼んで擁護する詔を出す。

聖武天皇の即位以来、支え続けようとする元正太上天皇の姿勢は変わらない。病がちな聖武天皇に代わって、ひそかに橘諸兄らと政務を行うこともあったのだ。

平城京の繁栄は元明、元正の二代の女帝が築いてきた。

元明太上天皇がすでに逝かれ、もし元正太上天皇まで亡くなれば、教え、諭してくれるひとを失うことになる自分はどうしたらいいのだろう、と光明子は思う。

（いまもって、元正太上天皇様のお力がこの国を支えている）

氷高皇女と呼ばれていたころの元正太上天皇の輝くばかりの美しさがいまも光明子の脳裏に浮かぶ。

元正太上天皇は夫を持たず、女人としての幸せを捨て、ひたすら国のために尽くしてきたのだ。

その気高さを思って、光明子は胸が詰まった。


木津川が蛇行して作られた盆地に天平十二年十月から恭仁京の建設が始まった。役所なども建てられ、官人たちも続々と移住した。だが、平城京より、はるかに狭く不便だった。

それでも、聖武天皇は恭仁京への遷都を強行した。

翌天平十三年七月には、平城京に留まっていた元正太上天皇を恭仁京へ迎え入れた。さらにその翌天平十四年二月には皇后宮も完成し都としての体裁がようやく整ってきた。

天平十五年正月、平城京から移築した大極殿で初の朝賀の儀式が行われた。さらに、五月五日には内裏で行われた宴で皇太子である阿倍内親王が、

――五節舞《ごせちのまい》
を舞った。

五節舞はもともと豊作を祈る田舞だ。

特に雑令に定められた元日（一月一日）、白馬《あおうま》（一月七日）、踏歌（一月十六日）、端午（五月五日）、豊明《とよのあかり》（十一月新嘗《にいなめ》祭の翌日）に行われる。〈壬申の乱〉に勝利した天武天皇が礼と楽によって統治を行うことを示すために始めたとされる。

皇太子である阿倍内親王が五節舞を舞うのは、女帝として国を治めていく覚悟を元正太上天皇に示すためだった。

あでやかな衣装で舞う阿倍内親王の美しさに朝臣たちも酔いしれた。

元正太上天皇は目を細めて阿倍内親王を見つめながら、傍らの光明子に声をかけた。

「阿倍はまことに、めでたき女帝となるでしょう。それだけに都のことは気になりますね」

「さようでございます」

光明子は、熱心に阿倍内親王の舞を眺めている聖武天皇の様子をうかがいながら答えた。

聖武天皇はこのころ、近江甲賀郡の紫香楽に離宮を建設させており、しばしば滞在していた。

あるいは聖武天皇には、紫香楽宮を新たな都とするつもりがあるのかもしれない。しかし、遷都を繰り返すばかりでは人心が落ち着かず、また藤原広嗣のように乱を起こす者も出てくるのではないだろうか。

　光明子は阿倍内親王の舞をあらためて見つめた。五穀豊穣、さらには国家安寧の願いを込めた舞は気高く、華麗ですらあった。

　舞を眺めるうちに光明子の胸に、この国のすべてのひとびとが安らかに暮らせるようにするには、ひとびとの心をひとつにしなければならない、という思いが湧いてきた。

　そのためには新たな都ではなく、祈りを捧げるための何かが必要なのだ。

　そう考えた光明子は、阿倍内親王が舞う姿に重なるように、大いなる仏の姿が浮かぶのを見たような気がした。

　光明子は元正太上天皇に顔を向けた。

「わたくしが何をなさねばならないのか、ようやくわかった気がいたします」

　聖武天皇は、天平十二年に河内の智識寺で盧舎那仏を拝したことがあった。

　このおり、聖武天皇は、

「朕も造り奉らん」

　ともらしていた。光明子はこのことを思い出し、聖武天皇に盧舎那仏の建立を勧めようと考えたのだ。

「そうですか。その考えに誤りはないと思いますよ」

元正太上天皇はやさしく微笑んで答えた。光明子が多くを言わなくとも、すべてを見通している笑みだった。

光明子は五節舞が終わって後、紫香楽宮の御座所で聖武天皇に、

「金銅の大仏を建立されてはいかがでしょうか」

と話した。

「金銅の大仏だと？」

思いがけない話に聖武天皇は首をかしげた。光明子は笑みを浮かべて、

「この国はいままで乱や災害、流行病に見舞われ、民が苦しんで参りました。安寧なる世をつくるためには皆の心がひとつにならねばなりません。そのためには目に見えるものがいるのではないかと思うのです」

と説いた。たしかに巨大な金銅の大仏ならば、光り輝き、ひとびとを仏の教えに導くだろう。しばらく考えた聖武天皇は、

「なるほど、それはよい考えだ」

と頰を紅潮させて答えた。

〈金光明最勝王経〉を信仰する聖武天皇は仏法による国家鎮護を願っていた。だが、大仏建立にはそれに止まらない意味があるように思えた。

この当時、唐から伝わってきた華厳経によれば、盧舎那仏とは極楽浄土を照らす本尊である。

釈迦はこの世に生まれ出た仏だが、盧舎那仏は浄土におわして、すべての世界を照らしてひとびとを救うのだという。

盧舎那仏は世界の中心である。仏の教えに導かれ、ひとびとが盧舎那仏のもとにたどりつけば、〈甘露の門〉が開くという。

大仏建立とはすなわち、極楽をひとびととともに目指すことだった。

聖武天皇は大仏建立を勧める光明子の顔をあらためて見つめた。盧舎那仏がこの世をあまねく照らすことを、

――光明遍照《へんじょう》
という。光明子の言葉こそ、この国を照らそうとする光なのではないか、と聖武天皇は身の内が震える思いがした。

二

聖武天皇は天平十五年十月十五日、紫香楽宮において盧舎那仏を建立するという詔を発した。

当初、甲賀寺に大仏を建立する計画だった。また、都も恭仁京から、いったん難波京へと移し、さらに紫香楽宮を甲賀宮とあらためて都にすることにした。大仏を建立し、国の基としようとしたのだ。しかし、このころ甲賀の山中に火事が相次いだ。放火の疑いもあり、不穏な気配を感じた官人たちの間では平城京への還都を望む声が広がった。

さらに元正太上天皇からも平城京に戻るようながされた聖武天皇は、甲賀寺での大仏建立をあきらめた。

天平十七年五月十一日――

聖武天皇は四年半ぶりに平城京に戻り中宮に居した。

平城京の近くで大仏建立の地に選ばれたのは、東側の山麓の金光明寺だった。

大仏建立が再開されたのは、この年、八月のことである。その基壇造りには、官人たちがこぞって土を運んだ。

大仏の鋳造には、まず大仏の背骨となる骨柱が組まれ、木枠で囲んで縄を巻き、その上から土を塗って塑像を造っていった。

このころ、光明子は皇后宮職を長屋王旧邸から不比等の旧邸へと移していた。大仏建立にあたって長屋王の怨念を避けるためだった。

十月になって皇后宮職を玄昉が訪れた。光明子は竹をひかえさせて玄昉に会った。宮子皇太夫人の病を治した玄昉は、僧侶の位の筆頭である僧正となり、重きをなしていた。しかし、この日は顔色がすぐれず、心なしか目が虚ろだった。

「元気がないようですが、どうしましたか」

光明子が声をかけると、玄昉は苦笑した。

「わたしは九州、筑紫の観世音寺にやられることになりましたので、お別れのご挨拶に参りました」

深々と頭を下げる玄昉を見て、光明子は眉をひそめた。

「それはまたなぜなのですか」

宮子皇太夫人の治療という大功がある玄昉が左遷されるとは意外だった。竹が思わず、

「玄昉様が九州に行かれては薬について教えてくださる方がいなくなって困ります」

と声をあげた。

玄昉は顔を上げて、諦念のこもった声で答えた。

「盧舎那仏の建立が決まり、帝には華厳経に深く帰依《きえ》されているご様子でございます。近頃、大仏建立のため行基《ぎようき》殿が大僧正に任じられました。法華経を奉じるわたしは、もはやお役に立てないのだと存じます」

大仏建立に伴い、仏教のうちでも華厳経が聖武天皇の信じる教えとなっていた。

行基はもともと法相宗の僧侶だったが、やがて山中に籠って修行した。この間に呪力を身につけたとされ、山を出て民への布教を行った。

平城京ができたころ、ひとびとは、過酷な労働からたびたび逃亡、流浪した。

これらの逃亡民が行基のもとに集まり、公認の僧侶ではない私度僧になった。このため、朝廷では、

――詐《いつわ》りて聖道と称し、百姓を妖惑す
として布教活動を禁圧した。しかし、行基集団は拡大を続け、平城京に寺を建てると官人にまで信者を広げた。

その声望は高まるばかりで朝廷も無視することができなくなった。間もなく、行基を薬師寺の師位僧として認めるにいたった。

さらに大仏建立が行われることになると、聖武天皇は行基への帰依を深め、行基とその弟子の協力を得るため、大僧正に任じたのだ。

「仏の道に分け隔てがあってはなりますまい。わたくしから帝にそなたのことを申し上げましょう」

光明子が言うと、玄昉は頭を下げた。

「ありがたくは存じますが、わたしは帝のお心に沿いたいと存じます。それに藤原広嗣様のようにわたしと下道真備を憎むひとは多いようです。このあたりで身を退《ひ》くべきか

と存じます」

玄昉と真備は橘諸兄の側近として政にも意見を述べてきた。真備は大学助、さらに中宮亮《ちゅうぐうのすけ》に任じられ、玄昉とともに権勢を振るった。その反発が広嗣の乱を引き起こしたとも言えた。特に玄昉は、

――栄寵《えいちょう》日に盛んにして稍《やや》沙門の行にそむけり、時の人これを悪《にく》む
とされた。そのことを考えれば、玄昉を平城京に留めることは却ってためにならないかも知れないのだ。

「そなたがいなくなると寂しくなりますね」

光明子が諦めたように言うと、竹が大きなため息をついた。

玄昉は笑みを浮かべた。

「わたしは、わたしの役目を果たし終えたのだ、と思います。下道真備がまだ朝廷に残るのはお役に立つことがあるからでしょう」

玄昉は静かに言い残して光明子と竹の前から去っていった。光明子は玄昉の後ろ姿を見送るしかなかった。

翌天平十八年六月、玄昉は筑紫の観世音寺で没した。藤原広嗣の残党に暗殺されたの

だともいう。

三

着工して一年余りが過ぎた天平十八年十月、大仏の塑像がほぼできあがった。この塑像を原型として鋳型の外枠を取り、溶かした銅を流し込むのだ。大仏の周囲には銅を溶解するための甑炉《こしきろ》が百数十基、造られつつあった。

この報せを受けて聖武天皇は元正太上天皇、光明子とともに日の暮れるころ、大仏の塑像を見に出かけた。

元正太上天皇と聖武天皇の体を案じる光明子は竹を供に加えた。

「帝のお体に障りがあってはなりませんから」

光明子が言うと、聖武天皇は笑った。

「大仏建立という悲願を立てた朕には、御仏の加護があろう」

「そうだとは存じますが、御仏の慈悲に甘える心は、持ってはならぬと思います」

光明子は諭すように言った。

聖武天皇の一行が東大寺に入ると、大仏の前後には一万五千七百余りの灯明が灯《とも》され、夕闇の中、大仏の塑像を浮かび上がらせていた。

高さは五十二尺、御顔の長さ十六尺、膝の幅三十九尺、膝の高さ七尺という、かつてこの国で見たことのない巨大な仏像だった。

完成させるためには、五千七百四十平方尺（約五百二十七平方メートル）の体表面に四千百八十七両相当の金を塗らねばならない。

だが、いまだに塑像とは言え美しく、荘厳だった。聖武天皇は息を呑み、傍らの元正太上天皇に話しかけた。

「まるで極楽浄土の仏を見るような気がいたします」

元正太上天皇は微笑んだ。

「まことに、ありがたい心持ちになります。かように仏様を拝見できることがあろうとは思いもよりませんでした」

聖武天皇は光明子を振り向いた。

「これも、そなたが思い立ってくれたおかげだ」

光明子は頭を振って答えた。

「何事も仏縁でございましょう」

そう言いながらも、仏縁というだけではない、と光明子は思った。

この世を良きものにしたいと念じた父の藤原不比等や母の三千代の思いも大仏を照らす灯明のひとつとしてあるに違いない。

いや、父母だけではない。長屋王や膳夫《かしわで》の思いも灯明の中に込められているのではないだろうか。

誰しもが悪しきことをしようと思って、この世に生を享《う》けるわけではない。良きことをなさんと思いつつ、運命に翻弄されて、互いに憎み合い、戦うことにもなるのだ。それは、はるか昔、天智天皇が蘇我氏と争い、天武天皇が大友皇子と戦ったころから変わらない。

帝もわたくしも、長屋王を冤罪で死に追いやるという罪を犯し、膳夫の無念の死に責めを負わねばならない宿命を生きてきた。

武智麻呂ら藤原四兄弟は長屋王の祟りであろうと思える死をとげ、藤原氏の権勢は衰えた。

それもまた自分たちの罪業によるものなのかもしれない。そう考えて光明子は胸が詰まる思いがした。

そんな罪までが大仏建立によって清められるだろうか。

光明子が闇に白く浮かぶ大仏の塑像を見つめながら思いをめぐらしていると、読経の声が聞こえてきた。

数千人の僧侶たちがそれぞれ脂燭《しそく》をかかげ、読経しながら、大仏のまわりをまわって讃嘆供養するのである。

闇の中を脂燭の灯りとともに、僧侶たちが影のように動いていく。その様を見るだけで、極楽への道はかようなものなのか、と思えてくる。

光明子は元正太上天皇が合掌して、ひそやかな声で経を唱えているのを聞いた。

元正太上天皇の清らかな声を聞くうちに、光明子はこの年の正月、平城京に大雪が降ったことを思い出した。

雪が降り積もり、平城宮が白く覆われた早朝、橘諸兄ら朝臣の主立った者は元正太上天皇の御所に参内して雪かきを行った。

元正太上天皇はこれを喜び、宴を催された。その席で諸兄は、歌を奉った。


降る雪の白髪《しろかみ》までに大君に仕へまつれば貴くもあるか

雪のように髪が白くなるまで元正太上天皇に仕えることができたのは貴いことであるという歌には、朝臣たちの女帝への尊崇の念が込められていた。

光明子はこの話を伝え聞くとともに、もはや元正太上天皇の世が終わろうとしているのかもしれない、と思った。

女帝の世は聖武天皇に引き継がれ、さらに女帝となるであろう阿倍内親王に伝えられていく。

それを支えるのが自分の役目なのだ、と光明子はあらためて思ったのだ。

闇の中でなおも読経は続いていく。

聖武天皇は夜半過ぎになって、ようやく平城京への帰途についた。竹が元正太上天皇を介抱しつつ寄りそった。

光明子は聖武天皇に従いながら、ふと夜空を見上げた。

いつの間にか星が出ていた。

冬の空の星は小さく、頼り無げだった。それでも懸命に光を放つ星々が光明子にはいとおしく思えた。

(まるでわたくしたちのようだ)

光明子は深い思いを抱きながら夜道を歩き、やがて輿に乗った。


二年後——

天平二十年四月、元正太上天皇は崩御した。享年六十九。

遺骸は佐保山で火葬にされた。

聖武天皇は御座所で嘆息した。

「この世を支えておられた大きな方を失ったな」

光明子は涙にくれて答える。

「まことにさようでございます。元正太上天皇様は、わたくしにかく生きねばならぬとの道をお示しになってくださいました」

「そうだな。朕にとって導き手でもあられた」

聖武天皇と光明子の悲しみは大きかった。

翌年一月、聖武天皇は平城宮の中嶋宮において大僧正の行基から菩薩戒を受けて出家した。〈壬申の乱〉に勝利した天武天皇は自らを、

――現人神《あらひとがみ》

としたが、聖武天皇は帝として初めて仏弟子となったのだ。

出家の功徳があったのか、二月に陸奥国より、金が産出して献上された。

かねてから大仏に塗布する金が足りないことを案じていた聖武天皇は大いに喜び、東大寺に行幸した。

光明子と阿倍内親王に付き添われた聖武天皇は、天子は本来、南面して立つにも拘わらず、大仏に対し、北面して立った。さらに聖武天皇は、橘諸兄に大仏に対する詔を奏上させた。その中で自らを、

――三宝《さんぼう》の奴《やっこ》

と称して仏に仕える身であることを明らかにした。

諸兄の奏上を聞いた聖武天皇は傍らの光明子に顔を向けた。

「これで朕はまことの仏弟子になった」

満足そうな聖武天皇に光明子は微笑んだ。

「帝は帝を超える帝になられたと存じます」

「そうか。朕は帝を超える帝になったか」

嬉しげに聖武天皇はうなずいた。

十数日後、ふたたび、東大寺に行幸した聖武天皇は、元号を天平感宝とする改元を宣した。

聖武天皇は阿倍内親王に、

「朕はなすべきことをなした。これからはそなたに託そう」

と告げた。阿倍内親王は、来るべき時が来た、と緊張した表情になった。

光明子はやさしくうなずいている。

この年、七月二日、聖武天皇が譲位し、阿倍内親王は平城宮大極殿において即位した。

――孝謙天皇
である。再び改元され、天平勝宝となった。

即位した孝謙天皇の前に光明子は額ずいた。孝謙天皇は光明子の手をとり、顔を上げさせ、

「母上、これからも朕を助けてくださいますね」
と言った。
「そのためにわたくしはいるのです」
光明子は、囁くように答えた。
孝謙天皇が即位してひと月後の八月、令外官である、
――紫微中台
が設けられた。光明子が皇太后となるにあたり、それまでの皇后宮職を改めたものだったが、位置づけは太政官に次ぐとされた。
言わば、光明子が政を行うための役所であり、紫微令には藤原仲麻呂（恵美押勝）を任じた。このほか、
大伴兄麻呂《えまろ》
石川年足
巨勢堺麻呂
肖奈王福信
ら、太政官で、式部卿などを兼官する俊秀が集められ、
――妙選勲賢《みようせんくんけん》台司に並列せり
と言われ、太政官に劣らぬ人材が揃えられた。

孝謙天皇は、紫微中台を設けた報告を聞いて光明子に訊ねた。

「紫微中台とは変わった名ですね」

光明子は恭しく答えた。

「紫微宮とは天の北極の正中に位置する星座で、天帝の座だとされるそうでございます」

唐では玄宗皇帝の開元元年（七一三）に宮中の庶務を行う中書省を紫微省と改称している。さらに、則天武后の長安三年（七〇三）には、尚書省を中台と称したことがある。

紫微中台は光明子が孝謙天皇を助けて政を行うための役所だった。

光明子は紫微中台によって、天下の大権を握ったとも言えた。

孝謙天皇は頼もしげに光明子を見つめた。

光明子は、ある夜、皇太后宮となった不比等の旧邸の庭に立ち、空を眺めた。

満天の星である。

天の北方に紫微宮はあるのだろうか、と目を凝らした。だが、星々が滲んで見えてよくわからない。

なぜだろうと思ったが、気づくと頬を涙が伝っていた。

亡き不比等や三千代、膳夫、基《もとい》皇太子、元明帝、元正帝らが、天上界の星になっているに違いないと思えば、懐かしさで涙があふれてくるのだ。

亡きひとを思い、いとしさが胸に募るが、自分にはまだ守らねばならないひとがいると光明子はあらためて思った。

聖武太上天皇、孝謙天皇を支えて歩み続けなければならないのだ。光明子は夜気を大きく吸い込み、空を見上げた。

北の空にひときわ輝く星があった。

大仏が完成し、開眼供養が行われたのは三年後、天平勝宝四年（七五二）のことだった。大仏が開眼してから八年後の天平宝字四年（七六〇）、光明子は没した。

そのころ宮中の内道場に出入りするようになっていた道鏡は病を治癒したことから孝謙天皇の信頼を得るようになった。

道鏡に傾倒するにつれ、孝謙天皇は藤原仲麻呂を疎んじた。

光明皇后が没してから四年後の天平宝字八年九月、軍事力によって権力を回復しようと企てた仲麻呂は兵を挙げようとした。

だが、密告によって朝廷に察知された。仲麻呂は、朝廷軍に追われて琵琶湖の畔へと逃げた。早暁に湖上を船で渡ろうとしたが朝廷軍に追いつかれた。

軍勢に取り囲まれた湖畔で一身に矢を受け、さらに駆け寄った兵によって斬られた仲麻呂はのけぞり倒れた。

断末魔の一瞬、仲麻呂の目に緋色に染まる朝焼けの空が映った。

女帝が治める世を蓋《おお》う天空の色だった。

解説

諸田玲子

光明皇后に興味を抱いたのは、平安京の街並みを調べていたときだった。都の東端を南北に流れる鴨川《かもがわ》の川原に貧民や孤児たちを収容する悲田院があり、それを設置したのが光明皇后だと知ったからだ。

正確にいえば、光明子（のちの光明皇后）が悲田院と施薬院を設置したのは、興福寺の一画だった。平城遷都の際に父の藤原不比等が古寺を移築して興福寺としたとき設置されたもので、平安京にあるのは皇后の死後につくられた別院。とはいえ千三百年以上も昔、今でいう慈善事業に心を砕く女性がいたことに私は感銘をうけた。光明皇后が施薬院で癩病患者の膿《うみ》を自らの口で吸いとった……等の逸話はむろん後世の作り話だろうけれど、火のないところに煙は立たずで、そういう逸話がまことしやかにひろまるような女性であったことは想像に難くない。

本書で描かれる光明子も気高く美しく、その名のとおり、ひときわ光彩を放っている。といっても、万人が仰ぎ見る雲上の女人ではなく、闇の中を悩み苦しみながら歩む生身の女として、共感と敬愛をもって描かれている。闇が深ければ深いほど光が明るく見えるように、小説の背景となる世の混迷が克明に、しかも重層的に描かれているので、光明子の人となりもより一層、鮮やかに浮かび上がる。

実際、大宝から天平（八世紀前半）時代は——いつの世も大差ないとはいえ——政争に明け暮れる朝廷、飢えや病にあえぐ民衆という前世紀からの暗澹《あんたん》とした世相がつづいていた。先の見えない時代に生をうけた安宿媛は、父から光明子という新たな名をもらい、光となって闇を照らすようにという母の期待も背負って、皇后になり天皇を支え導いてゆこうと自らを奮い立たせる。

光明子は天皇の血筋ではなく、藤原家の娘である。臣下から皇后になった最初の女性だった。現代の皇后・美智子さまが皇太子妃となられたときの人々の熱狂ぶりを思い浮かべるのは、私だけではないはずだ。もちろん期待が大きいということは苦難も多いはずで、まだ少女だった頃から政《まつりごと》の裏側に触れ、人の世の矛盾や空《むな》しさ、淡い恋もふくめて思うようにならない現実に苦悶《くもん》することになる。

前途多難を予兆させるのが〈心を病んだ聖武天皇の母・宮子夫人〉と〈随所で光明子を脅かす唐鬼〉の存在である。少女時代、のちに敵味方となる少年たちと宮子夫人を訪ねる場面は映画のワンシーンのように印象深く、この世には善意だけではどうにもならないことがあるのだという諦観を、光明子ともども私たちの胸に刻みつける。又、衝撃的な唐鬼の登場は、私たちの日常が危難と背中合わせで、ひとたび不運に見舞われれば逃れようのないことを戦慄とともに実感させてくれる。このあたりの著者の伏線の仕掛け方は見事と言うほかなく、読者を一気に物語の世界へひきこんでしまう。

それにしても、葉室麟さんはなぜ、光明皇后に関心を抱き、小説にしようと思われたのか。松本清張賞を受賞された『銀漢の賦』も、直木賞を受賞された『蜩ノ記』も武士の生き様や心の葛藤を描いた作品で、司馬遼太郎賞を受賞された『鬼神の如く　黒田叛臣伝』も黒田騒動を題材にしたものだ。女性を主人公にした作品もいくつか拝読しているが、大半は戦国から江戸、幕末の武家が舞台で、古代の女性とは結びつかない。

ところが、読み進めるうちに納得した。人はどのように自身の生き方を決めるのか。志を抱くのか。その志を遂げるためには弛《たゆ》まぬ努力をしなければならないことや、ときには戦いさえ厭《いと》わず、苦しい選択をしたり、身をもがれるような別れをも享受しなければならないことなど、本書ではストイックとも思える生き方が随所で語られる。皇后となる光明子もそうだが、元明・元正ふたりの女性天皇の雄々しさも胸を打つ。葉室作品ならではの、試練に耐えて前向きに生きてゆく登場人物たちの姿は、本作でも変わらない。

先日、某誌の対談で、初めて葉室さんとじっくり話をする機会を得た。温厚でもの静かな紳士でありながら、ひとたび歴史を語り始めるや、雄弁になり、熱い思いがあふれ出す。五十歳を過ぎて作家になられたそうだが、新聞記者を始め社会の矢面で闘ってきた経験のゆえか、反骨魂と鋭い批評眼がときおり垣間見《かいまみ》え、それでいて、そうした先鋭的なものをも柔軟に包みこんでしまう器の大きさを感じさせてくれる方だった。だからこそ、心に残る作品を、恐ろしいほどの勢いで生み出してこられたのだろう。たった一度の出会いで、私はすっかり魅了されてしまった。

光明子もしかり。次々に試練が襲いかかる。とりわけ悲惨な事件として歴史にも刻まれる〈長屋王の変〉は光明子を責め苛《さいな》み、その胸に生涯消えない傷痕を残すことになる。

正しく、清く生きようと願った心がなぜ、このように捻《ね》じ曲げられなければならないのか。そのことが悔しかった。

幼い頃から心をかよわせ、惹《ひ》かれ合ってもいた人を、結果的には死に追いやることになってしまった光明子。慚愧《ざんき》の念にとらわれながらも、彼女はその悔いを、天皇を支え国の為《ため》に尽くすという自らの使命に昇華させてゆく。

「見ていてくださいませ、わたくしがこれから為《な》すことを」

光明子の決意は、葉室さんご自身の胸の内から湧き上がってきた声のようにも聞こえる。葉室さんの描かれる幾多の主人公同様、光明子も迷うことなく、自らの選んだ道を歩みつづける。そして、そのために思いついたのが、金銅の大仏の建立だった。それこそが、政争、災害、疫病、飢餓……病弊に満ちた闇の世を照らす一条の光になるのではないか、と光明子は考える。

——仏法の慈悲の心を国の心とする

聖武天皇が究極の信念を得ることができたのは、正に、光明皇后という光の導きがあったおかげだ。幼い頃から身近な存在であり、ときに反目し合ったり、猜疑心《さいぎしん》にかられたりしながらも手をたずさえて歩んできたふたり、本作は夫婦の葛藤の物語でもある。光明子自身は皇族の血縁でなかったために、天皇位にはつけなかった。が、聖武天皇を支え、娘の孝謙天皇を補佐し、悲田院や施薬院を設置して、民衆の心を癒すために大仏建立を発案するなど、天皇にも匹敵する功績を遺《のこ》した。

ここ数年、女性の天皇位継承について、しばしば論議されるようになった。賛否はさておき、女性の天皇がめずらしくなかった時代（六世紀末から八世紀半ば）に思いを馳《は》せてみるのも一興だと思う。三十五年余りもの長きにわたって天皇位についていた推古天皇を始め、女性たちはその場しのぎの名ばかりの天皇ではなく、為すべきことを全うすべく、力のかぎり闘った。国を憂い、慈悲の心で政を統べることに関しては、女性天皇も男性天皇に引けをとらなかった。本書でも、光明子は元明天皇や元正天皇を崇拝し、上に立つ者の理想像として仰ぎ見ている。

光明子が目を開けると、元正天皇は黒作懸佩刀《くろづくりかけはきのたち》を手渡した。驚きながらも光明子は恐る恐る両手で柄《つか》を握りしめた。

持てぬほど重いはずだが、思いがけず手に馴染《なじ》んだ。

光明子は目に見えぬ何かに支えられるかのようにして刀を陽《ひ》にかざした。その瞬間、熱いものが光明子の体を貫いた。

これは、父・不比等の葬儀のあと悲しみにくれている光明子を、元正天皇が宝物庫である正倉へ連れてゆき、不比等が皇太子に献じた刀を持たせて励ます場面だ。額に汗を浮かべながらも晴れ晴れとした笑顔で、刀は重いけれど重いものを持てるのは幸せなことだと言う光明子に、元正天皇はやさしくこう返す。

「そなたにとっては、これからの苦難の道も幸せな道に思えるのですね」

私はこの場面が大好きだ。

だれも苦難からは逃れられない。でも、重荷を背負ってこそ進むべき道は見えてくる。闇の中で光がより明るく見えるように……。

葉室さんの小説が私たちの心をとらえ、勇気や希望を与えてくれるのは、苦難を力に変えて真摯に生きることの大切さを教えてくれるからだろう。本を閉じて、私はまたひとつ、葉室さんに背中を押してもらったような気がした。


（もろた・れいこ　作家）

本書は、二〇一四年八月、集英社より刊行されました。

初出　「小説すばる」二〇一二年一一月号
二〇一三年七月号～二〇一四年四月号

葉室麟の本

冬姫

織田信長の娘、冬。信長の血の継承を巡り、繰り広げられる男たちの熾烈な権力争い、女たちの苛烈な〈女いくさ〉に翻弄されながらも、戦国の世を生きた数奇な半生を辿る歴史長編。

集英社文庫

集英社文庫　目録（日本文学）

帚木蓬生　インターセックス
帚木蓬生　賞の柩
帚木蓬生　薔薇窓の闇(上)(下)
帚木蓬生　十二年目の映像
帚木蓬生　天に星 地に花(上)(下)
帚木蓬生　安楽病棟
帚木蓬生　やめられない ギャンブル地獄からの生還
帚木蓬生　ソルハ
浜田敬子　働く女子と罪悪感 「こうあるべき」から離れたら、もっと仕事は楽しくなる
濱野ちひろ　聖なるズー
浜辺祐一　こちら救命センター 病棟こぼれ話
浜辺祐一　救命センターからの手紙 ドクター・ファイルから
浜辺祐一　救命センター当直日誌
浜辺祐一　救命センター部長ファイル
浜辺祐一　救命センター「カルテの真実」
葉室麟　冬姫

葉室麟　緋の天空
葉室麟　蝶のゆくへ
早坂茂三　政治家 田中角栄
早坂茂三　オヤジの知恵
早坂茂三　田中角栄回想録
林修　受験必要論 人生の基礎は受験で作り得る
林望　リンボウ先生の閑雅なる休日
林真理子　ファニーフェイスの死
林真理子　トーキョー国盗り物語
林真理子　東京デザート物語
林真理子　葡萄物語
林真理子　死ぬほど好き
林真理子　白蓮れんれん
林真理子　年下の女友だち
林真理子　グラビアの夜
林真理子　失恋カレンダー

林真理子　本を読む女
林真理子　女文士
林真理子　フェイバリット・ワン
林真理子　我らがパラダイス
早見和真　ひゃくはち
早見和真　6シックス
早見和真・文 かのうかりん・絵　かなしきデブ猫ちゃん
早見和真　ポンチョに夜明けの風はらませて
原宏一　ムボガ
原宏一　かつどん協議会
原宏一　極楽カンパニー
原宏一　シャイン！
原民喜　夏の花
原田ひ香　東京ロンダリング
原田ひ香　ミチルさん、今日も上機嫌
原田ひ香　事故物件、いかがですか？ 東京ロンダリング

集英社文庫　目録（日本文学）

原田マハ　旅屋おかえり
原田マハ　ジヴェルニーの食卓
原田マハ　フーテンのマハ
原田マハ　リーチ先生
原田マハ　丘の上の賢人　旅屋おかえり
原田宗典　優しくって少しばか
原田宗典　スバラ式世界
原田宗典　しょうがない人
原田宗典　日常ええかい話
原田宗典　むむむの日々
原田宗典　元祖スバラ式世界
原田宗典　十七歳だった！
原田宗典　本家スバラ式世界
原田宗典　平成トム・ソーヤー
原田宗典　大サービス
原田宗典　すんごくスバラ式世界

原田宗典　幸福らしきもの
原田宗典　笑ってる場合
原田宗典　はらだしき村
原田宗典　大変結構、結構大変。ハラダ九州温泉三昧の旅
原田宗典　吾輩ハ作者デアル
原田宗典　私を変えた一言
春江一也　プラハの春(上)(下)
春江一也　ベルリンの秋(上)(下)
春江一也　カリナン
春江一也　ウィーンの冬(上)(下)
春江一也　上海クライシス(上)(下)
ロジャー・パルバース　早川敦子・訳　驚くべき日本語
半田畔　ひまりの一打
坂東眞砂子　桜雨
坂東眞砂子　曼《まん》荼《だ》羅《ら》道《どう》
坂東眞砂子　快楽の封筒

坂東眞砂子　花の埋葬　24の夢想曲
坂東眞砂子　鬼に喰われた女　今昔千年物語
坂東眞砂子　逢はなくもあやし
坂東眞砂子　傀儡《くぐつ》
坂東眞砂子　くちぬい
坂東眞砂子　朱鳥《あかみどり》の陵《みささぎ》
坂東眞砂子　眠る魚
坂東眞砂子　真昼の心中
坂東眞理子　上野千鶴子　女は後半からがおもしろい
半村良　雨やどり
半村良　かかし長屋
半村良　すべて辛抱(上)(下)
半村良　産霊山《むすびのやま》秘《ひ》録《ろく》
半村良　石の血脈
半村良　江戸群盗伝
東憲司　めんたいぴりり

集英社文庫

緋《ひ》の天空《てんくう》

2017年5月25日　第1刷
2022年10月19日　第6刷

定価はカバーに表示してあります。

著　者　葉室《はむろ》　麟《りん》

発行者　樋口尚也

発行所　株式会社　集英社
東京都千代田区一ツ橋2-5-10　〒101-8050
電話　【編集部】03-3230-6095
【読者係】03-3230-6080
【販売部】03-3230-6393（書店専用）

印　刷　凸版印刷株式会社

製　本　凸版印刷株式会社

フォーマットデザイン　アリヤマデザインストア　　マークデザイン　居山浩二

ISBN978-4-08-745580-9 C0193